SAS

LA PESTE NOIRE DE BAGDAD

(Pages à découper ou à copier)

Je souhaite recevoir :

Le catalogue complet

Les volumes ci-dessous cochés au prix de € 5,49 (36 F) l'unité, soit :

...... livres à € 5,49 (36 F) = ...

+ frais de port = ...
(1 vol. : € 1,83; 1 à 3 vol. : € 2,44; 4 vol. et plus : € 4,12)

Total : ....

Nom : .... Prénom : ....

Adresse : ....

....

Code postal : ....Ville : ....

Tél. : ....

Paiement par chèque à l'ordre de :
MALKO PRODUCTIONS
15 chemin des Courtilles
92600 ASNIÈRES

DU MÊME AUTEUR

(titres épuisés)*

N° 1 S.A.S. A ISTANBUL
*N° 2 S.A.S. CONTRE C.I.A.
N° 3 S.A.S. OPÉRATION APOCALYPSE
N° 4 SAMBA POUR S.A.S.
*N° 5 S.A.S. RENDEZ-VOUS A SAN FRANCISCO
N° 6 S.A.S. DOSSIER KENNEDY
N° 7 S.A.S. BROIE DU NOIR
*N° 8 S.A.S. AUX CARAÏBES
N° 9 S.A.S. A L'OUEST DE JÉRUSALEM
N° 10 S.A.S. L'OR DE LA RIVIÈRE KWAI
N° 11 S.A.S. MAGIE NOIRE A NEW YORK
*N° 12 S.A.S. LES TROIS VEUVES DE HONG KONG
*N° 13 S.A.S. L'ABOMINABLE SIRÈNE
*N° 14 S.A.S. LES PENDUS DE BAGDAD
*N° 15 S.A.S. LA PANTHÈRE D'HOLLYWOOD
*N° 16 S.A.S. ESCALE A PAGO-PAGO
*N° 17 S.A.S. AMOK A BALI
*N° 18 S.A.S. QUE VIVA GUEVARA
*N° 19 S.A.S. CYCLONE A L'ONU
*N° 20 S.A.S. MISSION A SAIGON
*N° 21 S.A.S. LE BAL DE LA COMTESSE ADLER
*N° 22 S.A.S. LES PARIAS DE CEYLAN
*N° 23 S.A.S. MASSACRE A AMMAN
*N° 24 S.A.S. REQUIEM POUR TONTONS MACOUTES
N° 25 S.A.S. L'HOMME DE KABUL
N° 26 S.A.S. MORT A BEYROUTH
*N° 27 S.A.S. SAFARI A LA PAZ
*N° 28 S.A.S. L'HÉROINE DE VIENTIANE
*N° 29 S.A.S. BERLIN CHECK POINT CHARLIE
*N° 30 S.A.S. MOURIR POUR ZANZIBAR
*N° 31 S.A.S. L'ANGE DE MONTEVIDEO
*N° 32 S.A.S. MURDER INC. LAS VEGAS
*N° 33 S.A.S. RENDEZ-VOUS A BORIS GLEB
N° 34 S.A.S. KILL HENRY KISSINGER !
*N° 35 S.A.S. ROULETTE CAMBODGIENNE
*N° 36 S.A.S. FURIE A BELFAST
N° 37 S.A.S. GUÉPIER EN ANGOLA
*N° 38 S.A.S. LES OTAGES DE TOKYO
*N° 39 S.A.S. L'ORDRE RÈGNE A SANTIAGO
N° 40 S.A.S. LES SORCIERS DU TAGE
*N° 41 S.A.S. EMBARGO
N° 42 S.A.S. LE DISPARU DE SINGAPOUR
*N° 43 S.A.S. COMPTE A REBOURS EN RHODÉSIE
*N° 44 S.A.S. MEURTRE A ATHÈNES
*N° 45 S.A.S. LE TRÉSOR DU NÉGUS
*N° 46 S.A.S. PROTECTION POUR TEDDY BEAR
*N° 47 S.A.S. MISSION IMPOSSIBLE EN SOMALIE
*N° 48 S.A.S. MARATHON A SPANISH HARLEM
*N° 49 S.A.S. NAUFRAGE AUX SEYCHELLES
*N° 50 S.A.S. LE PRINTEMPS DE VARSOVIE
*N° 51 S.A.S. LE GARDIEN D'ISRAËL
*N° 52 S.A.S. PANIQUE AU ZAÏRE
*N° 53 S.A.S. CROISADE A MANAGUA
*N° 54 S.A.S. VOIR MALTE ET MOURIR
*N° 55 S.A.S. SHANGHAI EXPRESS
*N° 56 S.A.S. OPÉRATION MATADOR
*N° 57 S.A.S. DUEL A BARRANQUILLA
N° 58 S.A.S. PIÈGE A BUDAPEST
*N° 59 S.A.S. CARNAGE A ABU DHABI
N° 60 S.A.S. TERREUR A SAN SALVADOR
N° 61 S.A.S. LE COMPLOT DU CAIRE
*N° 62 S.A.S. VENGEANCE ROMAINE
N° 63 S.A.S. DES ARMES POUR KHARTOUM
N° 64 S.A.S. TORNADE SUR MANILLE
*N° 65 S.A.S. LE FUGITIF DE HAMBOURG
N° 66 S.A.S. OBJECTIF REAGAN
N° 67 S.A.S. ROUGE GRENADE
*N° 68 S.A.S. COMMANDO SUR TUNIS
N° 69 S.A.S. LE TUEUR DE MIAMI
N° 70 S.A.S. LA FILIÈRE BULGARE
N° 71 S.A.S. AVENTURE AU SURINAM
N° 72 S.A.S. EMBUSCADE A LA KHYBER PASS
N° 73 S.A.S. LE VOL 007 NE RÉPOND PLUS
N° 74 S.A.S. LES FOUS DE BAALBEK
N° 75 S.A.S. LES ENRAGÉS D'AMSTERDAM
*N° 76 S.A.S. PUTSCH A OUAGADOUGOU
*N° 77 S.A.S. LA BLONDE DE PRÉTORIA
*N° 78 S.A.S. LA VEUVE DE L'AYATOLLAH

N° 79 S.A.S. CHASSE A L'HOMME AU PÉROU
N° 80 S.A.S. L'AFFAIRE KIRSANOV
N° 81 S.A.S. MORT A GANDHI
*N° 82 S.A.S. DANSE MACABRE A BELGRADE
*N° 83 S.A.S. COUP D'ÉTAT AU YEMEN
*N° 84 S.A.S. LE PLAN NASSER
*N° 85 S.A.S. EMBROUILLES A PANAMA
*N° 86 S.A.S. LA MADONE DE STOCKHOLM
*N° 87 S.A.S. L'OTAGE D'OMAN
*N° 88 S.A.S. ESCALE A GIBRALTAR
N° 89 S.A.S. AVENTURE EN SIERRA LEONE
N° 90 S.A.S. LA TAUPE DE LANGLEY
N° 91 S.A.S. LES AMAZONES DE PYONGYANG
N° 92 S.A.S. LES TUEURS DE BRUXELLES
N° 93 S.A.S. VISA POUR CUBA
N° 94 S.A.S. ARNAQUE A BRUNEI
N° 95 S.A.S. LOI MARTIALE A KABOUL
N° 96 S.A.S. L'INCONNU DE LENINGRAD
N° 97 S.A.S. CAUCHEMAR EN COLOMBIE
N° 98 S.A.S. CROISADE EN BIRMANIE
N° 99 S.A.S. MISSION A MOSCOU
N° 100 S.A.S. LES CANONS DE BAGDAD
N° 101 S.A.S. LA PISTE DE BRAZZAVILLE
N° 102 S.A.S. LA SOLUTION ROUGE
N° 103 S.A.S. LA VENGEANCE DE SADDAM HUSSEIN
N° 104 S.A.S. MANIP A ZAGREB
N° 105 S.A.S. KGB CONTRE KGB
N° 106 S.A.S. LE DISPARU DES CANARIES
N° 107 S.A.S. ALERTE AU PLUTONIUM
N° 108 S.A.S. COUP D'ÉTAT A TRIPOLI
N° 109 S.A.S. MISSION SARAJEVO
N° 110 S.A.S. TUEZ RIGOBERTA MENCHU
N° 111 S.A.S. AU NOM D'ALLAH
N° 112 S.A.S. VENGEANCE A BEYROUTH
N° 113 S.A.S. LES TROMPETTES DE JÉRICHO
N° 114 S.A.S. L'OR DE MOSCOU
N° 115 S.A.S. LES CROISÉS DE L'APARTHEID
N° 116 S.A.S. LA TRAQUE CARLOS
N° 117 S.A.S. TUERIE A MARRAKECH
N° 118 S.A.S. L'OTAGE DU TRIANGLE D'OR
N° 119 S.A.S. LE CARTEL DE SÉBASTOPOL
N° 120 S.A.S. RAMENEZ-MOI LA TÊTE D'EL COYOTE
N° 121 S.A.S. LA RÉSOLUTION 687
N° 122 S.A.S. OPÉRATION LUCIFER
N° 123 S.A.S. VENGEANCE TCHÉTCHÈNE
N° 124 S.A.S. TU TUERAS TON PROCHAIN
N° 125 S.A.S. VENGEZ LE VOL 800
N° 126 S.A.S. UNE LETTRE POUR LA MAISON-BLANCHE
N° 127 S.A.S. HONG KONG EXPRESS
N° 128 S.A.S. ZAÏRE ADIEU
*LE GUIDE S.A.S. 1989

AUX ÉDITIONS MALKO PRODUCTIONS

N° 129 S.A.S. LA MANIPULATION YGGDRASIL
N° 130 S.A.S. MORTELLE JAMAÏQUE
N° 131 S.A.S. LA PESTE NOIRE DE BAGDAD
N° 132 S.A.S. L'ESPION DU VATICAN
N° 133 S.A.S. ALBANIE MISSION IMPOSSIBLE
N° 134 S.A.S. LA SOURCE YAHALOM
N° 135 S.A.S. CONTRE P.K.K.
N° 136 S.A.S. BOMBES SUR BELGRADE
N° 137 S.A.S. LA PISTE DU KREMLIN
N° 138 S.A.S. L'AMOUR FOU DU COLONEL CHANG
N° 139 S.A.S. DJIHAD
N° 140 S.A.S. ENQUÊTE SUR UN GÉNOCIDE
N° 141 S.A.S. L'OTAGE DE JOLO
N° 142 S.A.S. TUEZ LE PAPE
N° 143 S.A.S. ARMAGEDDON
N° 144 S.A.S. LI SHA-TIN DOIT MOURIR

AUX ÉDITIONS VAUVENARGUES

LA CUISINE APHRODISIAQUE DE S.A.S. (59 FRF)
LA MORT AUX CHATS (59 FRF)
LES SOUCIS DE SI-SIOU (59 FRF)

GÉRARD DE VILLIERS

SAS

LA PESTE NOIRE DE BAGDAD

Photo de la couverture : Michael Moore.
Arme fournie par : Armurerie Courty et fils, Paris.
Maquillage : Georges Demichelis.

ISBN 2-84267-125-2

CHAPITRE PREMIER

L'odeur de formol qui imprégnait subtilement l'air glacé du sous-sol du King Edward VII Hospital prenait à la gorge. La faïence blanche des murs, les dalles jaunâtres du sol et les vasistas de verre dépoli s'ouvrant au ras du trottoir accentuaient encore la tristesse du lieu. Malko, pourtant protégé par son pardessus de vigogne, ne put s'empêcher d'éternuer trois fois de suite. Des spasmes irrépressibles, provoqués par la température sibérienne.

Sir Malcom Newham, officier de liaison du MI 6 [1] avec la CIA, long comme un jour sans pain et gai comme un furoncle, ses rares cheveux gris lissés sur son crâne ovale, se retourna, une vague expression désapprobatrice sur ses traits patriciens. En Grande-Bretagne, un gentleman n'éternue pas dans une morgue.

Indifférents à la température sibérienne, deux employés boudinés dans des blouses blanches dissimulant d'épais chandails continuaient à ouvrir méthodiquement les casiers abritant les corps, pour les installer avec précaution sur des civières à roulettes qu'ils poussaient ensuite jusqu'au funérarium voisin. Les cadavres étaient enveloppés de linceuls blancs, devenus grisâtres à force de lavages, souillés çà et là de taches mal effacées.

Le dernier casier claqua avec un bruit métallique qui parut sinistre à Malko. Randolph Stafford, chef de station

1. Services de renseignements britanniques.

de la Central Intelligence Agency à Londres — un poste qu'il avait longtemps brigué — aurait visiblement préféré être ailleurs. Rougeaud, rondouillard, plutôt commun, il se donnait un mal fou pour ressembler à un authentique gentleman *made in England.* Examiner des cadavres dans une morgue, même à Mayfair, dans l'hôpital où étaient soignés les « Royals », n'était pas un travail de gentleman. Les mains dans les poches d'un épais pardessus bleu, il était livide.

Un des deux employés, doté d'une grosse moustache rousse, ôta rapidement les draps qui recouvraient les corps alignés, avant de se retirer discrètement, laissant les trois visiteurs seuls face aux sept cadavres. Malko, surmontant sa répulsion, les observa. Les morts n'étaient pas particulièrement effrayants, d'ailleurs. Les yeux fermés, les traits calmes, on aurait pu les croire endormis, sans la peau jaunie par les injections de liquide d'embaumement et l'immobilité minérale de la mort. Quatre femmes et trois hommes. Tous plutôt âgés, sauf une jeune femme aux cheveux courts. Celui qui paraissait être le doyen était un chauve au visage bouffi, la gorge gonflée comme par un goitre. La plus pathétique, une femme très maigre aux cheveux gris, avec un grand nez.

Malko ne s'attendait pas à cette confrontation macabre. La CIA l'avait appelé à Londres pour une « consultation » qu'il supposait paisible. La Grande-Bretagne étant un endroit civilisé, il avait même emmené son éternelle fiancée, la comtesse Alexandra, qui l'attendait au *Dorchester*, prête à se ruer à l'assaut de Harrod's et des luxueuses boutiques de Bond Street. Lorsqu'il avait retrouvé Randolph Stafford au quatrième étage de l'ambassade américaine de Grosvenor Square, il s'attendait à un entretien décontracté, dans le bureau cossu du chef de station. L'Américain lui avait tout juste laissé le temps de dire bonjour, avant de l'emmener, l'air mystérieux et tendu, vers une destination qu'il n'avait pas voulu lui révéler. Ce déplacement était le préalable indispensable à leur entretien, lui avait-il expliqué.

Ils avaient retrouvé Sir Malcom Newham devant le King Edward VII Hospital, et aussitôt gagné un sous-sol abritant la morgue.

Le regard de Malko s'attarda de façon plus précise sur chacun des sept corps exposés devant eux et il nota quelques détails insolites. En sus du chauve, deux autres morts — un homme plutôt mince et une femme âgée — avaient la gorge enflée. Quelques traits rosâtres mal recousus indiquaient des prélèvements d'organes ou de tissus.

Le représentant du MI 6 toussota en jetant un regard implorant à Randolph Stafford. Ce dernier se tourna aussitôt vers Malko et dit d'une voix bouleversée par l'émotion :

— Avant de vous expliquer la raison de votre voyage, je tenais à ce que vous voyiez ces malheureux.

— Je vous aurais cru sur parole, répliqua Malko. Qui sont-ils et de quoi sont-ils morts ?

Aucun des corps ne portait de traces de violences, ni coups de feu, ni blessure par arme blanche, et aucune mutilation.

Des cadavres bien propres.

Randolph Stafford sortit un bristol rectangulaire de sa poche et s'arrêta devant le cadavre de l'homme qui semblait le plus âgé.

— Robin Skelton, annonça-t-il, cinquante-neuf ans, responsable des archives. Ensuite Paula Martin, vingt-trois ans, employée à la réception. C'est la plus jeune des victimes. Elle souffrait d'asthme.

Il avança un peu, s'arrêta devant la femme très maigre.

— Voici Dolores Mallet, cinquante-sept ans, secrétaire de l'ambassadeur. (Il fit encore un pas.) Judy Holt, cinquante-quatre ans, secrétaire du premier conseiller.

Encore un déplacement latéral et l'Américain annonça :

— Eddie Glades, responsable de la sécurité de l'ambassade.

C'était le chauve. Malko essayait de comprendre le sens de cette funèbre énumération. Randolph Stafford s'immobilisa devant le corps d'un homme relativement jeune, qui avait dû être beau.

— Alan Reiger, annonça-t-il, était *P.R. Officer*[1]. La coqueluche des dames de l'ambassade.

Il ne restait plus qu'un cadavre, une femme aux cheveux frisés noirs, aux traits réguliers, dotée d'une grosse poitrine.

— Jessica Forrester travaillait à la DEA, au quatrième étage, commenta l'Américain. Elle avait trente-deux ans.

— Tous ces gens travaillaient donc à l'ambassade, remarqua Malko, dans des services différents. Leur mort n'est sans doute pas liée à leurs activités.

— Exact, confirma l'Américain.

— Où sont-ils morts ?

— Dans différents hôpitaux de Londres, selon leur domicile. Leurs corps ont été regroupés ici, à ma demande.

— Quelle est la cause de leur décès ?

— Septicémie foudroyante impossible à enrayer, même avec des doses massives d'antibiotiques.

— Une épidémie ?

Malko ne dissimulait pas son étonnement. La septicémie est une infection généralisée qui n'est pas transmissible.

— Pas vraiment, laissa tomber Randolph Stafford en remettant la liste des morts dans sa poche.

Les barres de néon du plafond dispensaient une clarté crue qui ajoutait encore à l'horreur du lieu. Le représentant du MI 6 regardait obstinément ses pieds et ses lèvres scellées n'étaient plus qu'un trait mince. De nouveau, il se gratta la gorge et demanda à Randolph Stafford.

— Désirez-vous prolonger cette visite ? Y a-t-il d'autres éléments que vous souhaitiez faire connaître à Malko Linge ?

De toute évidence, il grillait d'impatience de s'en aller. Randolph Stafford lança un dernier regard aux sept cadavres.

— Non, je pense que nous en avons assez vu.

Il retraversèrent la morgue. Sir Malcom Newham gribouilla une signature au bas d'un formulaire tendu par l'employé à la moustache rousse et ils gagnèrent le monte-

1. Responsable des relations publiques.

charge les reliant aux étages supérieurs, croisant un nouveau mort caché sous un drap blanc, qu'un Pakistanais indifférent véhiculait.

Le hall du King Edward VII Hospital grouillait de monde et on apercevait le soleil à travers les portes vitrées. Sir Malcom Newham retrouva son sourire distant de gentleman en tendant la main au chef de station de la CIA.

— J'espère que j'ai pu vous être utile, dit-il d'une voix un peu empesée. Je vous tiendrai bien entendu au courant des développements de notre côté. La Special Branch se donne beaucoup de mal pour résoudre cette épouvantable affaire. *Have a good day.*

Il s'éloigna à grandes enjambées vers une Rover noire stationnée en double file en face de l'hôpital. Comme s'il fuyait. Il fallait une cause sérieuse pour faire perdre à un homme comme lui son comportement de gentleman. Malko tiqua intérieurement. Une affaire intéressant à la fois la CIA, le MI 6 et la *Special Branch of Scotland Yard* ne *pouvait pas* être une simple épidémie de septicémie...

Lui et Randolph Stafford se retrouvèrent à côté de la Buick noire du chef de station de la CIA.

— Je vous invite à déjeuner, suggéra Malko après avoir jeté un coup d'œil à sa nouvelle Breitling, une B-One, merveille de technologie ultramoderne, baptisée du nom du plus récent bombardier supersonique américain. Vous pourrez m'expliquer le fin mot de cette histoire. Mon amie Alexandra m'attend au grill du *Dorchester*. J'espère que vous n'avez rien contre la présence d'une jolie femme.

Randolph Stafford s'arracha un sourire constipé. Depuis qu'il était en Grande-Bretagne, il s'efforçait au flegme.

— Contre une jolie femme, certainement pas, répliqua-t-il, mais je suis résolument hostile à la présence d'un témoin à notre conversation. Ce que j'ai à vous dire est absolument secret et doit le rester, sous peine des plus graves conséquences...

— La comtesse Alexandra partage ma vie depuis longtemps, fit remarquer Malko ; j'ai toute confiance en elle. De plus, elle est au courant de mes activités.

L'Américain s'empourpra légèrement.

— Je suis désolé, mais c'est impossible. Ce serait un *breach of security*[1].

Malko sentit qu'il ne le ferait pas céder.

— Bien, mais vous me devez une compensation. J'ai essayé d'avoir une réservation pour dîner chez *Annabel's*, mais c'est impossible. Je...

Randolph Stafford l'interrompit :

— Pas de problème. Je suis membre là-bas et je vais demander à ma secrétaire de s'en occuper immédiatement. En attendant, *je* vous invite au *Connaugh*, c'est très tranquille.

Malko, résigné, ouvrit son portable. Le déjeuner prévu, remplacé par une séance de shopping, risquait de lui couter *très* cher.

*
* *

Le grill de l'hôtel *Connaugh*, dans New Bond Street, n'était pas calme : il était à peu près aussi animé que la morgue du King Edward VII Hospital... La table choisie par le chef de station de la CIA se trouvait tout au fond, derrière un pilier. Il ne manquait plus qu'un paravent.

Un maître d'hôtel en queue de pie, cérémonieux comme un bedeau, prit leur commande. Randolph Stafford se fit servir un Defender « Cinq ans d'âge » sans soda et sans glace, Malko une vodka. Ce dernier rompit le silence feutré du grill-room.

— Quelle histoire épouvantable se cache derrière ces sept cadavres ? attaqua-t-il.

L'Américain alluma une Gauloise blonde, souffla la fumée et laissa tomber :

— Pour l'instant, nous n'en savons *strictement* rien. Mais le peu que nous ayons découvert nous fait froid dans le dos. Ces sept morts sont des Américains qui travaillaient

1. Manquement à la sécurité.

tous à notre ambassade de Grosvenor Square. En sus de ceux-là, dix-sept membres du personnel sont encore hospitalisés, mais leur vie n'est plus en danger. Soit leur constitution était plus solide, soit...

Il suspendit brusquement sa phrase.

— Soit quoi ? demanda Malko au moment où le maître d'hôtel déposait devant eux d'énormes tranches de rostbeef saignant, accompagnées d'une gelée de menthe écœurante rien qu'à regarder.

Le maître d'hôtel reparti, Randolph Stafford dit à voix basse :

— Tout porte à penser que nous sommes en présence d'une opération terroriste ciblée pouvant se reproduire à tout moment. Je vous ai dit que ces malheureux étaient morts de septicémie. Ce n'est pas tout à fait exact. La septicémie était la *conséquence* et non la *cause* de la maladie. En réalité, ils sont morts à la suite d'une contamination par le bacille du charbon, ou de l'anthrax, comme on l'appelle aussi. Au Moyen Age, on appelait cela la Peste Noire. Elle a tué des centaines de milliers de gens.

— Pourquoi la Peste Noire ?

— Parce que le sang devient épais, noir ; il ne coagule plus, et, dans certaines formes cutanées, la peau se couvre de plaies purulentes à l'aspect noirâtre.

— Ceux que j'ai vus ne présentaient pas ces symptômes, remarqua Malko, soudain dégoûté par son steack sanguinolent.

— Exact, précisa Randolph Stafford, ceux-là sont morts de la forme *intestinale* de l'anthrax. Leurs lésions sont internes, dans les muqueuses de l'estomac et des intestins. Les symptômes sont très précis : violentes diarrhées, ensuite fièvre, et très vite septicémie. En quarante-huit heures, tout est dit.

— On ne peut pas l'enrayer ?

— Cela dépend des cas. Lorsqu'il s'agit d'enfants ou de personnes âgées, ou en mauvaise condition physique, lorsqu'on a identifié la maladie, les toxines sont déjà trop répandues dans l'organisme pour que les antibiotiques puissent agir. Dans les autres cas, on peut sauver les malades. C'est ce qui est heureusement arrivé aux employés de l'ambassade qui ont survécu, Dieu merci.

Malko regarda le maître d'hôtel en queue de pie évoluant gravement sous les lambris dorés. Une épidémie de Peste Noire en plein Londres, à la toute fin du XXe siècle, c'était inattendu.

— Comment ont-ils attrapé cette affreuse maladie ? demanda-t-il.

L'Américain entama son rostbeef avec appétit.

— D'après notre enquête intérieure, en buvant tout simplement l'eau des fontaines qui se trouvent à chaque étage. Il y en a une dizaine en tout.

— Et d'où venait cette eau ?

— Elle est apportée de l'extérieur plusieurs fois par semaine, dans de grosses bonbonnes contenant chacune une dizaine de litres. On les entrepose dans une courette attenante à l'ambassade, sur Carlos Place, à laquelle tout le monde peut avoir accès, car elle n'est pas fermée à clef.

— Cette eau a été empoisonnée ?

— Nous en sommes certains. Plusieurs bonbonnes à coup sûr car tous les cas ne se sont pas déclarés au même étage. Inutile de vous dire que nous avons procédé, en liaison avec la *Special Branch de Scotland Yard*, à une enquête serrée sur notre fournisseur, qui paraît tout à fait hors de cause. Ces bonbonnes ont été volontairement polluées pendant qu'elles étaient stockées dans la courette. C'était facile, il a suffit de dévisser chaque bouchon et d'y ajouter un liquide qui ne trouble pas l'eau. N'importe quelle équipe terroriste, après quelques jours de surveillance discrète, est à même de procéder ainsi.

— Pourquoi parlez-vous de terrorisme ? Vous avez reçu une revendication ?

L'Américain tourna un regard éteint vers Malko.

— Non, mais d'autres éléments nous conduisent à privilégier cette hypothèse.

— Vous soupçonnez quelqu'un en particulier ?

— Oui.

— Qui ?

Randoph Stafford hocha la tête, semblant presque agacé par la question de Malko.

— Vous n'avez pas entendu parler de la guerre bactériologique ? Des menaces que fait peser Saddam Hussein sur le monde... Du bras de fer entre les Nations unies et l'Irak, à propos de l'inspection de certains sites où on soupçonne justement Saddam Hussein d'avoir dissimulé des armes bactériologiques ?

— Si, bien sûr, reconnut Malko, mais on parle d'armes de destruction massive, de missiles... Sept morts, c'est certes tragique, mais cela ne va pas mettre l'Amérique à genoux. De plus, les Nations unies n'ont jamais évoqué un terrorisme bactériologique.

Randolph Stafford reposa sa fourchette.

— En effet. Mais nous avons toujours pris soin de ne mentionner que la guerre bactériologique classique — des missiles, des bombes, des obus chargés d'armes bactériologiques —, sans parler de la guérilla, du *terrorisme* bactériologique. Pour ne pas donner de mauvaises idées aux gens... Apparemment, cette prudence n'a pas suffi, conclut-il.

De plus en plus intrigué, Malko s'attaqua à sa viande qui refroidissait. Cette affaire lui rappelait celle de New York, deux ans plus tôt, lorsque des terroristes amateurs avaient voulu empoisonner un building avec du gaz sarin. L'enquête avait mené droit à Moscou, chez des nostalgiques de l'Empire soviétique désireux de se venger d'une Amérique trop puissante.[1]

Décidément, le monde du XXIe siècle risquait d'être aussi dangereux que celui du XXe.

— Tout cela me paraît un peu abstrait, reconnut-il. Que savez-vous réellement de cette affaire ?

L'Américain s'essuya la bouche, avec un sourire contraint :

— Je vais être obligé de vous faire un cours de biologie.

— Je vous en prie. On s'instruit à tout âge.

1. Voir SAS nº 122, *Opération Lucifer*.

Randolph Stafford repoussa son assiette vide. L'angoisse ne lui coupait pas l'appétit.

— Au départ, dit-il, il y a un bacille, le *Bacillus Anthracis.* Celui de la maladie du charbon ou de la Peste Noire, comme vous préférez. Une petite saloperie qui se présente sous la forme de bâtonnets de quelques microns. En principe, c'est une maladie animale, mais le bétail peut la transmettre à l'homme qui mange sa viande, ou se trouve en contact avec un animal atteint. Les animaux infectés défèquent dans des champs qui restent contaminés pendant des dizaines d'années. C'est un phénomène très connu, celui des « champs maudits ». Le bacille peut résister très longtemps sous forme de spore enfoui dans le sol, et il resurgit lorsqu'on remue la terre.

— Mais cela existe encore à notre époque ? s'étonna Malko.

— Hélas oui ! Même en Europe. La Roumanie vaccine la plupart de ses troupeaux, car la maladie s'y trouve à l'état endémique. La Bulgarie également, l'Iran aussi. Comme les animaux sauvages peuvent être également porteurs du *Bacillus Anthracis*, ils sont à même de le transporter sur de grandes distances. Les herbivores — moutons, vaches ou chevaux — développent un charbon interne, en ingérant des spores présents dans les pâturages. L'homme est contaminé en consommant leur viande. Les animaux infectés qui meurent dans la nature libèrent aussi des bacilles, sous forme de spores qui retombent dans le sol.

— Et l'homme ?

— Chez l'homme, la maladie peut être cutanée — la moins grave — pulmonaire ou digestive. Les deux dernières formes sont généralement mortelles. Le malade est frappé d'hyperthermie, puis de troubles de la coagulation et enfin de septicémie foudroyante, accompagnée d'hémorragies dans divers organes : vessie, reins, intestins... (Il fit la grimace.) Les cadavres de gens atteints par cette maladie se décomposent très rapidement. Ainsi, il a fallu injecter à ceux que vous avez vus des doses massives de formol pour qu'ils demeurent, heuh, regardables...

Brutalement, les boiseries parurent moins accueillantes à Malko. La description de l'Américain lui rappelait qu'il n'était pas seulement à Londres pour passer une mini-lune de miel avec Alexandra.

— Revenons à la guerre bactériologique, dit-il. On a *vraiment* utilisé ce bacille ? Il y a d'autres toxines, comme la botuline, infiniment plus dangereuses.

— C'est vrai, reconnut Randolph Stafford, mais le bacille du charbon présente de nombreux « avantages ». D'abord, il est extrêmement résistant. Il peut survivre des dizaines d'années à l'état dormant. Je vais vous livrer un secret. Les Britanniques ont pensé à la guerre bactériologique dès les années 40... Ils ont même fait des expériences dans ce sens, un demi-siècle avant Saddam Hussein...

— Quoi ! s'exclama Malko, stupéfait, vous...

L'Américain eut un geste apaisant.

— Rassurez-vous, ils n'ont tué personne. Mais mes homologues du MI 6 m'ont avoué qu'en 1941, une unité secrète avait été créée au sein de l'armée britannique afin d'étudier la possibilité de détruire la production de viande d'un pays. A l'époque, il s'agissait de l'Allemagne nazie, bien entendu. Il y a donc eu des expériences ultra-secrètes. On a *ensemencé* l'île de Gruinard, au nord de l'Ecosse, avec des spores de *Bacillus Anthracis*. Puis l'expérience a été abandonnée. Pour être réactivée en 1982. Et là, les scientifiques ont eu une sacrée surprise : quarante ans après, les spores étaient toujours aussi virulents ! Si on avait fait paître des animaux dans ces champs, ils auraient contracté la maladie...

Malko regarda ce qui restait de sa viande avec une méfiance soudaine. On vivait décidément dans un monde dangereux. Satisfait de son effet, le chef de station de la CIA conclut :

— Ces petites saloperies sont extrêmement résistantes. Les spores ne se détruisent qu'après une heure d'autoclave à 120 degrés. Des conditions qu'on ne trouve pas dans la nature...

— Revenons aux morts de l'ambassade, proposa Malko. Que s'est-il passé ?

— Je vais vous faire un nouveau cours, je le crains, dit l'Américain. Pour que vous compreniez *comment* on produit une arme bactériologique. Au départ, il faut des souches. C'est à dire des bacilles recueillis en laboratoire. Tous les pays industrialisés en possèdent. Il y a bien entendu différentes souches, plus ou moins virulentes, mais nous y reviendrons. Ce sont des bactéries sous forme de spores. Il y a des souches vaccinales qui, comme leur nom l'indique, servent à fabriquer des vaccins, et des souches virulentes avec lesquelles on étudie la maladie. Cultiver ces souches est relativement facile, tout l'appareillage tient dans un garage. Il suffit de les plonger dans ce qu'on appelle un « fermenteur ». C'est une sorte de bouillon Kub, une solution à base de viande que l'on porte à la température de 37 degrés. Il suffit d'y plonger les spores pour que leur nombre double *toutes les minutes*... C'est donc une progression arithmétique qui permet de « produire » des bactéries en quantités importantes avec très peu de moyens. Une fois cette « soupe » refroidie, il suffit de centrifuger les spores pour obtenir une pâte lyophilisée. Hautement toxique, puisqu'il s'agit d'un concentré de bactéries.

— Et cela ressemble à quoi ?

— Une poudre blanchâtre, paraît-il, je n'ai pas eu le plaisir d'en rencontrer.

Il avait même l'humour britannique...

— C'est cette pâte qu'on a mis dans l'eau des bonbonnes ?

— D'après les experts, ceux qui ont utilisé ces bacilles — qu'ils crèvent en enfer ! — ont utilisé un liquide inodore, incolore et sans saveur, dans lequel le bacille se trouve concentré à la puissance dix.

— Ça veut dire quoi ? demanda Malko, dont les connaissances en biologie remontaient à l'âge de pierre.

— Pour tuer quelqu'un, expliqua doctement le chef de station de la CIA, il faut qu'il avale ou qu'il respire une centaine de spores. Disons qu'avec ce dosage, il suffit *d'une seule goutte* pour infecter un litre d'eau.

Un ange passa, noir comme la peste. Tout cela était abominable. Malko repoussa son assiette.

— Résumons-nous : des terroristes inconnus ont empoisonné l'eau de l'ambassade, grâce à ces bacilles. Pourquoi ?

L'Américain leva les yeux vers les boiseries du grill-room.

— Je n'ai que des hypothèses. Il ne peut pas s'agir d'un acte isolé. Le terroriste moyen ne connaît rien en biologie. Cela peut être soit un test, soit un message.

— De qui ?

— De Saddam Hussein, évidemment.

— Quel message ?

— En dépit de votre puissance militaire, je peux encore vous frapper.

— Qui est au courant de cette affaire ?

L'Américain riva son regard dans le sien.

— Personne, sauf les médecins qui ont soigné les gens atteints. Ils sont tenus au secret médical. Nos homologues du MI 6 ont fait distribuer aux responsables des médias une Notice D, qui avertit que les faits révélés peuvent tomber sous le coup du « Official Secret Act ». Bien entendu, cela n'a aucune valeur coercitive, mais les médias ont joué le jeu. Comme les victimes sont toutes des fonctionnaires américains, cela a été relativement facile. Seulement, si ce drame se reproduisait, il serait impossible de museler les médias.

— C'est-à-dire ?

Randolph Stafford fixa Malko.

— Imaginez qu'au lieu d'empoisonner quelques bonbonnes, on empoisonne une nappe phréatique ou des canalisations d'eau potable. Ici ou chez nous, aux Etats-Unis. Ou encore, qu'on vaporise un aérosol « enrichi » de spores *Bacillus Anthracis* dans un cinéma, un restaurant, ou tout simplement dans la rue... La forme pulmonaire de la maladie est tout aussi mortelle. Vous imaginez la panique du public... Et les réactions ? Aucun gouvernement ne pourra rester les bras croisés sans rien faire. Même si les morts ne se comptent que par centaines.

— J'imagine, reconnut Malko. Vous pensez donc que ce sont les États-Unis qui sont visés...

— Si je pensais le contraire, vous ne seriez pas ici. Mais nos « Cousins » sont très nerveux à l'idée que des terroristes munis de cette saloperie se baladent sur leur territoire. Et, la Grande-Bretagne est notre alliée. Cela pourrait *aussi* la concerner.

— Je suis flatté que vous ayez pensé à moi, dit Malko, mais je me sens un peu désarmé devant ce genre de menace.

Randolph Stafford se permit un sourire de faible intensité.

— Vous l'êtes peut-être moins que vous ne le pensez. Mais je ne peux vous en dire plus pour l'instant.

— Quand serai-je fixé ? demanda Malko, intrigué.

— Venez prendre le breakfast demain à mon bureau à huit heures trente.

Son portable se mit à couiner faiblement et il le colla à son oreille. La conversation fut très brève.

— Votre table est réservée chez *Annabel's*, annonça-t-il. À mon nom. J'espère que vous passerez une bonne soirée.

Il se leva sans même avoir demandé l'addition. D'après l'attitude onctueuse du maître d'hôtel, il était honorablement connu dans la maison...

Malko retrouva avec plaisir le soleil de Bond Street. La Buick était garée au coin. Il prit congé de l'Américain.

— Je vais marcher un peu.

Il s'éloigna entre deux rangées de vitrines toutes plus luxueuses les unes que les autres, jetant un coup d'œil au passage à l'affichette du *Daily Mirror* qui ne parlait que du dernier scandale homosexuel à la Chambre des Communes.

Il était troublé. La Peste Noire ! C'étaient les vieilles peurs ancestrales de l'humanité qui resurgissaient du fond des âges à l'aube du XXIe siècle. Mais pourquoi Malko était-il le plus apte à lutter contre cette nouvelle terrifiante menace ?

CHAPITRE II

Alexandra était impériale, dans une robe longue rouge sang de Versace qui coulait sur elle, jusqu'aux chevilles, comme une seconde peau, épousant parfaitement les courbes de son corps. Un décolleté plongeant à la limite de l'indécence révélait que l'âge n'avait pas de prise sur ses seins, toujours aussi pleins et fermes. Elle ondulait sur la piste en contrebas des tables du restaurant *Annabel's*, sur la musique lente et sensuelle d'une salsa tropicale. A quelques centimètres d'elle Malko ne se lassait pas d'admirer sa « fiancée », s'attardant à ses longues cuisses. Il fallait un œil exercé pour deviner, sous le tissu, les serpents des jarretelles retenant les bas noirs.

Un signal.

Elle avait envie d'étrenner cette robe ce soir à leur façon habituelle... Dieu merci, leur suite du *Dorchester* comportait assez de glaces pour rendre le divertissement agréable.

Après le spectacle macabre de la morgue du King Edward VII Hospital, Malko avait besoin de se raccrocher à la vie. Il se rapprocha d'Alexandra, l'enlaça, colla sa bouche à son oreille.

— J'ai envie de toi. Tu es somptueuse.

Il aurait pu aussi bien hurler, on ne l'aurait pas entendu. *Annabel's* était bourré à craquer. Des dizaines de couples attendaient une table aux deux bars et dans le petit salon, en face du second bar. Le club n'était pas, à proprement parler, une discothèque, mais plutôt le restaurant le plus élégant de Londres, où on pouvait également danser, et même jouer, au *Clermont*, le casino de l'étage supérieur. Grâce à Randolph Stafford, Malko avait immédiatement obtenu une des meilleures tables, encastrée entre deux piliers d'acier poli, où l'attendait un magnum de Taittinger Comtes de Champagne Blanc de Blancs 1991.

Avant d'aller danser, Alexandra et lui l'avaient sérieusement attaqué... En réponse à sa déclaration, Alexandra se colla à lui, écrasant ses seins contre l'alpaga de son smoking.

— Moi aussi, j'ai envie de toi, fit-elle en riant.

Il glissa une jambe entre celles de la jeune femme, alors qu'ils étaient presque immobiles, forçant les cuisses à s'ouvrir. Le regard d'Alexandra se troubla aussitôt.

— J'aime que tu écartes mes cuisses, souffla-t-elle à son oreille. Pose tes mains sur mes hanches. Fort.

Ils étaient dans un coin de la piste, protégés par la pénombre. Malko jouissait intensément de ces moments de douceur sensuelle. Tout était parfait, l'atmosphère, la musique, les gens. Décidément, Londres demeurait une des villes les plus agréables du monde.

Subrepticement, Alexandra glissa une main entre leurs corps, pour serrer la virilité de Malko entre ses doigts.

— J'ai hâte que tu me baises, murmura-t-elle. Tu devrais m'emmener plus souvent en voyage.

Ils s'embrassèrent. Chez *Annabel's*, cependant, il était de bon ton de ne pas trop extérioriser ses sentiments, et ils se séparèrent assez vite. A peine eurent-ils regagné leur table qu'un maître d'hôtel se précipita pour les abreuver généreusement de Taittinger Comtes de Champagne. Alexandra vida sa coupe et demanda soudain :

— A propos, pourquoi es-tu venu à Londres ?

— Je ne peux pas te le dire, avoua Malko.

La jeune femme lui lança un regard à la fois intrigué et triste, sortit d'un étui en or une cigarette que Malko lui alluma avec le Zippo à ses armes.

— Encore une histoire où tu vas risquer ta vie... Je sais

bien comment cela se terminera. Un jour, le téléphone sonnera et...

Malko lui prit la main.

— N'y pense pas. La vie est une histoire qui se termine toujours mal. Il n'y a pas de *happy end*... Mais cette fois, je ne vois pas où est le risque. Je pense qu'ils ont surtout besoin d'un conseil.

Alexandra haussa les épaules et se leva.

— Viens, allons danser.

De nouveau, ils s'enlacèrent sur la piste. Les bulles du Taittinger rendaient Malko euphorique lui faisant oublier la morgue du King Edward VII Hospital. Son regard croisa celui d'Alexandra et il y lut le même désir. Comme ils se trouvaient près d'un des piliers carrés d'acier poli qui entouraient la piste, il y appuya Alexandra.

— J'aimerais te prendre là, murmura-t-il, remonter ta robe et te violer, t'écarter, t'ouvrir.

Elle lui renvoya un regard plein de défi.

— Qu'est-ce qui t'en empêche ?

Son ventre, appuyé au sien, disait la même chose.

— Je veux pouvoir revenir chez *Annabel's*, s'excusa Malko.

Comme ils se remettaient à danser, un couple étrange fit son apparition sur la piste. Complétement déassorti. Une somptueuse brune aux cheveux tirés relevés en chignon, les yeux soulignés de lourds traits de rimmel, la bouche rouge sang, un regard de braise. Son fourreau noir était aussi ajusté que celui, rouge, d'Alexandra.

Son cavalier ressemblait à une malédiction... Petit, rondouillard, son smoking n'arrivait pas à le rendre élégant. Chauve, avec un gros nez retroussé et une moustache noire, il dansait, maladroitement le regard levé sur sa partenaire. Celle-ci ne demeura dans ses bras que quelques secondes. S'éloignant d'un mètre, elle se mit à danser comme on ne dansait normalement pas chez *Annabel's*... Un lent déhanchement qui mimait l'amour, le regard perdu au loin, une flûte de champagne à la main. Son cavalier en était réduit à sautiller autour d'elle comme un insecte tout noir, ridicule, presque pathétique. Elle tourbillonnait sans se préoccuper de lui.

Lorsque son regard croisa celui de Malko, ce dernier eut l'impression d'avoir mis les doigts dans une prise électrique. L'inconnue le fixait, un sourire provocant aux lèvres, complètement allumée. Sans se soucier de son cavalier, elle se rapprocha, en accentuant son sourire, ce qui révéla des dents parfaites.

Elle avait, en lettres flamboyantes, écrit « baise-moi » sur le front et ne paraissait pas s'en soucier.

Tandis que son cavalier continuait à s'agiter comme un cafard, cette sublime salope était en train de draguer Malko, avec une grande économie de moyens, mais son regard était parfaitement explicite. Seule au milieu de la piste, elle dansait pour lui.

Une violente douleur dans le bras le fit sursauter. Alexandra venait de le pincer au sang.

— Qu'est-ce que c'est que cette pute ? demanda-t-elle d'une voix au vitriol. Tu la connais ?

— Absolument pas, jura Malko.

— En tout cas, *elle* a l'air d'avoir envie de te connaître.

Folle de rage, elle s'incrusta encore plus contre lui, afin de ne laisser aucun doute sur leurs relations. La brune, non seulement, ne détourna pas le regard, mais, abandonnant carrément son cavalier, se rapprocha encore d'eux. Sa hanche frôla celle de Malko. Ce qui arracha un grognement de fureur à Alexandra.

L'inconnue brune continuait son manège sans se soucier ni de son cavalier, ni d'Alexandra. S'offrant sans la moindre retenue. Sur une musique de slow, elle se mit à onduler en une sorte de danse orientale soft, mais totalement sexuelle. Elle englobait Alexandra et Malko dans le même sourire distant. A se demander qui des deux l'intéressait. Alexandra lança à mi-voix à Malko, avec l'expression d'un rhinocéros se préparant à charger :

— Demande-lui si elle veut que tu la baises tout de suite ou si ça peut attendre que je sois dans l'avion.

— Ne dis pas de bêtise, c'est toi que je vais baiser !

La prenant par la main, il la ramena à leur table. Le temps de terminer la bouteille de Taittinger, ils étaient dans un taxi, en route pour le *Dorchester*. Malko n'attendit pas d'être à l'hôtel. Retroussant la robe longue d'Alexandra, il plongea la main entre les longues cuisses charnues qui, après une brève résistance, s'ouvrirent docilement. Il avait à cœur de lui faire oublier la « pute ». Qui pouvait être cette inconnue qui l'avait dragué ouvertement ? Un simple coup de cœur, ou autre chose ? Londres était une ville où se côtoyaient des gens un peu allumés. Mais à force de vivre dans le monde parallèle, on devenait un peu parano...

Alexandra gémissait lorsque le taxi stoppa en face du *Dorchester*. Les taxis londoniens, avec leur vitre de séparation et leur grand espace, étaient uniques en leur genre. La jeune femme eut du mal à s'arracher à la banquette de moleskine et c'est d'une démarche légèrement hésitante qu'elle se dirigea vers le *Dorchester*.

Dans l'ascenseur, ils reprirent leur flirt, et à peine dans la suite, Malko appuya Alexandra au mur et fit jaillir ses seins de sa robe, agaçant leurs pointes durcies, les empoignant en une caresse à la limite de la brutalité. Alexandra se laissait faire, la tête rejetée en arrière, s'activant sur lui. En cet instant, la peste noire qui avait tué à l'ambassade américaine, était bien loin des préoccupations de Malko. Leur étreinte devenait de plus en plus brûlante. Il releva la longue robe, trouva le sexe inondé, déjà noyé de plaisir, s'y enfonça. Alexandra gémit. Les seins hors de sa robe, ses mains courant sur Malko, elle lui rendait caresse pour caresse. Le dépouillant d'abord de sa veste de smoking, elle ouvrit sa chemise, fit glisser son pantalon à terre. Jusqu'à ce que le sexe dressé batte contre son ventre nu, protégé uniquement par la dentelle du porte-jarretelles. Elle s'y frotta comme une chatte et gémit plus fort lorsque Malko prit ses seins à pleines mains. La respiration de la jeune femme s'accéléra, elle haletait, le regard chaviré, le bassin en avant.

Déjà, Malko, glissant son genou entre ses cuisses, les

écartait, au point de lui faire presque perdre l'équilibre. Alexandra l'encouragea.

— Oh oui, ouvre-moi ! Ecarte mes cuisses.

Il fit plus et mieux. Fléchissant les genoux, il l'embrocha debout, jusqu'à la garde, s'enfonçant dans du miel. Alexandra poussa un cri bref, le bassin en avant, les épaules appuyées au mur, en équilibre instable. Malko se mit à la prendre lentement, regardant son sexe entrer et sortir d'elle. Alexandra baissa les yeux.

— Tu ne regrettes pas la belle brune ?

— Tu aurais aimé qu'elle nous regarde ?

Le regard d'Alexandra se voila.

— Pourquoi pas ? Si j'étais certaine que tu ne la touches pas...

Il se retira d'elle et l'emmena jusqu'au lit, où il s'allongea. Son sexe fut aussitôt enveloppé par la bouche suave d'Alexandra, qui releva la tête pour dire :

— Tu sens moi...

Agenouillée au bord du lit, elle lui administrait une savante fellation. Ses mains s'activaient en même temps sur sa poitrine pour la faire participer à la fête...

Fugitivement, l'image des sept cadavres allongés à la morgue du King Edward VII Hospital passa devant les yeux de Malko, sans gâcher sa félicité. Alexandra était une maîtresse merveilleuse. En dépit des années, ils faisaient encore l'amour comme aux premiers jours, avec un mélange de fougue et d'érotisme déchaîné. Brutalement, il repoussa la bouche qui allait le faire jouir, bascula Alexandra sur le dos et l'embrocha, les jambes repliées, se déchaînant comme un soudard. Il n'avait pas été aussi excité depuis longtemps.

— Oh, j'aime que tu me baises ! gémit-elle.

Comme un noyé, il s'accrochait à ses seins, les tordait, les pinçait, les maltraitait, arrachant des halètements excités à Alexandra. La belle robe n'était plus qu'un torchon autour de ses hanches, un de ses bas était filé, son maquillage avait coulé, mais elle ondulait toujours avec fougue sous lui.

— Je veux tes fesses, dit soudain Malko.

Elle poussa une exclamation déçue lorsqu'il s'arracha de

son ventre, mais le suivit docilement jusqu'au mur où il l'appuya, la croupe cambrée, face à la glace de la penderie. Bien qu'elle l'aide et le guide, Malko eut du mal à l'envahir, tant il était excité. L'anneau de chair refusait obstinément de céder. Abandonnant la douceur, il prit Alexandra aux hanches et poussa de toutes ses forces. Un cri, une sensation exquise de plonger dans un tunnel brûlant. Il se mit à aller et venir, d'abord avec difficulté, puis plus facilement, à mesure qu'Alexandra s'ouvrait, avec des gémissements d'excitation.

Ce n'était pas encore assez. Sans se dégager, il la poussa jusqu'au lit, la fit s'allonger sur le ventre et se déchaîna.

— Je ne bouge plus, souffla Alexandra. Viole-moi.

Il ne s'en priva pas, s'enfonçant dans la croupe offerte aussi loin qu'il pouvait. Jusqu'à ce qu'il explose au fond des reins. Un peu plus tard, Alexandra tourna la tête vers lui, les traits ravagés par le plaisir.

— C'était merveilleux, tout à l'heure ! Ce mélange de douleur et de plaisir. Tu m'as fait mal au début. Très mal. Tu m'as déchirée. Ensuite, c'était extraordinaire...

Encore emboîtés l'un dans l'autre, ils s'embrassèrent. La langue d'Alexandra était douce et habile. Après, elle demanda, pour la seconde fois.

— Pourquoi es-tu à Londres ?

Il sourit.

— Pour la brune d'*Annabel's*...

Il lui était interdit d'en dire plus et une lueur de contrariété passa dans les yeux pers d'Alexandra.

— Ne te moque pas de moi ! Si c'était vrai, tu ne m'aurais pas baisée comme ça. Je te connais.

Leur complicité sexuelle et érotique, qui traversait le temps sans s'affaiblir, faisait qu'à cette seconde, Malko n'avait qu'une idée : ne pas quitter Alexandra, recommencer tous les jours ce qu'ils venaient de faire. Oublier la mort qu'il allait défier, le monde glacial et féroce qui était le sien. Hélas, il ne pouvait pas. Il était engagé dans un cycle infernal, et le château de Liezen était un monstre vorace.

Aussi lui fallait-il remettre régulièrement sa vie en jeu, comme un joueur accroché au tapis vert.

— Je repartirai demain, dit Alexandra. Je te laisse avec ta « pute » d'*Annabel's*.

— Pourquoi ?

Une lueur triste passa dans ses prunelles.

— Un jour, ta chance t'abandonnera. Ce jour-là, je ne veux pas être là.

*

* *

Le chrono Breitling B-One de Malko indiquait 8 h 29 quand il pénétra dans le bureau de Randolph Stafford, dont les fenêtres offraient une vue magnifique sur les arbres bien taillés de Grosvenor Square. Situé au quatrième étage de l'ambassade américaine, le bureau était presque aussi spacieux que celui de l'ambassadeur. En effet, la station de la CIA à Londres était une des plus importantes du monde, avec Moscou et Tokyo.

L'Américain vint au-devant de Malko, la main tendue.

— *Tea or coffee ?*

— *Coffee*, choisit Malko qui détestait le thé.

Un plateau d'argent était installé sur une table basse, entre deux canapés Chippendale capitonnés de cuir verdâtre. Le chef de station de la CIA fit le service, offrit des toasts à Malko. Dans cet environnement cosy, la conversation de la veille semblait irréaliste. Malko essaya de se concentrer, chassant de ses pensées Alexandra, qu'il avait laissée au *Dorchester*.

— Alors, vous avez besoin de moi ? demanda-t-il.

Randolph Stafford reposa la théière.

— Oui.

Pendant quelques minutes, ils se contentèrent de prendre leur breakfast, puis Randolph Stafford rompit le silence.

— Hier soir, j'avais rendez-vous avec Dimitri Douchkine, mon homologue du SVR [1].

1. Successeur du KGB.

— Vous soupçonnez les Russes dans l'affaire de la peste noire ?

— Disons que nous voulions en avoir le cœur net. Depuis l'incident de New York, ils ont « verrouillé » un certain nombre de choses et viré les brebis galeuses. Mais j'avais besoin d'une information vitale.

— Laquelle ?

Randolph Stafford but quelques gorgées de thé et alluma une Gauloise blonde avec un briquet de table Zippo en argent vieilli, avant de répondre :

— Je dois d'abord vous donner quelques éléments supplémentaires. Après le décès des victimes de l'ambassade, nos médecins ont naturellement procédé à des prélèvements de tissus, afin d'identifier le bacille mortel. Ce qu'ils ont découvert a été une énorme surprise. On répertorie dans la nature cinq souches différentes de *Bacillus Anthracis*, plus ou moins virulentes. Or, ce qu'ils ont isolé est une *sixième* souche, qui n'existe pas naturellement. Nous l'appellerons « X ».

— Ce qui veut dire ?

— Qu'il s'agit d'une souche produite par l'homme, à des fins de guerre bactériologique.

Brutalement, la température sembla plus fraîche dans la pièce trop chauffée.

— Ce n'est pas rassurant, remarqua Malko.

L'Américain approuva avec gravité.

— Encore moins que vous ne pouvez l'imaginer. Pour deux raisons. D'abord, cette souche « X » résiste au vaccin avec lequel nous avons vacciné les troupes de l'opération « Desert Storm »[1]. Et surtout, elle est environ cinquante fois plus virulente qu'une souche normale qu'on combat avec des antibiotiques. Avec cette nouvelle souche, le cycle de la maladie ne dure que quelques heures, les toxines se répandent dans le corps à une vitesse hallucinante, et en moins de quarante-huit heures, le malade est condamné.

— C'est une maladie transmissible ?

1. La guerre contre l'Irak en 1991.

— Non, heureusement.

— Quel est le rapport entre le SVR et cette souche « X » ?

— Swerdlosk, laissa tomber l'Américain.

— Swerdlosk ? La ville de l'Oural ?

— Oui. Au début de février, cette année, la *Company* a été contactée par deux scientifiques russes, Lev Fedorov et Sergueï Volkov, des biologistes pacifistes. Du temps de l'Union soviétique, ils croupissaient au fond d'un goulag. Là, ils ont pu s'exprimer. Sergueï Volkov a travaillé à la Cité 19, une petite agglomération de six mille habitants au sud de Swerdlosk. Nous savions déjà que c'était un des centres où les Soviétiques, puis les Russes, développaient des armes biologiques. À cause du « *Swerdlosk incident* ».

— Qu'est-ce que c'est ?

— Le 2 avril 1979, à la suite d'une explosion accidentelle, un nuage infesté de bacilles d'anthrax s'est répandu sur la Cité 19. Cet accident a causé officiellement la mort de soixante-huit personnes, décédées d'anthrax pulmonaire. Jusqu'en 1992, les autorités de Moscou ont nié les faits. Ce n'est qu'en 1992 que Boris Eltsine a reconnu qu'il s'était produit un accident biologique, ayant fait un certain nombre de victimes. Entre-temps, nous n'étions pas demeurés inertes. L'Agence avait appris plusieurs choses. D'abord, qu'il s'agissait d'une fuite dans une munition — obus ou bombe — entreposée dans la Cité 32, séparée de la Cité 19 par une route. Mais surtout, au prix de beaucoup d'efforts, nous sommes parvenus à nous procurer des échantillons d'organes — rate, poumon, méninges, ganglions lymphatiques — prélevés sur les victimes. Un de nos laboratoires de guerre biologique, installé à Los Alamos, a pu alors déterminer qu'il s'agissait bien d'une nouvelle souche, fruit d'une manipulation génétique, dotée d'une virulence multipliée. Son inocuité aux vaccins en fait une arme terrifiante.

— Et vous n'avez pas réagi ?

L'Américain haussa les épaules.

— *Nous aussi*, nous avons nos recherches, mais je ne suis pas autorisé à vous en dire plus à ce sujet. Il y a dans ce domaine un *gentlemen's agreement*. On fait des recherches mais on s'engage à ne jamais en utiliser les résultats. Durant la dernière guerre, les Nazis possédaient des tonnes de gaz asphyxiants mais ne les ont jamais utilisés...

— Pour un *gentelmen's agreement*, il faut des gentlemen, remarqua Malko. Êtes-vous sûr des Russes ?

Randolph Stafford eut un geste d'impuissance.

— Dans le domaine nucléaire, chimique et biologique, ils jouent le jeu. Ils savent que les conséquences seraient trop graves si nous les prenions la main dans le sac.

— Dans ce cas, pourquoi cette rencontre avec votre homologue du SVR ?

Nouvelle gorgée de thé et bouffée de tabac blond. L'Américain posa sa Gauloise blonde en équilibre sur le bord du cendrier, avant de répondre :

— Tout de suite après l'« épidémie » de l'ambassade, expliqua-t-il, nous avons effectué des prélèvements sur les cadavres et les avons envoyés à Los Alamos. La réponse est revenue très vite. Il s'agissait exactement des mêmes souches que celles du « *Swerdlosk incident* » : un bacille modifié par manipulation génétique.

— Inquiétant...

— Le lendemain, j'étais chez mon homologue du SVR, avec les deux échantillons de prélèvement et une lettre de notre ambassadeur mettant le Kremlin en garde contre une prolifération d'armes biologiques. Bien entendu, Dimitri Douchkine m'a juré ses grands dieux que jamais les Soviétiques, ni ensuite les Russes, n'avaient exporté ces saloperies.

— Vous l'avez cru ?

Randolph Stafford fit la moue.

— Je ne crois jamais complètement un Russe, et encore moins un membre des Services. D'autant que l'Union soviétique et ensuite la Russie ont été de gros fournisseurs de matériel militaire à l'Irak. Ouvertement avant l'embargo, et secrètement depuis. Tant qu'il s'agit de matériel conventionnel, ce n'est pas trop grave. Cependant, il y a certains domaines ultra « sensibles » où les Russes n'osent pas mentir.

— Donc, vous soupçonnez l'Irak ?

L'Américain leva un regard lourd vers Malko.

— Qui d'autre voulez-vous que ce soit ? C'est notre seul contentieux en ce moment. Dans le passé, Saddam Hussein a montré qu'il était capable de tout. Il a quand même successivement attaqué l'Iran, gazé sa minorité kurde, rasé quelques villes chiites en rebellion dans le Sud, et enfin envahi le Koweit ! Je ne parle même pas des milliers d'opposants liquidés, y compris dans sa propre famille. Et toujours avec une brutalité inouïe. Disons qu'il a un *bad record*[1].

— Je sais, dit Malko, je l'ai vu à l'œuvre[2].

— Seulement, continua le chef de station de la CIA, autant il est facile, moralement, d'aplatir Saddam Hussein sous un tapis de bombes, si nous avons la preuve formelle qu'il est derrière cet attentat, autant la communauté internationale nous tomberait dessus à bras raccourcis, si nous agissions sur de simples soupçons. Pour certains, Saddam Hussein, qui a du sang sur les mains jusqu'aux coudes, est encore considéré comme une espèce de saint laïc... Comme l'étaient Staline, Mao ou Pol Pot.

Un ange passa et s'enfuit, les yeux bandés. Staline et Mao étaient morts dans leur lit et Pol Pot venait de mourir au terme d'une retraite paisible dans le nord de la Thaïlande. Le Révolutionnaire avait la cote au XXe siècle, même s'il massacrait allègrement son propre peuple. Seul, le génocide rwandais avait provoqué quelques froncements de sourcils de la part des défenseurs des Droits de l'Homme, car ses auteurs n'étaient pas tout à fait « politiquement corrects ».

— Je comprends vos scrupules, approuva Malko. Mais que vous a dit votre homologue russe ?

— Il a fait un saut à Moscou pour rendre compte au

1. Un mauvais dossier.
2. Voir SAS n° 103, La *vengeance de Saddam Hussein*.

Kremlin de notre entretien, et il est revenu avec l'assurance officielle que l'*establishment* militaire russe n'a pas fait de fleurs à Saddam Hussein. Hier soir, il m'a remis une lettre signée de Boris Eltsine lui-même, garantissant que *personne, jamais*, n'avait livré de souches de bacille d'anthrax « X » à l'Irak, ni à qui que ce soit. Boris Eltsine a beau être ce qu'il est, je ne pense pas qu'il se soit engagé à la légère. Lui n'est pas amoureux de Saddam Hussein, et il a trop besoin de nous. Si j'avais eu une réponse évasive, vous n'auriez pas eu à intervenir : c'eût été un problème à régler directement enfin la Maison-Blanche et le Kremlin.

— La Russie n'est pas le seul pays à pouvoir fabriquer ce genre de saloperie, releva Malko. Il y a la Chine, l'Inde peut-être, l'Iran, non ?

— Impossible, trancha le chef de station de la CIA. Seule la Chine a un programme biologique. Certes, elle vend aussi des armes à l'Irak, mais nous savons exactement quoi. De plus, ces souches ont une « signature » génétique. Elles viennent bien de la Cité 19.

— Boris Eltsine ment ?

L'Américain secoua lentement la tête.

— Honnêtement, je ne crois pas. Nos experts sont du même avis. Seulement, le tsar de toutes les Russies ne sait pas tout...

— C'est-à-dire ?

Nouvelle tasse de thé. Randolph Stafford consultait fréquemment sa montre, comme s'il attendait un coup de fil. Il reprit :

— Nous savons qu'il existe un important marché clandestin de ventes d'armes réalisées par les mafias russe et ukrainienne. Certaines de ces ventes sont faites avec l'accord tacite du Kremlin, même s'il le nie. D'autres sont menées par des réseaux de trafiquants issus de l'ancienne Union soviétique, prêts à tout pour s'enrichir. C'est, à mon avis, de ce coté-là qu'il faut chercher..

— Je vais vous poser une question, coupa Malko. Les Irakiens n'auraient pas pu mettre au point eux-mêmes ces souches « X » ?

Le chef de station de la CIA secoua lentement la tête.

— Impossible. Ils ne possèdent pas les scientifiques de haut niveau capables d'effectuer des modifications génétiques à partir des souches originales. Alors qu'une fois en possession de ces souches, il suffit de quelques bons techniciens de laboratoire pour les faire croître et multiplier, à l'aide d'un matériel extrêmement modeste.

— Je commence à comprendre pourquoi vous avez fait appel à moi, fit Malko avec un demi-sourire.

Randolph Stafford ne le lui rendit pas. Crispé, noué, il évoquait un homme qui s'attend à ce que son médecin lui annonce qu'il a un cancer... Il reposa sa tasse de thé et dit :

— Si les archives de la Division des Opérations sont exactes, vous avez été en contact, à deux reprises, avec un Ukrainien trafiquant d'armes, un certain Vladimir Sevchenko.

— Tout à fait exact, confirma Malko[1].

— La seconde fois, continua Randolph Stafford, le Pentagone, à votre demande, lui a même concédé un marché d'environ trois cent millions de dollars d'équipement militaire du Pacte de Varsovie à destination de l'armée bosniaque. Un beau cadeau.

Devant l'insinuation quasi transparente de l'Américain, Malko sentit la moutarde lui monter au nez et tint à mettre les points sur les I.

— Ce n'était pas un *cadeau*, précisa-t-il froidement, mais un *deal*. Sevchenko nous a aidés à démonter une opération terroriste concoctée par quelques fous furieux du Kremlin, et, en échange, on lui a permis de gagner de l'argent. Dont, faut-il le préciser, je n'ai pas vu le moindre dollar.

Randolph Stafford s'empourpra légerement et eut un geste apaisant.

— Vous m'avez mal compris, prince Malko. Je connais votre éthique. J'ai simplement voulu dire que vous êtes le

1. Voir SAS n° 119, *Le Cartel de Sebastopol*, et n° 122, *Opération Lucifer*.

seul à l'Agence à posséder un contact sûr dans ce milieu. Voilà pourquoi je vous ai fait venir à Londres.

— Je n'ai pas eu de nouvelles de Vladimir Sevchenko depuis plus de deux ans, avertit Malko. J'espère qu'il est toujours vivant.

Randolph Stafford se pencha au-dessus de la table.

— Trouvez-le. Où qu'il soit.

— Je vais faire de mon mieux. Mais, en admettant qu'il m'aide, où cela mènera-t-il ?

— Nous craignons que cet attentat ne soit pas un acte isolé, dit l'Américain. Si cela se reproduit, ici ou chez nous, le président sera *obligé* de réagir.

Autrement dit, d'aplatir l'Irak sous un tapis de bombes...

— Je vais immédiatement appeler Vladimir Sevchenko, promit Malko. J'ai tous ses numéros à Kiev. Mais vous avez d'autres éléments qui vous permettent d'accuser Saddam Hussein ?

La voix du chef de station de la CIA claqua comme un fouet.

— Évidemment ! Hier, je vous ai parlé du « fermenteur » nécessaire à la multiplication des souches d'anthrax. Or, nous avons la preuve que l'Irak a acheté en Allemagne et en Grande-Bretagne, entre autres, *trente-deux* tonnes de ce fermenteur industriel. Pour votre gouverne, sachez qu'un pays *normal* en utilise au maximum deux cents kilos par an, pour ses expériences en laboratoire... Or, en dépit de l'inspection des sites militaires irakiens, l'Uscom n'a jamais retrouvé ces trente-deux tonnes. Ce qui signifie que les Irakiens ont la possibilité technique de fabriquer des quantités énormes de Bacillus Anthracis génétiquement modifié, survirulent. Comme ils n'ont plus de vecteurs — missiles ou obus —, ils les ont peut-être remplacés par des vecteurs humains.

— Saddam Hussein n'ignore pas que la riposte américaine peut être terrible, objecta Malko.

— Il ne raisonne pas comme nous. Il se doutait bien qu'on ne lui laisserait pas le Koweit. Il l'a envahi quand même. Il pense probablement, que, sans preuves directes, l'Amérique n'osera pas riposter.

— Il n'a pas tort...

Randolph Stafford fixa longuement Malko, et laissa tomber :

— Nous comptons sur vous pour que vous nous les apportiez. Ne perdez pas une minute. Le président a signé il y a quarante-huit heures un « finding [1] » dans ce sens. Vous avez carte blanche et tous les moyens dont vous pourrez avoir besoin. Nous *devons* remonter la chaîne qui va de Swerdlosk à notre ambassade de Grosvenor Square. Coûte que coûte. Sinon, La Maison-Blanche risque de se trouver dans une situation impossible. Avec des conséquences tragiques pour tout le monde.

1. Ordre secret présidentiel.

CHAPITRE III

Une pluie fine tombait sans interruption, sous de gros nuages bas, plongeant la campagne chypriote dans une grisaille déprimante. La ceinture de béton d'hôtels bon marché qui s'allongeait sur trente kilomètres le long de la côte sud de l'île, de Larnaca à Limassol, en était encore plus triste. Pendant toute la guerre civile libanaise, la partie grecque de Chypre avait été la base arrière des Libanais fuyant les combats. Ils s'étaient installés tout le long de la côte, construisant villas, hôtels, restaurants, appartements. La paix revenue, ils avaient regagné leur pays, remplacés par les touristes britanniques avides de soleil, par tous les trafiquants du Moyen-Orient, et désormais par les Russes et les citoyens des anciennes républiques soviétiques. Il y avait une excellente raison à cette invasion : Chypre n'était pas regardante sur ses visiteurs. C'était un des rares pays où les Russes n'avaient pas besoin de visa. Quant aux banques, on pouvait s'y présenter avec des valises de billets, sans craindre de s'entendre poser des questions bêtement embarrassantes.

Malko était arrivé à l'aéroport de Larnaca une heure plus tôt, en provenance directe de Londres, à bord d'un Falcon 900 affrêté par la CIA. A peine sorti du bureau de Randolph Stafford, il s'était mis au téléphone pour retrouver la trace de Vladimir Sevchenko. Alexandra avait quitté le *Dorchester*, lui laissant un mot précisant qu'elle rentrait en Autriche, comme elle le lui avait laissé entendre la veille.

La recherche du mafieux ukrainien s'était révélée difficile. Aucun de ses numéros à Kiev ne répondait. Malko avait dû faire appel à la station de la CIA de Kiev. Il avait attendu toute la journée une réponse. Le télex était arrivé à sept heures du soir. Vladimir Sevchenko n'habitait plus l'Ukraine. Apparemment, il avait émigré à Chypre, dans la partie grecque. Aucune adresse. Averti, Randolph Stafford avait immédiatement « activé » la station de Chypre de la CIA, et « charté » un jet pour que Malko puisse partir à la première heure, le lendemain.

— Chypre, c'est petit, avait-il constaté ; s'il est là-bas, vous le trouverez.

Bien qu'il se lève à six heures, Malko était retourné le soir chez *Annabel's* prendre un verre. Avec l'espoir secret de revoir celle qu'Alexandra avait surnommée la « pute ». Il était resté jusqu'à une heure du matin, sans voir autre chose que quelques élégantes call-girls. Le barman d'*Annabel's*, contre deux billets de cinq livres, lui avait quand même appris que la brune explosive venait là de temps en temps, toujours avec des hommes de type moyen-oriental, et très riches. Son cavalier de la veille, un Libanais, avait par exemple un appartement immense à Mayfair et une fortune colossale. Malko s'était consolé en se disant que la brune était tout simplement une demi-mondaine, comme Londres en regorgeait. Et il était sagement retourné se coucher au *Dorchester*.

Un *field officier* de la CIA l'avait accueilli à l'aéroport de Larnaca. Garçon effacé, grassouillet, avec de grosses lunettes de myope et de bonnes nouvelles.

— Nous avons retrouvé la trace de Vladimir Sevchenko, avait-il annoncé. Il est résident chypriote depuis un an et se fait construire un véritable palais sur les hauteurs de Limassol. Il paraît qu'on le voit à des kilomètres. Juste en contrebas de l'autoroute A1, avant la sortie 24. On l'appelle la « Maison-Blanche » à cause de sa taille. Au-dessus, il y a une église orthodoxe.

Malko avait remercié, loué une Ford Escort et pris l'autoroute qui longeait la côte jusqu'à Pafos. Il s'était d'abord installé dans le meilleur hôtel de Limassol, la grande station balnéaire de Chypre, le *Four Seasons*. Celui-ci était quasiment désert, car la saison ne commençait que le 1er avril et le temps n'attirait pas les touristes. La plupart des restaurants étaient fermés et les boutiques de souvenirs qui s'alignaient restaient vides de clients. Certaines affichaient des étiquettes en russe...

— Huit mille Russes vivent à Chypre, lui avait appris le *field officer* de la CIA. A cause des sociétés *off-shore*. Les Chypriotes sont très accueillants. Leur île est devenue une véritable entreprise de blanchisserie. Une bonne partie de l'argent sale de Russie aboutit ici.

Après avoir déposé ses affaires au *Four Seasons*, Malko reprit la route en direction du centre de Limassol. Sur les collines s'étendant entre la mer grisâtre et l'autoroute, il cherchait à repérer le « palais » de Vladimir Sevchenko.

La zone touristique de Limassol alignait, sur vingt kilomètres, des centaines d'hôtels pour quelques grains de sable répartis sur de rares plages étriquées. Il fallait avoir tué père et mère pour venir passer des vacances ici !

Trois kilomètres plus loin, Malko aperçut une énorme maison en construction, deux corps de bâtiment reliés par un patio, à flanc de colline. Deux immenses drapeaux russes flottaient au vent. Vladimir Sevchenko avait bien utilisé l'argent gagné grâce à la CIA.

Malko tourna à droite, grimpant de petits chemins pour parvenir au chantier où quelques ouvriers s'activaient mollement sous la pluie. Heureusement, leur chef parlait anglais.

— Monsieur Sevchenko habite à l'hôtel *Hawaï Beach*, apprit-il à Malko. C'est tout à l'est, près du *Méridien*.

En avant pour le *Hawaï Beach*. Malko parcourut une dizaine de kilomètres avant de le trouver. Une grosse bâtisse entre la route et la mer, qui possédait autant de charme qu'un blockhaus. Nettement moins luxueux que le *Four Seasons*, tout aussi désert. Lorsque Malko demanda Vladimir Sevchenko à la réception, l'employé lui jeta un regard soupçonneux.

— Vous avez rendez-vous ?

— Non, pas vraiment, mais je suis un de ses vieux amis.

Cela ne rassura pas le Chypriote.

— Monsieur Sevchenko ne veut pas être dérangé. Pour le moment, il se trouve dans la salle de musculation. Je vais faire porter un message dans sa suite. Vous pouvez patienter au bar.

Malko se dirigea vers le bar. Le temps que l'employé se désintéresse de lui, il s'engagea dans l'escalier menant au niveau inférieur. Un écriteau annonçait : SPA GYMNASIUM. Malko poussa une porte vitrée, derrière laquelle une piscine exhalait une abominable odeur de chlore. Personne. Une seconde porte s'offrait plus loin dans le couloir. A peine l'eut-il poussée qu'il fut plaqué contre le mur par une poigne énorme.

Deux hommes à la carrure monstrueuse bloquaient l'entrée de la salle de musculation. Epaules de lutteurs, blousons de cuir noir, têtes de brutes. Celui qui avait saisi Malko, un gros rouquin velu comme un singe, c'était Djokar, un des deux tchétchènes gardes du corps de Vladimir Illitch Sevchenko, surnommé « Le Blafard » lorsqu'il était encore officier du GRU, avant de se reconvertir dans les trafics en tous genres.

Ils se reconnurent en même temps. Avec un grognement heureux de pitbull retrouvant son maître, Djokar lâcha Malko et l'étreignit contre son torse en forme de barrique. A côté, le second garde du corps, Abbi, jappait de bonheur ! Ils étaient égaux à eux-mêmes, ayant trop peu de contacts avec le monde extérieur pour changer. Djokar fouilla dans sa poche et exhiba fièrement à Malko le briquet Zippo ornée d'une superbe Vargas Girl Size que lui avait offert Chris Jones, à Kiev.

— Vladimir Illitch est là ? demanda Malko en russe.

— Pour toi, il est toujours là, lança Abbi en ouvrant la porte.

Malko pénétra dans le gymnase. Vladimir Sevchenko n'était pas le genre de relation dont on pouvait se prévaloir dans un dîner mondain, mais il était bien utile. Evidemment, il avait quelques petits défauts. A Istanbul, il avait fait griller vifs des intermédiaires indélicats. Il était capable d'étrangler un chien et de battre une femme comme un tapis poussiéreux. Dans son milieu, les procédures de licenciement se résumaient à une balle dans la tête. Mais ces petits travers mis à part, il n'était pas foncièrement antipathique...

Un grincement régulier attira l'attention de Malko. Il fit quelques pas et découvrit l'unique utilisateur du gymnase. Vladimir Sevchenko, nu comme un ver, était assis sur un siège de fer et musclait ses bras en faisant monter et descendre au-dessus de sa tête une barre horizontale chargée de poids. Il soufflait comme un phoque. Sous la graisse, on voyait jouer ses muscles énormes. Insolite, une blonde aux longs cheveux vêtue d'un maillot noir une pièce, agenouillée sur un tapis de caoutchouc, face à lui, lui administrait une fellation rythmée par le claquement métallique des poids.

Ce qui s'appelait joindre l'utile à l'agréable.

L'Ukrainien aperçut Malko, plissa les yeux de surprise, puis poussa un barrissement de joie et lâcha la barre qui retomba sur ses taquets en faisant trembler tout l'appareil. Il se leva, renversant sa fellatrice, et précédé de son érection, se précipita vers Malko.

Lorsqu'on retrouve un ami, on ne mégote pas. Malko l'étreignit sans retenue en dépit de l'abominable odeur de camphre, de transpiration et de suri qui émanait de lui.

— *Tovaritch !* s'exclama Vladimir Sevchenko en russe. Comment m'as-tu retrouvé ici ?

Malko balaya la question d'un sourire.

— Tu es très connu...

La blonde s'était relevée et attendait. L'Ukrainien lui fit signe de s'approcher et lui mit paternellement la main sur l'épaule.

— Tatiana est la meilleure suceuse de cette putain d'île ! proclama-t-il.

Tatiana baissa modestement les yeux. Son visage plein de douceur, ses grands yeux de biche et ses longs cheveux lisses lui donnaient un air tout à fait convenable. Evidemment, il y avait sa bouche trop grande pour être honnête... Elle expédia une œillade énamourée à Malko, comme pour confirmer le compliment de Vladimir Sevchenko. Ce dernier soupira.

— Le médecin m'a dit de faire du sport. Mais c'est tellement emmerdant que j'emmène Tatiana... Comme ça, je fais mes exercices jusqu'au bout. Je lui ai dit de mettre un quart d'heure. Elle est très consciencieuse. Tu veux essayer ?

— Plus tard, dit Malko. Alors, tu n'habites pas encore ta belle maison ?

Vladimir Sevchenko lui glissa un regard complice, tout en enroulant dans une serviette son érection en berne.

— Je devrais mettre ton nom sur le portail de ma datcha, dit-il avec un clin d'œil. Tu as été *très* correct. Vladimir Illitch est ton ami. Pour la vie. Je voulais t'inviter à venir pendre la crémaillère dans quelques mois. J'ai commandé deux containers de meubles chez Claude Dalle, à Paris. J'ai déjà fait venir de Kiev mon beau bureau Louis XV, il est là, dans ma suite. Ce qu'il y a de mieux.

— Tu peux faire mieux, fit Malko.

— Quoi ?

— Me rendre un service.

— Tu dis, je fais... Tu habites ici ?

— Non, au *Four Seasons*.

— *Karacho*. Je finis mes exercices et on se retrouve ici pour dîner. Toi et moi.

— *Karacho*.

Heureux comme un enfant, Vladimir Sevchenko retourna s'asseoir sur son siège de torture et Tatiana se réinstalla à ses pieds, sans même attendre que Malko soit parti.

Probablement pour lui faire une bonne impression.

*

* *

Le *Malika Russiaia*, le meilleur restaurant russe de Limassol, juste en face du *Hawaï Beach Hotel*, était désert. Le maître d'hôtel avait accueilli Vladimir Sevchenko comme si c'était Boris Eltsine, lui donnant le choix entre vingt tables, toutes aussi vides les unes que les autres. Abbi et Djokar, eux, s'étaient installés près de la porte.

Vladimir Sevchenko soupira d'aise.

— Chypre, c'est paradis ! Ici, on est sûr qu'un malfaisant ne va pas venir te gâcher ton dîner avec une Kalach.

— Un chauffeur de taxi a quand même assassiné un touriste, releva Malko qui avait lu le *Cyprus Mail*.

Vladimir Sevchenko haussa les épaules.

— Petite merderie ! Tiens, goûte le caviar. Je l'ai fait venir de Paris. En Russie, on ne trouve plus rien de bon.

Il poussa vers Malko une boîte de caviar Petrossian de cinq cents grammes, du Beluga aux magnifiques grains gris foncé. L'Ukrainien en était déjà à sa troisième vodka, ce qui atténuait son côté blafard, dû probablement à une mauvaise circulation. Les zakouskis [1] avaient disparu en un clin d'œil. Pendant que Malko se servait, Vladimir Sevchenko soupira.

— Je suis content de te revoir. Tu as des couilles. Djokar et Abbi aussi t'aiment bien.

L'estime d'un Tchétchène, cela valait de l'or. Evidemment, ces deux-là étaient capables de démembrer une femme pour s'amuser... Pendant quelques minutes, ils firent honneur au Beluga de Petrossian et à la vodka. Puis Vladimir Sevchenko rota, se gratta le ventre et demanda.

— Qu'est-ce que tu veux ?

Malko le lui dit. Sans rien omettre. Avec un homme comme le mafieux ukrainien, il fallait être d'une clarté absolue, sous peine de se brouiller définitivement. Lorsqu'il eut terminé, Vladimir Sevchenko alluma une cigarette, but une nouvelle vodka et laissa tomber :

— N'importe qui me demande ça, je ris et je fous le camp ! Toi, c'est différent. Mais ce n'est pas facile. Moi, je n'ai jamais travaillé avec l'Irak. Bien sûr, je peux savoir qui le fait. Pour cela, il faudrait que j'aille à Moscou.

— Pourquoi « faudrait » ? objecta Malko. Tu ne veux pas m'aider ?

1. Hors-d'œuvre.

Vladimir Sevchenko baissa la tête.

— C'est dangereux. Très dangereux. Parce que les Irakiens ne seront pas contents. Et les Irakiens...

Il eut un geste expressif, promenant une lame imaginaire sur sa gorge. Malko sourit.

— Tu as peur d'eux, toi ?

Le mafieux hocha la tête.

— *Tovaritch, personne* ne court plus vite qu'une balle de Kalach. Tu as connu Anatoly Gourevitch, le directeur de l'hôtel *Metropole*, à Moscou ? Un homme puissant et *très* protégé.

— Non.

— Dommage, c'était un bon camarade, mais trop sûr de lui. Il y a quinze jours, ils sont venus le chercher dans son bureau à dix heures du matin et l'ont emmené dans le hall. Là, devant les clients, ils lui ont mis un chargeur dans le ventre. Moi, je veux vivre heureux et tranquille. Je ne vends presque plus de matériel de guerre, seulement des équipements.

Malko sentit qu'il fallait mettre un peu de pression. Il se pencha à travers la table.

— Vladimir Illitch, insista-t-il, tu vas rendre service au président des Etats-Unis. C'est l'homme le plus puissant du monde. Il *faut* qu'on trouve ces terroristes. Ou qu'on réunisse assez de preuves contre l'Irak, afin de menacer Saddam Hussein, de l'intimider. Pour qu'il rappelle ses « chiens de guerre ».

— *Da, da*, fit Sevchenko, intimidé et, au fond, ravi de se voir propulsé au rôle d'auxiliaire du président des Etats-Unis.

Profitant de son silence, Malko enfonça le clou :

— Vladimir Illitch, le Pentagone m'a communiqué des chiffres précis. Sur la commande bosniaque, ta société a empoché exactement quarante-sept millions de dollars.

— J'ai eu des frais, avança l'Ukrainien, avant d'éclater de rire. Tu as raison. *Nitchevo !* Il faut aider les amis.

Soulagé, Malko se resservit de Beluga Petrossian. Si Sevchenko lui avait claqué dans les doigts, il n'avait *aucun* autre moyen de trouver l'information réclamée par la CIA.

— D'abord, demanda-t-il, est-il possible qu'un intermédiaire ait pu vendre ce genre de choses à l'Irak ?

Vladimir Sevchenko éclata de rire :

— Bien sûr ! A part le nucléaire, *tout* est possible. Chez nous, les savants meurent de faim. Ils vendraient leurs filles.

— Quand sauras-tu ?

L'Ukrainien eut un geste d'impuissance :

— Je ne sais pas. Je vais activer mes contacts à Moscou. Cela peut prendre deux jours ou trois mois...

— C'est urgent, souligna Malko.

— *Karacho*. Je vais partir demain matin pour Moscou.

— Tu veux que je vienne ? proposa Malko.

— Non, surtout pas. Si on sent qu'il y a une manip, *personne* ne me parlera. Si on croit que c'est seulement business...

— A propos, demanda Malko, tu habites complètement à Chypre ?

— *Da !* Les Ukrainiens sont fous, ils viennent de voter pour les communistes. Chez nous, c'est dangereux. Ici, pas besoin de visas, les banques ne te posent pas de questions. Désormais, toutes mes sociétés sont ici. Et je paie seulement 4,75 % sur les profits. Je déclare tout.

Belle conversion : l'ancien voyou de Kiev était très fier de payer des impôts... Bientôt, il financerait la Croix-Rouge.

La boîte de caviar Petrossian était vide, la bouteille de vodka aussi. Les yeux injectés de sang, Vladimir Sevchenko se leva et lança quelques mots au maître d'hôtel.

— Tant que tu es à Chypre, tu es mon invité. Tu viens ici quand tu veux, tu auras toujours meilleur caviar et meilleure vodka. Je ne te téléphone pas. Tu seras prévenu de mon retour. Peut-être que mon associé viendra avant. Je le préviens.

Ils regagnèrent le *Hawaï Beach* à pied et se quittèrent devant l'hôtel. Baiser sur la bouche. Vladimir Sevchenko piquait, mais on ne vexe pas un ami. Malko, rasséréné, reprit sa voiture. Le lendemain, il monterait à Nicosie, la capitale de l'île, coupée en deux, pour rendre compte au chef de station de la CIA. Il n'y avait plus qu'à prier pour que les mystérieux terroristes qui avaient frappé à Londres avec leur Peste Noire, ne récidivent pas trop vite...

Lorsqu'il pénétra dans sa suite du *Four Seasons*, il s'arrêta sur le seuil, surpris. Il y avait de la musique. Le salon s'éclaira avant qu'il ne réagisse. A côté d'une table basse portant une superbe corbeille de fruits et une bouteille de Taittinger dans un seau d'argent, Tatiana fumait une cigarette, les jambes croisées ; angélique, avec ses longs cheveux cascadant sur ses épaules.

— *Dobredin, Tovaritch* Prince, dit-elle d'une voix douce comme de la soie.

CHAPITRE IV

Les rues étroites et tortueuses de l'ancienne Nicosie — un cercle de deux kilomètres de diamètre isolé par des fortifications bordées de larges fossés transformés en parking — étaient noyées d'un épais brouillard jaunâtre, les voitures en stationnement recouvertes d'une fine pellicule de la même couleur et la température de l'île avait augmenté de dix degrés. Le *Khazin* — le vent chaud du désert — soufflait sur Chypre, venant d'Egypte. Il faisait fermer les aéroports, asphyxiait les asthmatiques et amenait une température printanière. Malko dut s'arrêter. La petite rue qu'il arpentait était barrée par un mur de sacs de sable peints en bleu et blanc, surmontés d'un écriteau en trois langues : « Buffer zone. Keep away [1]. »

L'appel d'un muezzin tout proche, incongru dans ce pays de confession orthodoxe, brisa soudain le silence. Cela venait de l'autre côté de la « ligne verte » qui divisait Chypre, depuis 1974, en deux parties inégales. Six cent mille Chypriotes grecs au sud, cent soixante mille Turcs au nord.

La « ligne verte » coupait la vieille ville, qu'elle amputait d'un bon tiers, avec ses murs de sacs de sable, ses barbelés et ses miradors, comme le Mur, jadis, coupait Berlin. Le nord de l'île, d'où les Chypriotes grecs avaient été chassés, était aussi pauvre que naguère l'Allemagne de l'Est. Dans

1. Zone tampon. Restez à distance.

Nicosie, seule ville située sur la frontière, les deux communautés se faisaient face en chiens de faïence, dans un mijotement de haine réciproque, émaillé d'incidents quasi quotidiens. Les Chypriotes grecs n'avaient jamais digéré l'attaque des forces d'Ankara, qui les avaient chassés de la zone maintenant occupée par l'armée turque, annexant de fait les deux villes touristiques les plus belles — Famagouste et Kyrenia —, construisant des mosquées sur les ruines des églises orthodoxes et coupant toute communication entre les deux parties de l'île. Impossible de téléphoner d'une zone à l'autre... Un seul point de passage existait, fonctionnant entre huit heures du matin et cinq heures de l'après-midi, en face de l'ancien hôtel *Ledra Palace*, criblé d'impacts et transformé en QG de l'ONU.

Cette partition « provisoire » durait depuis vingt-cinq ans et personne n'en voyait la fin. Les pourparlers entre responsables politiques des deux bords capotaient régulièrement. Alors, on s'armait, des deux côtés. Les Turcs avaient massé trente mille hommes au nord et les Chypriotes grecs astiquaient leurs chars lourds T. 80 et avaient commandé des missiles sol-sol à la Russie...

Pour calmer ces velléités guerrières, mille deux cents soldats de l'ONU veillaient, tout au long de la « ligne verte », à ce que ce climat d'affrontement ne dégénère pas en guerre ouverte. Cauchemard absolu pour Washington : la Grèce et la Turquie sont toutes les deux membres de l'OTAN.

Malko revint sur ses pas, poursuivi par les stridences du muezzin perçant le brouillard jaune. L'attente commençait à lui ronger les nerfs. Vladimir Sevchenko s'était envolé pour Moscou cinq jours plus tôt. Depuis, rien, aucune nouvelle, pas un coup de fil. Par moments, Malko se demandait si le trafiquant ukrainien ne s'était pas tout simplement esquivé.

Randolph Stafford l'appelait pratiquement toutes les heures. A l'hôtel ou sur son portable. De plus en plus nerveux, harcelé par Langley qui était harcelé par la Maison-Blanche... C'était bien la peine de louer un jet privé pour arriver plus vite à Chypre. Malko appelait, lui aussi, le

Hawaï Beach Hotel, sans rien apprendre. *Personne* ne savait où joindre Vladimir Sevchenko, ni quand il reviendrait.

Alors, Malko tournait en rond dans cette île sinistre, rongé par l'angoisse, la fureur contre Vladimir Sevchenko et l'ennui, vérifiant sans arrêt si son portable, dont il avait donné le numéro à Sevchenko, fonctionnait bien.

La visite de Nicosie était quasiment sa seule distraction. Limassol n'était qu'un long serpent de béton noyé sous le mauvais temps. Seule, l'avenue Griva Digeni était attrayante, avec des dizaines de magasins de décoration, presque uniquement fréquentés par les riches émigrés russes qui venaient y acheter de quoi meubler leurs somptueuses demeures. L'un d'eux offrait sur mille mètres carrés toutes les dernières créations de l'architecte d'intérieur Claude Dalle. Comme à Paris. Malko parcourait donc les soixante kilomètres d'autoroute séparant Limassol de Nicosie, au nord, pour venir errer dans les ruelles pittoresques de l'ancienne cité. Puis, il regagnait le *Four Seasons* en fin de journée.

La seule à donner des nouvelles était pour l'heure la docile Tatiana. Bien qu'extrêmement douée dans sa spécialité, elle s'était vite révélée répétitive. Sur son invitation pressante, Malko était allé boire un verre au *Crazy Girls*, là où elle travaillait, sur les hauteurs de Limassol. Une discothèque glauque, où toutes les entraîneuses étaient russes, ainsi qu'une partie de la clientèle. Le patron, mafieux chypriote, logeait les filles dans des chambres au-dessus de l'établissement, ce qui évitait les déplacements inutiles...

Seul un homme du poids de Vladimir Sevchenko pouvait les faire sortir. Tatiana avait raconté à Malko sa pauvre histoire. Etudiante, puis maîtresse d'un officier du GRU, qui lui avait suggéré d'aller gagner à Chypre de quoi poursuivre ses études, elle ne rêvait désormais qu'à une chose : un vrai passeport. Hélas, les Chypriotes qu'elle croisait au *Crazy Girls* ne se montraient pas enclins au mariage... Le cadeau le plus fastueux qu'elle ait jamais reçu était une bouteille de cognac Otard XO...

Malko consulta le cadran de son chrono Breitling B-One qui lui donnait simultanément l'heure de deux fuseaux horaires. C'était le moment de téléphoner à Alexandra, à Vienne. Il sortit son portable et composa le numéro, tout en allant récuperer sa voiture, garée devant le *Holiday Inn*. Aujourd'hui, il avait une vraie raison de venir à Nicosie. Wilson Parker, le chef de station de la CIA à Chypre, l'avait appelé à l'aube dans un état proche de l'hystérie, lui fixant rendez-vous à onze heures, après le briefing quotidien. Malko franchit à nouveau les remparts et descendit Methoki Street, pour se garer dans Ploutarchos où se trouvait l'entrée de l'ambassade américaine. Une construction massive de trois étages, isolée au milieu d'un glacis défendu par de hautes grilles noires. Le toit plat disparaissait sous les antennes de toutes formes : l'ambassade abritait un centre d'écoute régional de la CIA.

Un jeune Marine impeccable le mena jusqu'au troisième étage, où un quinquagénaire replet au cheveu rare, au visage avenant tout en rondeurs, éclairé par d'étonnants yeux bleus, l'accueillit chaleureusement.

— Wilson Parker, annonça-t-il. Je suis heureux de faire votre connaissance. J'ai beaucoup entendu parler de vous.

Il le fit entrer dans un bureau complètement impersonnel, et son sourire de bienvenue s'effaça aussitôt.

— Avez-vous du nouveau ? demanda-t-il anxieusement.

— Rien. Je commence à me demander si Vladimir Sevchenko va réapparaître...

Wilson Parker émit un soupir, si profond que Malko eut l'impression qu'il se dégonflait.

— *Jesus-Christ !* Ne me dites pas ça. J'ai reçu un message « Flash » de Langley hier soir, c'est la raison pour laquelle je vous ai demandé de venir.

Malko sentit son estomac se serrer.

— Il y a eu un autre attentat ?

— Presque. Le *Customs Service*[1] a examiné un colis qui s'était ouvert accidentellement. Il contenait douze « bom-

1. Les Douanes.

bes » de déodorant. Ce qui les a intrigués, c'est que le coût de l'expédition était le double de la valeur des produits. Comme ils avaient été sensibilisés au danger bactériologique par une note secrète du FBI, ils lui ont envoyé une des « bombes » à fin d'analyse. Au lieu de déodorant, la « bombe » était remplie d'un spray bourré de souches « X » de Bacillus Anthracis. En le vaporisant dans un cinéma, par exemple, on pouvait tuer une centaine de personnes, au moins...

— A qui était adressé ce colis ?

— A un certain Gustavo Hernandez, poste restante, à Hoboken, dans le New Jersey. Juste en face de New York...

— Il s'est manifesté ?

— Pas encore. Le FBI a établi une souricière. Seulement, nous ignorons *combien* de ces colis ont pu être expédiés. Et ce n'est pas tout : ce colis a été expédié de Chypre.

— De Chypre !

Malko n'en croyait pas ses oreilles.

— De la poste centrale de Nicosie, précisa l'Américain. Pas de nom d'expéditeur. Etrange, non ?

— Si c'est vraiment l'Irak qui se trouve derrière cette histoire, remarqua Malko, Chypre a toujours été une plaque tournante pour beaucoup de terroristes du Moyen-Orient. Les Services chypriotes pourraient peut-être nous aider...

— Je les ai mis sur le coup, dès ce matin. De votre côté, vous n'avez pas d'idée ?

— Aucune, avoua Malko. Je suis venu à Chypre uniquement pour retrouver Vladimir Sevchenko. C'est une coïncidence extraordinaire.

— Vous avez confiance en lui ?

— A deux reprises déjà, il s'est révélé fiable. Mais nous n'avons pas été élevés ensemble. Ce serait peut-être une sage précaution d'explorer d'autres sources...

— Il n'y a pas d'autres sources, répliqua brutalement l'Américain. La NSA a beau « monitorer » toutes les conversations, cela ne donne rien. Les Irakiens sont prudents. Ils savent que nous les épions. Toutes nos stations de la région, y compris celle-ci, n'ont jamais *rien* découvert dans ce sens.

— En attendant que Vladimir Sevchenko réapparaisse, avança Malko, on ne peut rien faire au niveau préventif ? Renforcer les contrôles, dans les aéroports britanniques et américains.

Wilson Parker lui lança un regard découragé.

— Vous savez combien de passagers débarquent tous les jours dans les aéroports de Londres ou par l'Eurostar ? Des dizaines de milliers. Or, nous n'avons aucun élément concret, aucun signalement, rien. Ce qu'ils transportent peut être dissimulé très facilement. En plus, les détecteurs ne sont pas forcément fiables. A Heathrow, en décembre dernier, l'un d'eux a pris du Christmas pudding pour du Semtex [1]... La réciproque peut, hélas, être vraie.

— Je ne peux qu'attendre, reconnut Malko. Je n'ai aucun moyen de joindre Vladimir Sevchenko. Quant à cette expédition de souches « X » de Bacillus Anthracis, les Chypriotes devraient pouvoir se montrer efficaces.

Il ressortit de l'ambassade, perturbé par les révélations de Wilson Parker. Se pouvait-il que Chypre joue un rôle dans le complot terroriste qu'il essayait de démasquer ? Ou était-ce seulement un point de passage ? Il était si absorbé dans ses pensées qu'il faillit heurter une voiture arrivant en face, ayant oublié qu'à Chypre on roulait à gauche... Encore un après-midi d'inaction en perspective. Il en perdait l'appétit. Et si Vladimir Sevchenko ne revenait pas ?

*

* *

Malko ouvrit la porte de sa suite, à la suite du coup de sonnette, croyant se trouver face au garçon d'étage, qui, chaque soir, venait vérifier le minibar. Il resta cloué sur place.

Une créature incroyable se tenait dans l'embrasure. Une

1. Explosifs.

Junon blonde d'un mètre quatre-vingt-dix à vue de nez, enveloppée dans une pelisse en zibeline descendant jusqu'aux chevilles, sous laquelle elle portait un pull mauve en angora moulant une poitrine de statue, une courte jupe noire et des bottes de cuir. Le visage était dur, très slave, les yeux verts, la mâchoire presque aussi prognathe que celle de Quentin Tarentino, mais la bouche épaisse bien dessinée.

Elle lui tendit la main et dit d'une voix de basse, en russe :

— *Dobredin*[1]. Je suis Tairova Ivanovna Nissenko, l'associée de Vladimir Sevchenko.

Les doigts de Malko furent broyés comme dans un étau.

— Il est rentré ? demanda-t-il aussitôt.

— Non, je l'ai vu à Moscou, hier. Il m'a chargée d'un message pour vous.

Le pouls de Malko s'envola.

— Lequel ?

— Il a retrouvé la personne que vous cherchez.

De joie, Malko ouvrit grand la porte.

— Venez m'expliquer !

Tairova Nissenko déclina l'offre avec un sourire.

— *Niet. Spasiba bolchoi*[2]. Je veux faire un peu de culture physique avant le dîner. Mais je vous donne rendez-vous pour dîner au *Malika Russiaia* à neuf heures.

Elle pivota et s'éloigna dans un grand envol de zibeline, laissant Malko sur sa faim. La porte à peine refermée, il se rua sur le téléphone. Wilson Parker allait respirer un peu mieux.

*

* *

Comme un seul homme, les quatre femmes se levèrent à l'arrivée de Malko. C'était le monde à l'envers. Tairova

1. Bonjour.
2. Non, merci beaucoup.

Nissenko dominait les trois autres de vingt centimètres. Elle avait troqué son pull mauve et sa jupe pour une robe noire moulante, mais elle avait gardé ses bottes.

— Tatiana est venue avec deux amies, annonça-t-elle, Dimitrova, Olga.

Dimitrova et Olga étaient brunes, bien faites, une lueur triste flottait dans leur regard. Il émanait d'elles un mélange de douceur, de ruse, de soumission. De jolies petites putes bien dressées... Malko était un peu étonné de leur présence, s'attendant à un tête-à-tête. Mais Tairova Nissenko avait sûrement ses raisons...

Selon la coutume russe, les *zakouskis* étaient déjà sur la table. Dès que Malko fut installé, Tatiana et ses deux copines se jetèrent dessus. Le maître d'hôtel surgit avec un magnum de Taittinger Comtes de Champagne blanc de blancs 1991. Le cérémonial des toasts commença. Tairova Nissenko leva sa coupe.

— A notre rencontre.

Suivirent l'amitié, l'avenir, Vladimir Sevchenko, l'amitié entre les peuples russe et américain. Le magnum de Taittinger y suffit tout juste.

Malko rongeait son frein. Connaissant les Russes, il savait qu'il était illusoire de vouloir bouleverser ce cérémonial. Ils auraient été sous le coup d'une attaque nucléaire, cela n'aurait rien changé !

Une boîte de caviar Petrossian arriva sur la table. On passait aux choses sérieuses. Une heure plus tard, ils étaient venus à bout de deux bouteilles de vodka et d'un second magnum de Taittinger. Les filles du *Crazy Girls* buvaient comme des trous. Trois musiciens cernaient la table, enchaînant des airs nostalgiques. Malko trépignait intérieurement. Wilson Parker devait se ronger les ongles à côté de son téléphone.

Une demi-heure plus tard, Tairova Nissenko se pencha à son oreille et, l'œil allumé, lui confia d'une voix légèrement pâteuse, adoptant le tutoiement courant chez les Russes.

— C'est pour toi que je suis venue...

L'idée de satisfaire cette montagne de chair accrut la nervosité de Malko.

— Merci ! dit-il, je suis flatté. Mais...

La Russe le coupa d'un éclat de rire.

— Ce n'est pas ce que tu crois ! J'ai tous les hommes que je veux à Moscou, et puis je préfère les jeunes. J'ai un petit lieutenant du FSB qui est capable de me faire l'amour huit fois dans la journée. En plus, il est monté comme un taureau...

Il fallait qu'elle ait beaucoup bu pour s'exprimer avec cette liberté. Les Russes sont extrêmement pudiques... Malko sourit :

— Cela ne m'étonne pas, Tairova Ivanovna, tu es très séduisante.

— *Spasiba ! Spasiba bolchoi !*

Elle se pencha, écrasa sa bouche contre la sienne et lui enfourna une langue impérieuse jusqu'aux amygdales. Lorsqu'elle eut repris son souffle, elle lui lança en riant :

— Je ne suis pas venue pour ça. C'est Vladimir Illitch qui m'a demandé de venir à Chypre. Parce que c'est moi qui connais l'homme qui t'intéresse. Le client des Irakiens.

Le pouls de Malko grimpa en flèche.

— Qui est-ce ?

Tairova Nissenko eut une moue plutôt méprisante.

— Pavel Kashurin, un petit ver de terre d'apparatchik qui a gagné beaucoup d'argent depuis 1989. Cela fait des années qu'il veut coucher avec moi. Alors, ajouta-t-elle avec un sourire cruel, il a tout de suite accepté de venir à Chypre quand je lui ai téléphoné...

— Il vient à Chypre ?

— Demain, s'il tient sa promesse.

— Qu'est-ce que tu lui as dit pour l'attirer ici ?

— Qu'on me proposait une affaire concernant l'Irak et que je savais que c'était sa spécialité. C'est vrai, non ?

— Où se trouve-t-il en ce moment ?

— A Kichinev, en Moldavie.

— Tu penses obtenir par lui l'information dont j'ai besoin ?

Tairova Nissenko lui adressa un sourire impérial.

— Je sais comment manipuler ce petit rat. Ne pense plus à cela. Ce soir, on s'amuse et on boit.

D'un claquement de doigts, elle appela le maître d'hôtel et commanda une bouteille de cognac Otard XO, en lançant à Malko :

— Nous, Russes, avons meilleure vodka. Français, meilleur cognac.

La soirée n'était pas terminée. Mais, au moins, le compte à rebours était commencé. Malko se dit qu'il pouvait s'offrir un peu de détente. Il se leva et alla s'isoler pour appeler Wilson Parker de son portable.

*

* *

A peine entrée dans la suite qui abritait d'habitude Vladimir Sevchenko, au *Hawaï Beach*, Tairova Nissenko se retourna vers Malko avec un sourire complice.

— Va les rejoindre. Je les ai fait venir pour toi.

Dimitrova et Olga, passablement éméchées, étaient déjà sur le grand lit, riant et s'embrassant. Malko, qui n'était pas partisan des amours de groupe, déclina poliment.

— Je crois que je vais aller me coucher, dit-il, on a pas mal bu...

Tairova Nissenko éclata d'un rire satisfait, prit la blonde Tatiana par la nuque et la poussa devant elle.

— *Niet !* Reste avec nous. On va boire un peu.

Elle sortit du bar une bouteille de Stolychnaya et remplit trois verres avant de s'installer sur un sofa rouge vif. Elle fit signe à Malko de s'installer à côté d'elle. A la grande surprise de celui-ci, Tatiana, au lieu de prendre un siège, s'agenouilla sur la moquette, aux pieds de Tairova.

Sans se préoccuper de la présence de Malko, elle posa ses mains sur les chevilles de Tairova, remonta, entraînant la robe, découvrant les jambes, les genoux puis les cuisses. Malko eut le temps d'apercevoir un buisson blond, puis

Tatiana enfouit son visage entre les cuisses de l'associée de Vladimir Sevchenko...

Elle procédait de la même façon quand elle aidait le mafieux ukrainien à faire sa culture physique.

C'était décidément le ciment du couple.

Tairova Nissenko, après le Taittinger, la vodka et le cognac, avait perdu toute inhibition. Elle glissa vers l'avant sur le sofa, afin d'offrir un accès plus aisé à Tatiana, puis tourna un regard noyé d'alcool et de plaisir vers Malko.

— Tu aimes la peinture russe ?

C'était tellement inattendu qu'il mit quelques secondes à répondre.

— Oui, fit-il. Pourquoi ?

Tairova Nissenko émit un profond soupir.

— J'aime bien parler quand je fais l'amour. C'est plus excitant.

De son côté, effectivement, la besogneuse Tatiana était incapable de faire deux choses à la fois. Et de surcroît, elle ne s'y connaissait peut-être pas en peinture... Comme si elle n'existait pas, Tairova Nissenko se lança dans une grande dissertation sur les peintres russes contemporains. Pourtant, à certaines crispations fugitives de ses traits, Malko se rendait compte que les efforts de sa vestale, la tête toujours enfouie entre ses cuisses, ne la laissaient pas indifférente.

Etrange atmosphère. Tairova Nissenko avait décidément plusieurs facettes. Ses propos s'espacèrent. Malko ignorait si elle se concentrait sur son plaisir ou si l'alcool faisait son effet. Elle lui parlait par à-coups, les yeux fermés. Elle était en train de lui vanter les qualités du peintre Ilya Repin lorsqu'elle poussa une sorte de jappement bref. Posant brutalement le verre de vodka sur le guéridon, sa main droite partit à la vitesse d'un serpent, se referma sur les cheveux blonds de Tatiana pour appuyer encore plus son visage contre son ventre. En même temps, elle lança d'une voix méconnaissable :

— *Da ! Da !* Continue comme ça !

Malko, fasciné, avait l'impression de violer son intimité la plus secrète. Elle haletait. Soudain, elle poussa un véritable rugissement, se tordit sur le sofa et ses cuisses se refermèrent comme un étau sur la tête de Tatiana.

Quelques instants plus tard, elle se détendit d'un coup. Libérée, Tatiana se releva et, sans un regard, disparut dans la chambre. Tairova Nissenko resta immobile, puis tourna un regard embué vers Malko. Elle s'ébroua, reprit sa vodka, la termina d'une lampée et lui dit de sa voix habituelle :

— Demain, on doit être à l'aéroport de Larnaca à trois heures et demie.

CHAPITRE V

Le vol en provenance de Kichinev était en retard. Malko et Tairova Nissenko faisaient la navette entre la Mercedes 600 de Vladimir Sevchenko et le hall de l'aéroport de Larnaca, où se pressaient des mal-rasés en veste de cuir, venant chercher leurs correspondants. C'était, depuis le matin, le septième vol en provenance de l'ex-Union soviétique. L'associée de Vladimir Sevchenko n'avait fait aucune allusion à la soirée un peu spéciale de la veille. Ils étaient venus dans deux voitures car Malko ne devait pas se montrer tout de suite.

Sous sa zibeline, Tairova Nissenko arborait un gros pull, un pantalon de cuir noir moulant retenu par une énorme ceinture de cuir.

— Tu penses qu'il va coopérer ? demanda Malko, inquiet.

Après un semaine d'attente, s'il faisait chou blanc, il y avait de quoi se pendre.

Tairova Nissenko esquissa un sourire teinté de cruauté.

— Ce petit rat me mange dans la main !

— Tu ne peux pas lui dire la vérité...

— Je vais *presque* la lui dire.

— C'est-à-dire ?

— Qu'un ami veut traiter avec l'Irak et qu'il a besoin d'un nom...

— Cela risque de ne mener nulle part, observa Malko. Il

a dû vendre des tas de choses aux Irakiens et il a sûrement différents interlocuteurs.

La Russe demeura silencieuse quelques instants avant de reconnaître :

— Tu as raison, je vais lui dire la vérité, en lui promettant qu'il ne sera jamais cité. Que c'est un service qu'il me rend.

— Tu crois que cela suffira à le décider ?

Tairova Nissenko écarta ses lèvres épaisses dans un sourire condescendant.

— Il donnerait n'importe quoi pour me faire l'amour...

— Il vaudrait mieux que je n'apparaisse pas.

— *Niet*. Moi, je ne connais rien à tout cela. Il pourrait me raconter n'importe quoi. Rejoins-nous à *Malika Russiaia* pour dîner quand je l'aurai bien chauffé. Allons voir, maintenant.

Ils regagnèrent l'aérogare. Il tombait une petite pluie fine et un vent glacial avait remplacé le *khazin*. Enfin, le vol de Kichinev venait de se poser ! Malko s'éloigna dans le hall d'arrivée, laissant Tairova Nissenko attendre seule. Elle dépassait tout le monde d'une tête... Vingt minutes plus tard, les portes coulissantes s'ouvrirent sur un homme de taille moyenne au visage plat, portant des lunettes, un pardessus gris et une grosse serviette de cuir fatiguée à la main. Ses traits s'éclairèrent quand il reconnut Tairova Nissenko. Il posa sa serviette et l'étreignit. Même en se penchant, elle avait du mal à l'embrasser.

Ridicule.

Il lui prit le bras d'un geste possessif et ils disparurent vers le parking. Malko se dit qu'elle avait raison : Pavel Kashurin avait bien l'air d'un apparatchik fatigué. Il regagna sa voiture, l'estomac serré. Pourvu que le charme de l'Ukrainienne opère...

*

* *

Pavel Kashurin avait la main posée sur celle de Tairova

Nissenko lorsque Malko entra à *Malika Russiaia*. Le Russe s'était changé et arborait un costume rayé et une éblouissante cravate jaune.

Lorsque Malko s'approcha de la table, le sourire de l'ancien apparatchik s'effaça. Ils avaient déjà vidé une boîte de caviar Beluga Petrossian comme apéritif et, quand le maître d'hôtel lui versa du champagne, Malko constata que le magnum de Taittinger était déjà bien entamé. Tairova Nissenko le présenta comme un vieil ami avec qui ils avaient déjà fait de très bonnes affaires.

Pavel Kashurin avait l'air aussi heureux que le garçon qui a donné rendez-vous à une beauté et la voit débarquer en compagnie d'une horreur... Il observait Malko du coin de l'œil, étonné par sa maîtrise du russe. On apporta encore du caviar. Ils buvaient sec tous les trois et n'avaient pas encore abordé les sujets qui fâchent... Tairova Nissenko attendit qu'on ait apporté sur un plateau d'argent une bouteille de cognac Otard XO accompagnant les sorbets pour annoncer d'un ton détaché :

— Pavel, Malko est l'ami dont je t'ai parlé. Celui qui s'intéresse à l'Irak.

— *Da*...

Le visage de Pavel Kashurin n'exprimait qu'une solide méfiance. L'associée de Vladimir Sevchenko insista :

— Malko peut nous apporter une affaire juteuse, par les Américains. Mais il souhaite une compensation.

— Laquelle ?

C'était le moment de se jeter à l'eau.

— Vous avez fait pas mal de business avec les Irakiens, dit Malko d'un ton égal. Vous traitiez avec qui ?

Pavel Kashurin eut un sourire évasif.

— Cela dépend. Ils changent souvent. Je n'ai pas fait d'affaires avec eux depuis longtemps. Vous avez quelque chose à leur vendre ?

— Non, pas vraiment, répliqua Malko. Je voudrais juste une information. Anonyme, bien entendu.

— *Pajolsk*[1], fit poliment le Russe dont les doigts étaient emmêlés à ceux de Tairova Nissenko.

Malko s'aperçut qu'il était assis tout de guingois, sa jambe collée à celle de l'Ukrainienne sous la table. Visiblement, il n'avait qu'une idée : terminer cette conversation et la mettre dans son lit.

Malko se dit que ce n'était pas la peine de tourner autour du pot.

— A qui avez-vous vendu des souches de *Bacillus Anthracis* provenant de la Cité 31 de Swerdlosk ? demanda Malko d'une voix égale.

Le Russe sembla frappé par la foudre. Les traits figés, les yeux papillonnant derrière ses lunettes, il passa la langue sur ses lèvres et Malko fut certain qu'il se serait levé si ses doigts n'avaient pas été verrouillés à ceux de Tairova Nissenko.

— Je ne comprends pas, bredouilla-t-il. Je n'ai jamais vendu ce que vous dites...

Il esquissa le geste de se lever, mais Tairova Nissenko le tira vers elle d'une poigne de fer, le forçant à se pencher sur la table tout en souriant en même temps aux trois musiciens qui les avaient rejoints.

— Personne ne saura que tu as donné ce nom, dit-elle à voix basse. Personne. Et tu me feras très, très plaisir. Il y a longtemps que tu as envie de me faire plaisir, non ? Moi aussi, je te ferai plaisir...

Le Russe sembla soudain émerger d'un cauchemar et se força à sourire.

— Bien sûr, Tairova, que je veux te faire plaisir ! Mais je ne sais rien de cette affaire.

— Tant pis, fit calmement la jeune femme. Viens danser, on reparlera de tout cela plus tard...

Elle se leva, une lueur de fureur dans les yeux. Pavel Kashurin venait de lui faire perdre la face devant Malko.

Il la rejoignit sur la piste et se colla à elle, son visage enfoui entre ses seins imposants, croyant apparemment que

1. S'il vous plaît.

l'incident était clos. Malko les observait. Tairova Nissenko conservait un air hautain, incrustée pourtant à lui... Pavel Kashurin passa un bras autour de sa taille pour la serrer encore plus.

La scène eût été comique si Malko n'avait pas su l'enjeu de cet affrontement feutré pour obtenir une information vitale. Dans le monde parallèle, les combats prenaient souvent des formes inattendues...

Les musiciens s'arrêtèrent, Tairova et son cavalier se séparèrent. Cependant, au lieu de regagner la table, Pavel Kashurin se dirigea vers les toilettes et disparut, tandis que Tairova Nissenko venait se rasseoir à côté de Malko.

— C'est mal parti, remarqua ce dernier.

Durant la danse, ils n'avaient visiblement parlé de rien.

— Fais-moi confiance, fit presque brutalement Tairova Nissenko.

Malko avait l'estomac noué. Son sixième sens lui disait que l'optimisme de la jeune femme n'était pas de mise... Pavel Kashurin s'éternisait dans les toilettes. Malko, pris d'un pressentiment subit, se leva, gagna le fond du restaurant. Il ouvrit doucement la porte des toilettes. Il n'eut pas à aller loin. Pavel Kashurin lui tournait le dos, debout dans le couloir, un portable collé à l'oreille. Il parlait à voix basse mais Malko saisit quelques mots d'anglais. Il referma doucement la porte, et revint à la table.

— Il est en train d'appeler quelqu'un, annonça-t-il à Tairova Nissenko. Quelqu'un qui ne parle pas russe.

Les traits de l'associée de Vladimir Sevchenko se crispèrent de fureur et les coins de sa bouche s'abaissèrent tandis qu'elle murmurait à voix basse.

— *Ebany !* [1]

Au même moment, Pavel Kashurin réapparut, souriant, et regagna la table. Il bâilla ostensiblement et lança :

— Je suis un peu fatigué. Je crois que je vais aller me coucher. Demain...

— *Karacho, karacho*, approuva Tairova Nissenko.

1. L'enculé.

Dès qu'ils furent dehors, elle glissa son bras sous celui de Pavel Kashurin et dit d'un ton enjoué :

— Avant d'aller nous coucher, je veux te montrer notre maison.

— Maintenant ? protesta le Russe.

— Oui ! Tu vas voir, il y a des projecteurs, c'est superbe !

Elle ouvrit la portière de la Mercedes 600 et le poussa pratiquement à l'intérieur, se mettant aussitôt au volant. Malko s'installa à l'arrière, se demandant où elle voulait en venir. Elle enclencha une cassette à fond, empêchant toute conversation.

Effectivement, la villa en construction était éclairée comme en plein jour. Tairova Nissenko se gara juste devant et ils descendirent tous les trois. Pendant quelques instants, ils admirèrent en silence la villa en construction éclairée par les projecteurs, puis Tairova Nissenko se tourna soudain vers Pavel Kashurin et demanda d'une voix égale :

— A qui téléphonais-tu, Pavel, dans les toilettes ?

Pavel Kashurin se troubla, puis bredouilla.

— Moi, je ne téléphonais pas... Je...

Tairova Nissenko réagit avec la brutalité et la rapidité d'un homme. Sa main droite se referma sur la gorge du Russe : sans le lâcher, elle le plaqua contre un pilier en béton. Comme il se débattait, elle lui envoya un coup de genou dans le bas-ventre, lui arrachant un couinement de douleur. Ses lunettes tombèrent sur le sol. D'une voix étranglée, il lança :

— Tairova ! Qu'est-ce qui te prend !

Sans lui répondre, elle tâta rapidement ses poches, en sortit son portable et le tendit à Malko.

— Regarde quel numéro il a appelé.

Malko ouvrit le portable et appuya sur la touche « bis ». Aucun numéro ne s'afficha. Kashurin avait brouillé le numéro appelé.

— Il n'y a rien, dit-il.

Tairova Nissenko cogna légèrement le crâne de Pavel Kashurin contre le béton nu.

— Dis-nous seulement ce que mon ami veut savoir. Ensuite, on va faire la fête.

— *Ya nié znayou !* gémit-il.[1]

Cloué comme un oiseau de nuit sur la porte d'une grange, il faisait pitié. Tairova Nissenko le dominait d'une bonne tête. Pendant quelques instants, il ne se passa rien. Malko se demandait comment tout cela allait finir. Tairova Nissenko avait commis une lourde erreur d'appréciation. Non seulement Pavel Kashurin n'avait pas cédé à son charme, mais il avait très probablement prévenu ses acheteurs...

Le Russe rompit soudain le silence d'une voix suppliante.

— *Bolchemoi !*[2] Tairova, lâche-moi !

Au lieu d'obéir, Tairova resserra encore sa prise.

— Dis-moi à qui tu téléphonais ou je t'étrangle, menaça-t-elle.

— On m'a appelé, gémit Pavel Kashurin.

— Qui ?

— Un ami de Moscou, Alexei Portanski. Pour du business. Laisse-moi maintenant, je veux rentrer.

Il geignait comme un enfant.

Tairova Nissenko lui lâcha soudain le cou. Pavel Kashurin s'ébroua et se baissa pour ramasser ses lunettes. Au même moment, l'Ukrainienne le contourna et le prit à bras le corps par-derrière, comme un lutteur de foire. Le soulevant de terre, elle pivota et parcourut quelques mètres en direction du chantier de la maison. Elle portait Pavel Kashurin comme un paquet, tournant le dos à Malko. Elle s'arrêta dans une zone d'ombre, ouvrit les bras. Malko entendit un hurlement terrifié et quand Tairova Nissenko se retourna, Pavel Kashurin avait disparu !

Il dut avancer pour comprendre. Une fosse carrée aux parois tapissées de grillage métallique s'ouvrait au ras du sol. Plusieurs tiges de fer hérissaient verticalement le fond. C'était l'emplacement en creux d'un des piliers de la future maison. Malko se pencha et aperçut, à trois mètres de pro-

1. Je ne sais pas.
2. Bon Bieu !

fondeur, la silhouette de Pavel Kashurin. Indemne mais choqué.

— Pavel ! Tu vas bien ? cria Tairova d'un ton moqueur.

— *Milachka* [1], je t'en prie, arrête cette plaisanterie, lança d'une voix suppliante le trafiquant. Va chercher quelque chose, je ne peux pas remonter.

— *Karacho !* Je vais chercher quelque chose, répondit l'Ukrainienne d'un ton enjoué.

Elle s'éloigna de l'excavation, et Malko lui demanda aussitôt :

— Mais, qu'est-ce que tu fais ?

— J'arrive ! fit-elle évasivement en disparaissant dans l'obscurité vers l'arrière de la maison.

Malko n'attendit pas longtemps. Il entendit le grondement sourd d'un moteur de camion, aperçut des phares et vit soudain surgir une énorme bétonnière bleue ! Tairova Nissenko était au volant.

Celle-ci manœuvra, faisant reculer l'engin dont la cuve tournait lentement jusqu'au bord de la fosse carrée. Elle sauta ensuite à terre et s'approcha de l'excavation. Malko se précipita.

— Qu'est-ce que tu comptes faire ?

Tairova le toisa ; avec un sourire cruel et froid.

— Te rendre service. Je vais lui faire peur.

Elle gagna l'arrière du camion et fit rapidement tourner la manivelle qui orientait la gouttière permettant de déverser le béton liquide. La cuve de la bétonnière continuait à tourner lentement, brassant le mélange avec des grincements qui parurent soudain sinistres à Malko.

Tairova Nissenko se pencha sur la fosse carrée et cria :

— Pavel, tu as ton passeport ?

— Mon passeport ! cria Pavel Kashurin. Qu'est-ce que tu veux en faire ? Il est à l'hôtel.

— *Karacho.*

Calmement, l'Ukrainienne tira sur le levier ouvrant la trappe de la bétonnière. Aussitôt, un flot de béton liquide

1. Petite colombe.

dévala la large gouttière, tombant directement dans la fosse !

Malko entendit le hurlement du Russe, étouffé par le béton qui tombait en pluie sur lui. La coulée dura un temps qui sembla infiniment lent à Malko, glacé d'horreur. Dans quel engrenage s'était-il mis ! Tairova repoussa le levier et le béton cessa de couler. Les cris de Pavel Kashurin se firent plus aigus, venant du fond de la fosse carrée. Les projecteurs éclairaient vaguement sa silhouette.

— Tairova ! Tu es folle ! Tu me le paieras !

Il avait du béton jusqu'à la taille. Une masse grise, liquide et glaciale.

— Aide-le à remonter, intima Malko.

Tairova Nissenko se retourna lentement vers lui, une moue méprisante déformant sa belle bouche.

— Tu veux mourir ? Et tu veux que je meure ? demanda-t-elle à voix basse.

— J'ai froid ! hurla Pavel Kashurin. Aide-moi !

Malko fit un pas vers Tairova Nissenko. Quelle que soit l'importance de l'information détenue par Pavel Kashurin, il ne pouvait pas participer à cette abomination. Les bureaucrates de Washington qui l'avaient exigée, à n'importe quel prix, demeuraient dans l'abstrait, eux.

L'Ukrainienne ne bougea pas, mais sortit, d'un geste naturel, sa main droite de la poche de sa zibeline. Elle tenait un gros automatique noir qu'elle braqua sur Malko.

— N'avance pas, dit-elle, sans élever la voix. Sinon je te tire une balle dans le genou.

Malko s'immobilisa, noué, écœuré, furieux contre lui-même. Il la sentait parfaitement capable de tirer. Connaissant la sauvagerie glaciale des mafias russes, il aurait dû se douter qu'avec des gens comme Vladimir Sevchenko et Tairova Nissenko, les choses ne pouvaient pas se passer en douceur. Sans cesser de le menacer de son arme, l'Ukrainienne se pencha vers la fosse.

— Pavel, lança-t-elle d'une voix posée, on ne va pas rester ici toute la nuit ! Je me fous de savoir à qui tu as téléphoné. Je veux juste une réponse : oui ou non, as-tu vendu les saloperies de Swerdlosk à des Irakiens ? Je compte jusqu'à dix, après, je remplis la fosse.

Silence. Malko comptait mentalement. Un, deux, trois, quatre, cinq, six, sept...

— *Da !* hurla Pavel Kashurin dans un sanglot.

— *Karacho !* approuva Tairova. A qui ?

Silence.

— Pavel, il te reste trois secondes...

— Un Irakien ! Un type qui s'appelle Nassir Hindawi.

Automatiquement, Malko enregistra le nom.

— Combien t'a-t-il payé ?

— Deux cent cinquante mille dollars.

— Qui te les avait vendues ?

— Je ne me souviens pas.

— *Ty vrech !* [1]

Le ton était si menaçant que Pavel Kashurin ne mit que quelques fractions de seconde à crier :

— Un scientifique de Swerdlosk. Nicolai Garonov.

— Combien lui as-tu donné ?

— Cinq mille dollars, avoua Pavel Kashurin après une brève hésitation.

Malko nota mentalement le second nom. Il avait beau être révulsé par les méthodes de l'associée de Vladimir Sevchenko, il *savait* que sans cette menace brutale, Pavel Kashurin n'aurait jamais parlé.

— Il faut l'aider à remonter, maintenant, lança-t-il à Tairova Nissenko.

En écho, la voix aiguë du trafiquant supplia :

— J'ai froid ! *Bolchemoi*, aide-moi à sortir !

Il n'y eut aucune réponse, mais d'un geste déterminé, Tairova Nissenko tira vers elle le levier commandant la vidange du béton. La coulée grise jaillit avec un chuintement doux, retombant dans la fosse carrée. Le hurlement de Pavel Kashurin vrilla les oreilles de Malko. Sans lâcher le levier, Tairova Nissenko l'avertit d'une voix calme :

— N'avance pas ou je tire.

1. Tu mens !

Il savait qu'elle ne bluffait pas. Il resta sur place, tétanisé d'horreur, tandis que les cris de Pavel Kashurin faiblissaient. Le béton continuait à s'écouler de la bétonnière, comme un sang épais et grisâtre, remplissant peu à peu l'excavation. Malko réalisa soudain que Pavel Kashurin ne criait plus.

Noyé dans le béton liquide qui affleurait presque le sol.

Tairova Nissenko n'arrêta la coulée qu'une fois la fosse parfaitement pleine. Il y avait bien un mètre de béton liquide au-dessus de Pavel Kashurin. Une mort atroce. Elle remit son pistolet dans la poche de sa zibeline et, ignorant Malko, remonta dans la cabine de la bétonnière. Elle enclencha une vitesse et l'engin repartit vers son parking, derrière le chantier.

L'associée de Vladimir Sevchenko revint quelques minutes plus tard et se planta devant Malko.

— *Izvinnié* [1]. Mais tu sais bien qu'on ne pouvait pas faire autrement, dit-elle avec calme. Il était décidé à ne pas parler et il avait prévenu ses acheteurs. Je m'étais trompée.

Malko avait mal à l'âme. Dans le monde sans pitié où il évoluait, ce n'était pas la première fois qu'il abandonnait quelques miettes de son éthique, à son corps défendant. C'étaient toujours les mêmes qui se salissaient les mains. Malko s'approcha de l'endroit où le trafiquant était englouti. Dans quelques heures, il aurait pris, donnant une sépulture définitive à Pavel Kashurin. Il se retourna vers Tairova Nissenko :

— Tu n'étais pas obligée de le tuer, remarqua-t-il. Il avait parlé.

Tairova Nissenko sortit son étui à cigarettes en or, y prit une cigarette et l'alluma d'une main qui ne tremblait pas.

— C'était un sale menteur ! lâcha-t-elle d'une voix encore tremblante de fureur.

— Parce qu'il a prétendu avoir reçu un appel de Moscou ?

Elle secoua vigoureusement la tête.

1. Je te demande pardon.

— *Niet.* Il m'avait toujours dit qu'il ferait n'importe quoi pour moi. Quand il a été au pied du mur, il s'est dégonflé. Il ne me voulait pas vraiment. Il m'a humiliée devant toi, au restaurant. Ce sale petit rat !

Ce fut toute l'oraison funèbre de Pavel Kashurin. Quand même choqué, Malko demanda :

— S'il avait parlé *spontanément*, au restaurant, tu aurais couché avec lui ?

Tairova Nissenko demeura silencieuse quelques instants, puis jeta sa cigarette sur le béton liquide où elle s'éteignit en grésillant.

— Oui. Peut-être... *Niet.*

A grandes enjambées, elle regagna la Mercedes. Pavel Kashurin avait perdu la vie dans un jeu de dupes.

Ce n'est que plusieurs minutes plus tard, alors qu'ils roulaient sur la route côtière déserte, que Malko demanda :

— Pourquoi voulais-tu savoir s'il avait son passeport ? Au cas où on le découvrirait ?

L'Ukrainienne tourna vers lui un regard froid comme la mort.

— Personne ne le découvrira. Mais il a sûrement parlé à ses amis arabes, quand tu l'as surpris au restaurant. Alors, il vaut mieux brouiller les pistes. Dès ce soir, on va récuperer son passeport dans sa chambre, au *Hawaï Beach.* Demain matin, un de nos hommes reprendra l'avion pour Kichinev, avec les affaires de Pavel. Et son passeport. Les Chypriotes les regardent à peine à la sortie, mais ils les tamponnent et conservent la fiche d'immigration. Il y aura donc une preuve *officielle* de son départ d'ici. Ses amis chercheront ailleurs.

Malko ne fit aucun commentaire. Tout s'enchaînait avec une logique implacable.

Tandis que la Mercedes 600 remontait avec douceur l'avenue Octovriou 28, il se répéta les deux noms hurlés par Pavel Kashurin : Nassir Hindawi et Nicolai Garonov. La première partie de la mission confiée par la CIA était remplie. Il savait de façon certaine comment l'Irak s'était procuré les souches « X » de *Bacillus Anthracis.*

Maintenant, le plus dur restait à faire : reconstituer la filière à partir de Nassir Hindawi jusqu'aux terroristes qui avaient frappé à Londres et s'apprêtaient à commettre d'autres attentats.

Une mortelle lutte contre la montre, peut-être déjà perdue.

CHAPITRE VI

Malko, penché sur l'épaule de Wilson Parker, le chef de station de la CIA à Chypre, suivait des yeux, fasciné, les lettres qui s'imprimaient à toute vitesse sur l'écran de l'ordinateur. N-A-S-S-I-R--H-I-N-D-A-W-I. Un blanc, puis le texte sorti directement de l'ordinateur central de Langley :

« Nassir Hindawi, 57 ans, né à Takrit, études à Croydon (Grande-Bretagne) ; docteur en biologie moléculaire, est soupçonné d'avoir mis au point le programme de guerre bactériologique de l'Irak, en compagnie de deux autres scientifiques, Sadk Al-Hassidi et Makdam Mokdadi. Ces deux derniers ont péri il y a quelques mois dans un accident d'hélicoptère dans le sud du Kurdistan. Des rumeurs à Bagdad ont fait état d'un attentat provoqué par le Moukhabarat [1] irakien, sans qu'on puisse approfondir cette thèse.

« Nassir Hindawi, qui parle parfaitement anglais, n'est pas sorti officiellement d'Irak depuis plusieurs années et aucun Occidental n'a pu le rencontrer. Les Services jordaniens pensent néanmoins qu'il s'est rendu fréquemment à l'étranger avec un vrai-faux passeport fourni par le gouvernement irakien. Très peu de photos de lui étant en circulation, ce serait relativement facile. De plus il n'a jamais fait l'objet d'un avis de recherche. Officiellement, il occupait un poste haut placé dans la hiérarchie hospitalière du ministère de la Santé irakien.

1. Services de renseignement.

« More to come... »

Wilson Parker, le chef de station de la CIA à Chypre, enclencha l'imprimante et se redressa, l'air soucieux.

— C'est formidable ce que vous avez fait ! dit-il. Hélas, on arrive dans une impasse. Comment aller chercher ce Nassir Hindawi en Irak ?

Malko frotta ses yeux rougis de fatigue. Il était près de deux heures du matin, et, à part les gardes de sécurité, ils étaient les seuls occupants de l'ambassade américaine. A peine Tairova Nissenko l'avait-elle déposé au *Four Seasons* qu'il avait sauté dans sa voiture, direction Nicosie, donnant rendez-vous à Wilson Parker à son bureau en l'appelant de son portable. Le genre d'information qu'il avait découvert ne se transmettait pas par téléphone.

Grâce au décalage horaire, le chef de station avait pu la transmettre à Langley alors qu'il y avait encore tous les responsables à leurs bureaux. Réveillé, le chiffreur s'était immédiatement mis au travail. Malko amer, se dit que la CIA en voulait toujours plus. Non seulement, il fallait mettre la tête dans la gueule du lion, mais, en plus, lui tirer les moustaches...

— Je ne pouvais vraiment pas faire plus, fit-il froidement. Avez vous envie de savoir *comment* j'ai obtenu ces informations ?

L'Américain ne mit pas plus d'un dixième de seconde pour répondre.

— Non. Les détails opérationnels ne sont pas de mon ressort. Vous dépendez de la Division des Opérations.

Admirable hypocrisie. Wilson Parker s'assit, passa la main dans ses cheveux et conclut.

— La station de Moscou ne doit pas dormir non plus. J'espère qu'ils vont secouer les gens du FSB[1] Pour qu'ils retrouvent ce Nicolas Garonov. Il doit toujours se trouver à Swerdlosk. Cela fera déjà un témoignage pour étayer votre

1. Ancien second Directorate du KGB, devenu service de sécurité intérieure à la différence du SVR, chargé de la sécurité extérieure.

information. Évidemment, à défaut d'Hindawi, si cet intermédiaire russe acceptait de témoigner, ce serait mieux.

— Cela m'étonnerait beaucoup qu'il le fasse, répliqua Malko.

— Pourquoi ? Il est reparti ?

— Définitivement.

Wilson Parker ouvrit la bouche, puis la referma sans avoir prononcé un mot. Pas besoin de lui faire un dessin. Voyant la fureur qui brillait dans les prunelles dorées de Malko, il se crut obligé d'ajouter :

— Il faut comprendre. Si cette campagne terroriste continue et que le président soit acculé à une riposte militaire, il doit pouvoir la justifier par un dossier en béton.

C'était vraiment le mot qu'il fallait prononcer. Malko réprima de justesse un rire nerveux.

— Je comprends, fit-il. Mais, à l'impossible, nul n'est tenu. Pour l'instant je vais retourner me coucher à Limassol. A propos, avez-vous du nouveau sur le colis de Bacillus Anthracis expédié d'ici ?

— Rien, avoua Wilson Parker, les Services chypriotes ont enquêté à la poste de Nicosie, sans résultat.

— Alors, bonne nuit, conclut Malko, trop fatigué pour réfléchir ou argumenter.

Il reverrait longtemps le béton liquide se déverser sur le corps supplicié de Pavel Kashurin. Le genre de vision qu'avaient rarement les gens comme Wilson Parker, calfeutrés bien au chaud dans leurs bureaux.

*

* *

Malko dormait encore quand le téléphone le réveilla. La voix rocailleuse de Vladimir Sevchenko.

— Je suis revenu, annonça l'Ukrainien. Passe me voir au *Hawaï Beach.* Dès que tu seras debout.

Au ton de sa voix, Malko comprit qu'il y avait un problème. Il se hâta de prendre une douche, de se raser et de s'habiller. Pour changer, un crachin anémique noyait la côte. Il trouva Vladimir Sevchenko, en bras de chemise, installé dans la « sitting-room » de sa suite. L'Ukrainien brandit le portable de feu Pavel Kashurin, l'air mauvais.

— Cette saloperie n'arrête pas de sonner.

Tairova Nissenko, tout de cuir vêtue, fumait, installée dans un fauteuil. Elle adressa un sourire complice à Malko, comme s'ils avaient passé une joyeuse soirée ensemble.

— Qui appelle ? demanda Malko.

Sevchenko haussa les épaules.

— On raccroche dès que je réponds... Mais ce petit rat avait *bien* téléphoné du restaurant à ses amis qui s'inquiètent...

— Tu n'as rien trouvé dans ces affaires ?

— Rien. *Officiellement*, il est reparti ce matin pour Kichinev avec le billet retour qu'on a trouvé. De ce côté-là, c'est *clean*.

Tairova Nissenko approuva d'un sourire. A eux deux, ils faisaient un couple assez effrayant. Vladimir Sevchenko se versa une solide rasade de vodka, en dépit de l'heure matinale, et sourit à Malko.

— Tu es content ?

— Je te remercie, fit Malko, mais je ne voudrais pas que Tairova ou toi ayez des ennuis...

— Abbi et Djokar sont là, fit l'Ukrainien avec philosophie. Je ne pense pas que ce petit rat ait assez d'amis pour le venger. Et puis, la police chypriote pourra certifier qu'il est reparti sain et sauf. Sa fiche d'immigration en fait foi...

Tairova Nissenko s'étira langoureusement.

— De toute façon, nous repartons demain. Et toi ?

— Le plus tôt possible, dit Malko. Je ne vois pas ce que je peux faire de plus ici. Je vais aller à Nicosie voir mon « sponsor ».

*

* *

Wilson Parker était plus épanoui que la nuit précédente. Il accueillit Malko à la porte de son bureau avec un large sourire.

— Ils vous félicitent ! annonça-t-il d'emblée. Je suis resté ici jusqu'à trois heures du matin. A Langley aussi, ils ont fait des heures supplémentaires. Le DDO était encore là à neuf heures du soir de leur heure.

— Qu'ont-ils décidé ?

Wilson Parker eut un geste évasif.

— Rien encore. Ils « évaluent ».

Et pendant ce temps, la machine infernale faisait « tic-tac »...

— Aucune mauvaise nouvelle ? demanda-t-il.

— *Thanks God, no !* soupira l'Américain. Mais nous sommes assis sur un volcan.

— A propos, enchaîna Malko, j'ai vu mes amis russes ce matin. Il semble que l'intermédiaire qui m'a communiqué ces informations ait prévenu ses amis irakiens. Ils s'inquiètent de son absence...

Le chef de station de la CIA se rembrunit.

— Donc, ils savent que nous savons, pour Hindawi ?

— Probablement, confirma Malko.

— Je vais communiquer l'information à Langley immédiatement. Cela risque de modifier leurs plans. Ils avaient l'intention, je crois, de faire convoquer Hindawi par la délégation de l'Uscom qui se trouve en ce moment à Bagdad. Désormais, il y a peu de chances qu'il se rende à cette convocation.

— En effet, approuva Malko. En ce qui me concerne, je ne vois pas ce que je peux faire de plus à Chypre. J'ai pris une réservation pour le vol Austrian Airlines de Vienne, demain matin.

— Si vous n'y voyez pas d'inconvénient, fit aussitôt Wilson Parker, j'aimerais — enfin « ils » aimeraient — que vous restiez encore un peu.

— Pourquoi ?

— Les services techniques du FBI examinent le colis découvert à la douane. Ils espèrent découvrir un indice exploitable ici. Dans ce cas, comme la Division des Opérations tient à conserver ce dossier, vous continueriez l'enquête.

Huit jours à Chypre, c'était plus que ce qu'un être humain normal pouvait supporter... Devant la mine de Malko, l'Américain s'empressa de proposer :

— *Take it easy*. Je vais déjà vous offrir un *bon* déjeuner.

— Si c'est du poisson grillé, je préfère jeûner, avertit Malko.

— Vous aimez manger japonais ?

— C'est mieux que le poisson grillé...

— Alors, c'est OK. Il y a un bon japonais au *Holiday Inn*. On y va.

— Il y a beaucoup de touristes japonais, à Chypre ? s'étonna Malko.

Wilson Parker sourit.

— Non, mais les Chypriotes adorent la cuisine exotique. Ça les change, eux aussi, du poisson grillé.

*
* *

La salle du japonais, tout au fond du *lobby* du *Holiday Inn* construit en bordure de la vieille ville, était aussi vide qu'un cimetière un jour de pluie.

Une serveuse serrée dans un *obi* très couleur locale surgit silencieusement, adressant aussitôt un sourire amical à l'Américain.

— *Hi*, Kuniko ! fit le chef de station de la CIA. Il y a de la place aujourd'hui...

La serveuse lui adressa un sourire très commercial.

— Souvent, il n'y a pas beaucoup de gens pour le déjeuner. Vous vous mettez où vous voulez.

Ils choisirent la grande table réservée au teppanyaki et elle prit leur commande : deux sashimi et du saké.

— Vous venez fréquemment ici ? demanda Malko.

L'Américain sourit.

— Pas mal, oui. Moi aussi, j'en ai assez du poisson grillé.

Ils avaient déjà bu leur saké tiède lorsque le poisson cru arriva. Malko jeta un regard étonné à la serveuse. Avec sa grosse bouche très rouge et une poitrine assez importante pour déformer la soie de l'*obi*, elle ressemblait plus à une Thaïlandaise qu'à une Japonaise. Il mangea son sashimi de bon appétit et, le dessert n'étant pas une spécialité japonaise, ils arrivèrent très vite au café.

Wilson Parker demanda l'addition, louchant sur le chrono Breitling B-One de Malko qui affichait la date en chiffres surdimensionnés.

— Il ne va pas se détraquer en l'an 2000 ? demanda-t-il.

— Absolument pas, affirma Malko, c'est un calendrier perpétuel. Je vais redescendre sur Limassol. Si je ne réponds plus, c'est que je me serai suicidé d'ennui.

— *Come on !* fit l'Américain, il y a des milliers de gens qui viennent passer leurs vacances ici.

— On ne sait pas d'*où* ils viennent, sculigna Malko.

— De toute façon, je pense qu'on aura du nouveau demain, promit le chef de station de la CIA.

Malko n'osa pas dire que si le commando qui avait frappé à Londres récidivait, Bill Clinton n'hésiterait pas à aplatir l'Irak sous un tapis de bombes, et que lui pourrait alors quitter Chypre.

Ce n'était pas politiquement correct.

Il restait une soirée de plus à tuer. De son portable, il appella Vladimir Sevchenko et lui proposa de l'inviter à dîner avec Tairova.

— Moi, je suis crevé, fit tout de suite l'Ukrainien, mais je vais demander à Tairova.

Quelques instants plus tard, il reprit l'appareil.

— Tairova est très contente, annonça-t-il. Elle te retrouve à *Malika Russaia* à neuf heures.

*
* *

A la lueur dansante des bougies éclairant leur table, les traits de Tairova Nissenko semblaient presque doux. La Russe s'était mise sur son trente et un. Maquillage, longs cheveux blonds retenus par un foulard Hermès, boucles d'oreilles en diamant, montre Breitling Callistimo et une robe surbrodée Alaya, qui la moulait comme un gant. Avec les zakouskis, ils s'étaient partagé une bouteille de Taittinger Comtes de Champagne rosé 1993 et, sous l'effet des bulles, Tairova s'était confiée à Malko. Elle avait commencé comme joueuse de basket-ball dans l'équipe de Kiev.

— Je pesais dix kilos de moins, avait-elle précisé, et mes seins étaient durs comme du marbre. A seize ans, les copains me payaient un rouble rien que pour les toucher.

A cette époque, un rouble, c'était de l'argent.

— Or, de l'argent, je n'en avais pas... Je me nourrissais de pain noir et de mauvaises saucisses. Maintenant que j'ai beaucoup de dollars, grâce au business, je profite de la vie. Je n'avais jamais mangé de caviar avant l'âge de trente ans, et je vivais dans deux pièces avec toute la famille. Désormais, j'ai un grand appartement à Moscou meublé par le décorateur Claude Dalle. Quand je fais l'amour sur mon grand canapé de soie, j'ai l'impression d'être la tsarine Catherine de Russie. Quand j'étais jeune, j'avais honte aussi de ma force physique, continua-t-elle. C'est peut-être pour cela que je suis restée vierge jusqu'à l'âge de vingt-deux ans.

Comme si ces souvenirs la troublaient, elle sortit une cigarette de son étui en or et Malko la lui alluma avec son Zippo armorié en argent massif. Tairova le lui prit des mains, regarda les armoiries gravées et dit en souriant :

— Chez nous, il n'y a plus de prince, les bolcheviks les ont tous tués.

Le Beluga de Petrossian était toujours aussi parfait. Tairova le dégustait à la petite cuiller, sans rien d'autre. Un verre de vodka, une cuillerée... Quand la boîte fut vide, ses yeux scintillaient comme les étoiles qui surmontent les tours du Kremlin. Elle eut quand même envie de réchauffer entre ses doigts un verre ballon plein de cognac Otard XO et de le boire à petites gorgées. Son regard brillant se posa ensuite sur Malko, après qu'elle eut jeté un coup d'œil à sa Breitling Callistimo.

— Il est tôt, remarqua-t-elle. Qu'est-ce qu'on pourrait faire ?

— Ton hôtel est en face, proposa Malko, allons boire un verre dans ta suite.

Tairova secoua la tête.

— Non. Vladimir Illitch doit ronfler comme un sonneur. On ne pourra même pas se parler... Allons plutôt chez toi, au *Four Seasons*.

Ils prirent la Mercedes 600. Dans l'ascenseur du *Four Seasons*, elle remarqua en riant :

— Je suis plus grande que toi.

Leurs regards s'accrochèrent et tout bascula en quelques secondes. Comme la première fois au restaurant, elle l'embrassa, dardant une langue impérieuse dans sa bouche. Mais là, ce n'était pas un jeu. Malko sentit son corps se presser contre le sien et quand la voix sucrée du haut-parleur annonça qu'ils avaient atteint le sixième étage, elle ne s'interrompit pas.

Excité par le récit de sa jeunesse, Malko ne put s'empêcher de caresser sa poitrine. Tairova ne portait pas de soutien-gorge et il put constater que ses seins bravaient courageusement l'épreuve du temps. Il se détacha d'elle, la prit par la main avant que l'ascenseur ne les ramène au rez-de-chaussée.

A peine arrivée dans la suite, Tairova Nissenko reprit son baiser. Puis, essouflée, elle le repoussa et dit d'une voix inhabituellement douce.

— Laisse-moi te demander pardon pour hier soir.

Sans se déshabiller elle-même, elle commença à défaire un à un les boutons de sa chemise, puis sa ceinture... Jusqu'à ce qu'il soit nu. Ses mains couraient sur lui, de sa poitrine à son sexe, l'excitant avec habileté. Quand elle le jugea à point, elle le poussa jusqu'au lit, le fit s'allonger sur le dos et se pencha sur lui.

Sa bouche était chaude, douce et habile. En un clin d'œil, il fut à la lisière du plaisir. Mais c'est Tairova qui menait le jeu. Agenouillée au bord du lit, elle jouait de ses ongles et de sa bouche, l'effleurant comme une aile de papillon, puis l'engloutissant jusqu'à la racine comme une véritable hétaïre.

Elle parvint à le maintenir dans cet état très longtemps. Dès qu'elle le sentait prêt à jouir, elle l'ôtait de sa bouche. Malko était dans une bulle de plaisir, loin des horreurs et des tensions du monde, concentré sur ses sensations. Avec l'impression que son membre tendu grandissait sans fin comme le cadavre de Ionesco. Soudain, Tairova se mit à l'engloutir comme une folle, à un rythme effréné qui le fit jaillir en quelques secondes. Un vague de fond irrésistible. Arqué, décollé du lit, il jouit avec un cri sauvage, la bouche merveilleuse accrochée à lui comme une goule.

Retombé sur terre, il croisa le regard troublé de sa fellatrice.

— Je ne fais jamais cela à un homme, dit-elle. Mais j'ai voulu te montrer que je te respectais, malgré hier soir. Et puis, j'aime tes yeux, ils me rappellent les boutons d'or dans les champs, au printemps, le long du Dniepr...

*
* *

Tairova Nissenko n'était pas partie depuis une minute que Malko aperçut à côté du lit une de ses boucles d'oreilles en diamant. Enfilant un peignoir de bain, il ouvrit la porte pour rattraper l'Ukrainienne.

A peine fut-il dans la coursive que son pouls monta à 150 en une fraction de seconde. Tairova Nissenko s'éloignait vers les ascenseurs. Sans voir dans son dos trois hommes qui la suivaient.

— Tairova !

La jeune femme se retourna d'un bloc, juste au moment où les trois inconnus se précipitaient sur elle ! L'un d'eux lui fit perdre l'équilibre en se jetant dans ses jambes. Les deux autres la saisirent sous les aisselles et entreprirent de la faire passer par-dessus la balustrade de l'ouverture ovale de l'atrium du rez-de-chaussée, six étages plus bas !

Tairova poussa un rugissement de fureur, parvint à se

relever et, d'un formidable coup de pied, envoya promener son premier agresseur. Les deux autres revinrent à la charge, tentant de la basculer dans le vide.

Malko aperçut des grosses moustaches, des yeux noirs, des cheveux en brosse, et fonça, sautant sur le dos d'un des trois agresseurs. Il l'arracha de Tairova Nissenko et le jeta au sol. Soulagée, la jeune femme demeura quelques instants en équilibre, la moitié du corps au-dessus du vide, puis retomba sur la moquette, enchevêtrée à son adversaire.

On n'entendait que les respirations haletantes et les coups.

L'homme renversé par Malko se releva, un court poignard à la main, et bondit sur lui, la lame à l'horizontale. Il l'aurait sûrement éventré si Tairova ne lui avait pas décoché un coup de pied qui le déséquilibra. Le poignard se planta dans le bois d'une porte.

Soudain, les deux autres, délaissant la jeune femme, revinrent à l'assaut. L'un parvint à saisir Malko par-derrière, le soulevant du sol. Il avait une force herculéenne et Malko sentit le souffle lui manquer. Avec terreur, il vit approcher la balustrade le séparant d'un vide de six étages. Il s'y accrocha de toutes ses forces. L'autre homme tenta de l'égorger. La lame lui effleura le cou. Il commençait à s'essouffler. Ses adversaires étaient jeunes, entraînés et professionnels. Le premier le poussait inexorablement vers le vide. Il sentait son corps glisser, glisser, la tête la première. Il aperçut des gens six étages plus bas, dans le *lobby*, et hurla :

— *Help !*

Hélas, ils ne pouvaient lui être d'un grand secours.

Il y eut un rugissement derrière lui. Tournoyant comme un derviche, Tairova fonçait sur les trois hommes. Celui qui était en train de faire basculer Malko reçut un coup de pied à la tête qui le projeta à trois mètres. Malko demeura en équilibre instable, le souffle coupé, avant de retomber du bon côté. Le deuxième adversaire venait de prendre une ruade en plein foie. Le troisième fit face, poignard au poing, et Tairova Nissenko s'arrêta, au moment où l'homme jetait un ordre bref. En arabe. Ses deux complices se relevèrent et filèrent vers l'escalier. Lui recula, menaçant toujours de son arme Tairova et Malko. Puis, à son tour, il fit demi-tour et prit ses jambes à son cou.

Malko se précipita dans sa chambre, décrocha le téléphone et appela la réception.

— J'ai été attaqué par trois hommes, lança-t-il. Ils descendent. Arrêtez-les.

L'employé bredouilla et raccrocha.

En un clin d'œil, Malko se rhabilla et fonça vers l'ascenseur, Tairova Nissenko sur ses talons. Lorsqu'il arriva en bas, le hall était vide. L'employé de la réception vint vers lui, penaud.

— Je les ai vus passer, *sir*, mais ils m'ont menacé. Ils étaient trois. Voulez-vous que j'appelle la police ?

— Vous les connaissez ?

— Non. On aurait dit des Libanais.

Pour les Chypriotes, tous les Arabes étaient des Libanais... C'est vrai que le signalement de leurs agresseurs correspondait à celui de quelques millions de citoyens du Moyen-Orient. Tairova Nissenko eut pour Malko un regard grave plein de tendresse.

— Tu m'as sauvé la vie, dit-elle simplement.

*

* *

Malko avait préféré ramener la jeune femme. Vladimir Sevchenko, Djokar et Abbi, prévenus par lui, attendaient dans le hall du *Hawaï Beach Hotel*. Chacun portait un énorme pistolet glissé dans la ceinture. Le mafieux ukrainien gronda de sa voix rauque, chargée d'agressivité :

— Je veux savoir qui sont ces salauds et les écarteler vivants !

— C'étaient des Arabes, fit Malko.

Il en avait encore le souffle court...

— Les copains de ce rat de Pavel, grommela l'Ukrainien. Mais pourquoi s'être attaqué à Tairova, et pas à toi ?

— C'est elle qui est allée chercher Pavel à l'aéroport, avança Malko. Peut-être qu'il avait prévenu ces gens et qu'ils ont vu Tairova. Moi, je suis resté à l'écart, ils n'ont pas pu m'identifier.

Vladimir Sevchenko hocha la tête.

— Tu as probablement raison. De toute façon, nous partons demain matin, pour au moins trois semaines. Toi, fais attention. Tu vas rester à Chypre ?

— Je ne sais pas encore.

— En tout cas, tu *dois* revenir quand ma maison est terminée, cet été. Cela va être un palais ! J'ai trois containers pleins de meubles que j'ai choisis chez l'architecte d'intérieur Claude Dalle, à Paris, qui attendent dans le port de Larnaca. Je vais donner une grande fête.

Avec Pavel Kashurin incrusté pour l'éternité dans les fondations du palais...

— J'essaierai, promit Malko.

Ils s'étreignirent tous les trois sous les regards émus d'Abbi et de Djokar. Malko se dit amèrement qu'il n'était pas près de quitter Chypre.

*

* *

Wilson Parker avait écouté le récit de l'attaque dont avait été victime Tairova Nissenko, la veille au soir, sans montrer beaucoup d'émotion.

— Cela n'est pas vraiment surprenant, admit-il. Les Services irakiens ont toujours eu du monde à Chypre, sous différentes couvertures. Ceux qui ont attaqué votre amie hier soir ne sont que des hommes de main sans importance. Cela ne fait que confirmer toute votre histoire. Votre Pavel Kashurin a bien parlé à ses « sponsors ». Ceux-ci ont tenté de se venger.

— C'est peut-être eux qui ont expédié le colis de Bacillus Anthracis dans le New Jersey, avança Malko.

— Peut-être en effet, admit l'américain, mais vous avez

mieux à faire que de traquer un réseau logistique qui n'a sûrement que peu d'informations.

— Merci, fit Malko, soulagé. Donc, je peux quitter Chypre.

— Je vous ai déjà retenu une place, fit Wilson Parker. Vous partez ce soir pour Amman.

Malko eut l'impression que le plancher se dérobait sous ses pieds.

— Pour Amman ! Mais pourquoi faire ?

L'Américain eut un sourire un peu crispé.

— Le DDO[1] n'a pas jugé bon de me le dire. Mais je pense que c'est lié à Nassir Hindawi.

— Nassir Hindawi est en Irak, pas en Jordanie, protesta Malko. S'il est encore vivant. Tel qu'on connaît Saddam Hussein, il a déjà dû le faire découper en petits morceaux. Puisqu'il sait que nous l'avons identifié comme la cheville ouvrière du programme bactériologique irakien...

Wilson Parker ne se laissa pas attendrir.

— Vous savez que cette affaire est une priorité *absolue* pour Langley, alors ne discutez pas. Il y a pire que la Jordanie. Je vais vous donner une escorte jusqu'à votre départ. A cause de ce qui s'est passé hier soir... Pour le visa, vous le prendrez à l'arrivée, il n'y a pas de problème.

Au moment où il se levait pour accompagner Malko, sa secrétaire entra, portant un second message tout juste décrypté. Wilson Parker le parcourut des yeux et le tendit à Malko.

— Emportez-le.

Malko le lut. C'était très court. « Vous avez une chambre réservée à l'*Intercontinental* de Amman. Dès arrivée, contactez la chambre 508 et demandez Bob. »

— Qui est Bob ? demanda Malko.

Le chef de station de la CIA sourit.

— Je n'en ai pas la moindre idée, mais vous le saurez demain.

1. Director Division of Operations.

*
* *

On grelottait à Amman. Malko regardait les traînées de neige bordant encore l'autoroute menant à la capitale jordanienne. Pendant deux jours, il avait neigé ! Il pleuvait en Israël et en Syrie. Une pluie fine et glaciale avait remplacé la neige et lorsque le taxi s'arrêta devant l'*Intercontinental*, Malko avait déjà envie de repartir.

Le *lobby* était désert, et seuls quelques poivrots expatriés s'accrochaient encore au bar du restaurant mexicain, en face des ascenseurs.

Arrivé dans sa chambre, Malko regarda son téléphone. Il avait hâte de savoir qui était le mystérieux « Bob » de la chambre 508, mais il était un peu tard.

Dans le lointain, le néon vert d'une mosquée semblait cligner de l'œil.

Il se réveilla à huit heures et appela la chambre 508. Une voix d'homme lui répondit aussitôt.

— Oui ?

— Vous êtes Bob ?

— Oui. Qui êtes-vous ?

— Celui que vous attendez. J'arrive de Chypre.

— Venez dans ma chambre quand vous serez prêt, fit Bob après un bref silence. Je vous commande un café.

*
* *

Vingt minutes plus tard, Malko parcourait les vingt mètres le séparant de la chambre 508, qui donnait comme la sienne sur la piscine et l'arrière de l'*Intercontinental*. A peine eut-il frappé que la porte s'entr'ouvrit.

Il crut s'être trompé. On aurait dit un Arabe : grosse moustache, teint très mat, des yeux d'un noir d'encre, des cheveux abondants. Bob portait une chemise assortie à son jean et sa carrure évoquait plus un fan de body-building qu'un *field-officer* de la CIA. Il referma, mit le verrou et rejoignit Malko en bâillant. Il s'excusa d'un sourire.

— Excusez-moi, depuis quelques mois, je n'ai jamais dormi plus de quatre heures par nuit.

Effectivement, ses yeux étaient soulignés de grandes poches sombres et il avait les traits tirés. Un regard très mobile, empreint de tristesse. Il prit une Gauloise blonde dans un paquet posé à côté d'une bouteille de Defender bien entamée et l'alluma avec un Zippo « Black Crackle » cabossé qu'il remit dans son holster de ceinture. Puis il examina Malko.

— Vous venez d'arriver ?

— Hier soir. A propos, comment êtes-vous certain que je suis celui que vous attendez ?

Bob sourit.

— Vous m'avez appelé Bob. Ce n'est pas mon nom. Bob est un pseudo qui n'a été communiqué par Langley qu'à nous... Satisfait ?

— Tout à fait. A propos, où êtes-vous, pour ne pas dormir ?

Bob émit un ricanement ironique.

— En train de dépenser les dollars de l'Oncle Sam au Kurdistan. *Just for nothing.*

— Je vois, fit Malko.

Il avait entendu parler d'une gigantesque opération dans le nord de l'Irak, financée par la CIA, dont le but était de déstabiliser Saddam Hussein en utilisant une des factions kurdes grassement payées par Washington. Tout avait foiré parce que les troupes de Saddam Hussein avaient attaqué et que le Pentagone avait refusé de donner un appui aérien à ses partisans. Un *remake* coûteux de la Baie des Cochons [1]. Pour beaucoup plus cher. On parlait de cent millions de dollars... Voilà d'où venait l'amertume de Bob.

Le téléphone sonna et Bob répondit. Dans un arabe parfait. Lorsqu'il eut raccroché, devant le regard interrogateur de Malko, il eut un sourire amusé.

1. Expédition manquée contre Castro montée par la CIA.

— Mon grand-père était d'Alep, en Syrie. J'ai appris l'arabe tout petit, avec ma mère. Ici, je passe inaperçu.

— Quel est votre vrai nom ?

Bob tira une bouffée de sa Gauloise blonde.

— *Call me Bob.* [1] C'est mon pseudo pour cette opération. D'ailleurs j'ai tellement changé de nom au cours des dix dernières années que je ne me souviens plus toujours du mien... J'ai tout fait : transporter des valises de fric pour des politiciens kurdes véreux, appris le maniement des explosifs à des analphabètes et monté des embuscades avec des gens prêts à vous tirer dans le dos.

Bob était un pur produit de la Division des Opérations, la branche « Action » de la CIA. Peu porté sur la litote ou la nuance, habitué aux rapports de force. In petto, Malko le surnomma « Le Rugueux ».

— Vous connaissez Ralph Cromwell ? demanda Malko.

Le visage de Bob s'éclaira.

— Ralph ! Bien sûr. Vous le connaissez ?

— J'ai essayé de le sortir d'affaire en Jamaïque, il y a quelques mois, mais je n'ai pas réussi. [2]

— Ah ! c'était vous ! Merci pour lui. C'était un type OK. Il en avait marre lui aussi. Moi, après cette mission, je m'arrête. J'ai déjà un contrat pour une boîte d'intelligence économique du Maryland. Enfin, je vais pouvoir dormir normalement... C'est à cause de vous que je ne rentre pas à la maison !

— De moi ? Pourquoi ?

Bob lui jeta un regard amusé et admiratif à la fois.

— Nous sommes chargés de récupérer un certain Nassir Hindawi. C'est vous qui nous l'avez montré du doigt...

— Il n'est pas en Irak ?

— Si. Mais j'ai peut-être le moyen de l'exfiltrer. Le DDO tient à ce que vous participiez.

— L'exfiltrer ? Comment pouvez-vous faire ?

1. Appelez-moi Bob.
2. Voir SAS nº 130, *Mortelle Jamaïque*.

CHAPITRE VII

Bob « Le Rugueux » adressa à Malko un coup d'œil amusé.

— Chaque semaine depuis que je suis dans le coin, enchaîna-t-il, je vois débarquer un Irakien qui me dit : « Moi, je peux avoir la peau de Saddam Hussein. Il me faut juste cinquante millions de dollars, la 82ème Division aéroportée et peut-être bien quelques B 52. » Evidemment, je leur botte le cul... Mais il y a deux ans j'étais en *R and R*[1] avec un copain syrien au bar du *Bristol*, à Beyrouth, quand j'ai été « tamponné » par un type. Il nous avait entendus parler arabe et m'a pris pour un Syrien... Je suis resté seul avec lui, et on a bavardé. On est devenus copains. Il s'appelait Wafik Aziz. A cette époque, j'allais souvent à Beyrouth. Je l'ai revu. Il prétendait être diplomate irakien. Et puis un jour, mis en confiance, il m'a avoué qu'il était Irakien, membre du Moukhabarat, et qu'il aimerait bien travailler pour les Syriens... Il avait des exigences modestes : mille dollars par mois, plus des primes pour des informations vraiment exceptionnelles.

« Bien sûr, j'ai accepté. Pendant plusieurs mois, il m'a filé des informations, croyant nourrir le Moukhabarat syrien... Et puis un jour, je lui ai offert une soirée super au *Casino du Liban* et je lui ai annoncé qu'il bossait pour Langley depuis le début. Je lui avais même préparé un

1. *Rest and Recreation.*

album souvenir, avec des photos de nous deux. Or, *moi*, les Irakiens savent que je suis de la CIA. Autrement dit, il avait le choix entre la potence et le peloton d'exécution s'il se faisait piquer... Au café, il me mangeait dans la main... Il était prêt à me donner sa femme, sa fille, son fric, tout. J'ai continué à le « traiter », puis il a été muté à Amman et je l'ai refilé à la station locale. Ensuite, quand on m'a assigné dans le Kurdistan irakien, avec pour mission, de débarrasser le monde de Saddam Hussein, j'ai repensé à lui et j'ai repris contact. Je lui demandais juste une petite chose : un itinéraire utilisé *régulièrement* par Saddam Hussein en Irak, où je puisse monter une jolie petite embuscade pour gagner ma *Distinguished Intelligence Medal.*

Il prit le temps de tirer une bouffée de sa Gauloise blonde avant de continuer. Malko ne voyait pas bien le lien avec *son* histoire. Bob enchaîna :

— Ce con y est arrivé ! fit-il avec une nuance admirative dans la voix. Il faut dire que je l'ai aidé en lui filant un réseau syrien en Irak. Le fils du *führer* de Bagdad — Udei — l'a félicité et lui a donné de l'avancement. Il est devenu numéro 2 du Moukhabarat irakien à Amman. Et nous, on a merdé le tuyau ! Mes braves Kurdes se sont fait tailler en pièces avant d'arriver au point X. *Too bad.*

— Quel est le rapport avec Nassir Hindawi ?

— J'y arrive. Il y a quarante-huit heures, j'ai reçu un message dans le Kurdistan m'ordonnant de gagner Amman ventre à terre. Ce que j'ai fait. Arrivé ici, le chef de station m'a communiqué les ordres de Langley. Grâce à mon contact avec Wafik Aziz, essayer d'exfiltrer d'Irak un certain Nassir Hindawi.

— Je vois, dit Malko.

— Moi, j'ai commençé par lui rire au nez, continua Bob « Le Rugueux ». C'était demander la lune, surtout quand on m'a dit *qui* était ce Nassir Hindawi. Autant aller chercher un petit poisson dans la gueule d'un requin. Mais le COS m'a fait un tel cinéma, en me promettant que Bill Clinton m'embrasserait sur la bouche si je le ramenais, que j'ai décidé de m'investir *vraiment*. D'autant que j'étais autorisé à offrir une prime de cent mille dollars à Wafik Aziz. J'ai arrangé une rencontre avec lui, hier, alors que vous étiez encore à Chypre. Bien sûr, lui aussi est tombé des nues et a promis de se renseigner. L'idée des cent mille dollars l'a beaucoup motivé... Il m'a quand même dit que cela lui semblait impossible.

— Et alors ?

Bob « Le Rugueux » ouvrit sa bouteille de Defender et s'en versa une bonne rasade dans un verre à dents.

— J'ai donné vingt-quatre heures à Wafik Aziz pour me trouver une idée. Sous peine de se faire balancer. A mon avis, il a dû réfléchir très fort... Alors, on va le voir tout à l'heure. A mon avis, on va faire chou blanc. Mais au cas où cela marcherait, vous retenez le dossier.

— Vous ne restez pas à Amman ?

Bob « Le Rugueux » leva ses yeux fatigués avec un faible sourire.

— C'est *vous* qui traitez l'affaire Hindawi. Moi, je vais repartir très vite. Je dois terminer mon opération kurde. C'est-à-dire prévenir des familles qu'ils ne reverront pas ceux qu'ils aiment et leur donner un petit chèque. Vous connaissez Amman ?

— Un peu.

— Rendez-vous ce soir au *Abdoun Circle*. En bas de Al Qaherah Street. C'est le nouveau point chaud d'Amman. C'est plein de restaurants, de cafés, de pâtisseries. Tout le monde vient là le soir. Après le rond-point, dans le prolongement de Al Qaherah Street, sur la gauche, il y a un complexe de loisirs. Des cafés et deux cinémas en sous-sol. J'ai acheté des places pour nous trois et ensuite on va ailleurs...

*

* *

Depuis le dernier passage de Malko à Amman [1], le quar-

1. Voir SAS n° 121, *La Résolution 687*

tier d'Abdoun — des collines nues au sud de la ville, dominées par l'énorme ambassade américaine — s'était incroyablement développé. De somptueuses villas bordaient Al Qaherah jusqu'au rond-point devenu le nouveau centre de la vie sociale. Les terrasses des cafés et des pâtisseries grouillaient de monde, les magasins étaient encore ouverts et Malko dut aller se garer à cinq cents mètres en contrebas du rond-point.

Au *Café de Paris*, au-dessus des cinémas, une foule de jeunes dînait et buvait. Evidemment, pas de femmes seules. On n'était pas en Occident...

Malko gagna le sous-sol. Les deux cinémas jouaient *Titanic*, en train de couler définitivement sous un flot de dollars. Etonnant, dans le monde entier, dans toutes les langues, les gens regardaient le même film. C'était le *global village*... Il prit place dans la salle. Bob « Le Rugueux » arriva juste avant le début du film. Un peu plus tard, Malko vit dans l'obscurité une silhouette s'asseoir à côté de l'Américain.

Une demi-heure s'écoula, puis Bob lui souffla :

— Je sors le premier. Je suis garé plus bas, sur la droite. Une Range-Rover blanche. Plaque 54378.

Malko vit les deux hommes se lever successivement comme pour aller aux toilettes. A son tour, il ressortit. Le hall était vide, on jouait à guichets fermés. A peine eut-il rejoint la Range-Rover que Bob démarra. Il se retourna, désignant l'homme assis à côté de lui.

— *Meet Wafik.* [1]

Wafik Aziz, assis à côté de Bob « Le Rugueux », se retourna avec un sourire engageant. Malko se dit qu'il ressemblait à Saddam Hussein, avec sa grosse moustache noire. Il le faisait même peut-être exprès pour se faire bien voir...

Bob « Le Rugueux » tourna à droite dans une rue sombre et deserte et ralentit, puis s'arrêta, éteignant ses phares.

— Alors, Wafik, lança-t-il, vous avez trouvé une idée ?

1. Voilà Wafik.

L'Irakien montra toutes ses dents dans un sourire éblouissant.

— C'est encore mieux, mister Bob. Vous n'allez pas me croire : ce matin, mon chef m'a convoqué dans son bureau. A l'ambassade, c'est moi qui gère les passeports en blanc distribués par le Moukhabarat pour certaines missions. On m'a demandé d'en préparer un pour quelqu'un qui allait arriver de Bagdad demain. J'ai demandé son nom et il m'a dit Nassir Hindawi !

Bob « Le Rugueux » en perdit la parole pour quelques secondes, avant d'apostropher l'agent du Moukhabarat irakien d'un ton sévère.

— Wafik, il faudrait pas se foutre de ma gueule...

Wafik Aziz leva les mains en un geste éloquent.

— *Wahiet Allah !* [1] C'est vrai. J'ai demandé si c'était urgent. Il m'a dit que c'était *très* urgent. Qu'il fallait exfiltrer d'Irak un homme que l'Uscom voulait interroger.

Malko et l'Américain échangèrent un regard entendu. Cela collait. Si Wafik Aziz n'avait pas trahi, jamais les Américains n'auraient été au courant de cette exfiltration. Pourtant, Bob « Le Rugueux » ne se calma pas

— Wafik, si vous me racontez des coups, menaça-t-il, vous savez comment ça va se terminer pour vous... Mal, *très* mal.

— C'est vrai, mister Bob, c'est vrai. Moi-même, je n'en croyais pas mes oreilles.

— OK, OK, comment va-t-il venir ?

— Mon chef m'a dit qu'il devait franchir la frontière jordanienne caché dans le coffre d'une voiture du ministère des Affaires étrangères irakien, en plaques CD. Les Jordaniens n'ont pas le droit de la fouiller.

— Il vient à Amman ?

— Oui, mais il ne restera pas. C'est moi qui dois lui apporter son passeport, dès qu'il sera là.

— Où ?

— On ne me l'a pas encore dit, je le saurai au dernier

1. Je le jure sur Allah !

moment. Mais ensuite, cela sera facile pour vous, puisque je vous dirai sous quel nom il voyage.

— Il ne va pas à l'ambassade d'Irak ? insista Bob « Le Rugueux ».

— Non. Mon chef m'a dit qu'il irait chez des gens sûrs.

— Vous n'avez aucune idée ?

Wafik Aziz eut un geste d'impuissance.

— Je ne connais pas *tous* les réseaux qui travaillent avec Udei, le fils de Saddam Hussein. C'est lui qui a décidé cette opération.

Udei, le fils aîné de Saddam Hussein, était responsable de pas mal de crimes et de l'assassinat de ses deux beaux-frères, Hussein et Saddam Kemal, qui, eux, étaient revenus en Irak pour s'y faire massacrer. Udei dirigeait les opérations les plus secrètes et il devait être au courant des attentats menés avec le bacille de la Peste Noire...

— Quand arrive-t-il exactement ? insista Bob « Le Rugueux ».

— Demain, dans la soirée. Mon chef m'a dit de rester tard à l'ambassade. Il me téléphonera le nom que je dois mettre sur le passeport et l'endroit où je dois le livrer. Tout de suite après, je vous préviens.

Bob « Le Rugueux » demeura un long moment silencieux. Puis, sans poser plus de questions, il remit en route, ralluma ses phares et démarra en direction du rond-point Abdoun. Il s'arrêta sur le bas-côté une centaine de mètres avant d'y arriver.

— OK, Wafik, vous retournez voir couler le *Titanic*. Demain soir, dès que vous avez l'information, vous m'appelez sur mon portable.

— Pas de problème.

L'agent double irakien sauta de la voiture et s'éloigna en direction des cinémas.

— Incroyable ! fit Malko dès qu'ils furent seuls.

— Pas vraiment. Imaginez que je n'aie pas « tamponné » Wafik Aziz il y a deux ans. Nassir Hindawi aurait disparu dans la nature sans laisser de traces. Les Irakiens savent que vous êtes à sa recherche. Qu'il risque d'être convoqué par l'Uscom.

— Ils auraient pu le planquer en Irak.

— *Sure*. Mais ils n'avaient peut-être pas envie d'un nouveau bras de fer avec nous. Ou il y a une autre raison.

Malko avait beau se casser la tête, cette séquence paraissait totalement logique. La route Amman-Bagdad, depuis l'embargo aérien sur l'Irak, était le seul cordon ombilical reliant l'Irak au monde extérieur ; donc, Nassir Hindawi devait l'emprunter, lui aussi. Beaucoup d'Irakiens en faisant autant, cela ne risquait pas d'attirer l'attention. Le trafic sur ce long ruban rectiligne traversant le desert était intense. De nombreux taxis collectifs assuraient la liaison entre les deux villes.

— Dans ce putain de métier, conclut Bob « Le Rugueux », il faut bien toucher le jackpot de temps en temps. Si ça marche, je filerai dix « Grands » à Wafik[1]. Faut pas le pourrir.

— Que va-t-on prendre comme précautions pour qu'Hindawi ne nous file pas entre les doigts ? interrogea Malko.

— A partir du moment où il a franchi la frontière, trancha Bob « Le Rugueux », il ne peut plus nous échapper. Je vais quand même placer quelques « sonnettes » juste après la frontière. Des voitures CD irakiennes, il n'y en a pas beaucoup. On la surveillera discrètement, pour savoir où elle va. Nous interviendrons ensuite, dès qu'il mettra les pieds hors de sa planque. Il faut que j'en parle aux Jordaniens, sinon cela fera du grabuge. Depuis que les « schlomos »[2] sont venus taper chez eux Khaled Masha'l, ils sont susceptibles. Or, nous allons faire un peu la même chose. Où êtes-vous garé ?

Malko le guida jusqu'à sa voiture. En roulant vers le Jabal Amman où se trouvait l'*Intercontinental,* Malko se dit que la décision des Irakiens d'exfiltrer Nassir Hindawi était vraiment providentielle, les chances de le récupérer à Bag-

1. Dix mille dollars.
2. Israéliens.

dad étant égales à zéro. On lui apportait sur un plateau d'argent l'homme le plus recherché par la CIA. Celui qui pouvait réveler l'identité des terroristes de la peste noire.

La chance était peut-être de son côté. Dans vingt-quatre heures, il serait fixé.

Lorsqu'il prit sa clef à l'*Intercontinental,* le concierge lui remit une enveloppe scellée, sans aucune marque extérieure. Malko l'ouvrit dans l'ascenseur. Elle contenait une carte de visite de Christopher Angleton, le chef de station de la CIA à Amman, qu'il avait rencontré lors de sa précédente mission, avec seulement quelques mots : « Venez me voir demain matin à neuf heures. J'ai des nouvelles importantes. »

*
* *

Christopher Angleton n'avait guère changé depuis le dernier passage de Malko. Toujours aussi « british », veste en tweed, cravate club et Church impeccablement cirées. La moustache rousse conquérante et l'œil blanc plus vif que jamais. Son bureau s'était enrichi de quelques photos en compagnie des membres de la famille royale de Jordanie, dont un pique-nique à Petra. Il accueillit Malko comme s'il l'avait quitté la veille.

— Thé ou café ?

— Café, choisit Malko.

— Vous avez failli ne pas me revoir, annonça d'emblée Christopher Angleton. Je quitte Amman en juin pour revenir à Langley diriger le département « Middle-East ».

— Je vous verrai sûrement là-bas, promit Malko.

Christopher Angleton prit le temps de boire une gorgée de thé avant d'annoncer :

— L'Uscom nous a transmis une information importante qui concerne l'affaire que vous traitez. Selon les Irakiens, Nassir Hindawi a été victime hier d'un accident de la circulation et doit être enterré aujourd'hui dans un cimetière de la banlieue de Bagdad.

Malko ne s'émut qu'une fraction de seconde. Quelle meilleure façon d'éviter un tête-à-tête gênant avec l'Uscom ! « Mort » et exfiltré, Nassir Hindawi ne risquait pas d'être retrouvé.

— Cela ne m'étonne pas, dit Malko en souriant.

L'Américain pencha la tête un peu de côté, à son habitude.

— Vous étiez au courant ?

Malko dut lui résumer sa conversation de la veille avec Wafik Aziz.

Christopher Angleton sourit à son tour.

— Je comprends maintenant pourquoi Bob a réapparu ici. Mais il n'a pas pris contact avec moi. Lorsque j'ai su que vous étiez chargé de cette affaire de terrorisme bactériologique, j'ai bien pensé vous voir. Nous sommes l'arrière-cour de l'Irak, en Jordanie. Langley m'a sensibilisé, mais j'avoue ne rien avoir trouvé. A propos, qu'allez-vous faire de cet Hindawi ?

— Je comptais vous en parler, dit Malko. L'idéal serait de s'en saisir pour l'exfiltrer ensuite clandestinement dans un endroit sûr.

Christopher Angleton tirailla sa moustache machinalement.

— Je vais réfléchir à la façon de procéder, promit-il. Il ne faut pas vexer les Jordaniens, ils sont très susceptibles.

— Réfléchissez vite, conseilla Malko. Nassir Hindawi doit arriver ce soir à Amman. Nous aurons peu de temps pour agir.

*

* *

Basman Abu Cherif se contempla, la rage au cœur, dans la glace de sa chambre de l'hôtel *Radisson.* Sa vie avait basculé depuis le jour où il avait imprudemment ouvert une lettre qui portait au dos, comme expéditeur, le nom de son frère. Un nom que très peu de gens connaissaient, Basman Abu Cherif n'étant qu'un pseudo de guerre. Hélas pour lui, la lettre avait été expédiée par le Mossad et contenait trente grammes d'un explosif extrêmement puissant.

L'explosion ne l'avait pas tué, mais en avait fait un monstre. Son visage n'était qu'une suite de cratères rosâtres, son cuir chevelu paraissait avoir souffert de pelade, avec quelques rares touffes de cheveux au milieu de plaques roses, toujours douloureuses. Les chirurgiens de Bagdad avaient réussi à sauver son œil droit, mais le gauche n'était plus qu'une boule de verre enserrée dans une arcade sourcilière mal reconstituée, ce qui lui faisait un œil rond comme un oiseau. Il avait perdu trois doigts de la main gauche et ceux de la droite, brûlés, étaient recourbés comme les serres d'un oiseau de proie.

Il s'imposa de demeurer d'interminables secondes en face de lui-même. C'était la meilleure façon de se recharger de haine, comme on recharge des batteries d'électricité.

Enfin, il se détourna, saisit une bouteille de scotch ouverte et en avala une grande lampée, calmant son âme et dénouant son estomac. Lui qui, avant cet incident, n'avait jamais touché une goutte d'alcool.

Depuis qu'il avait seize ans, il s'était engagé dans l'action clandestine. Il était né dans un camp de refugiés palestiniens du Jabal Al Hussein, à Amman, avait été élevé dans la haine des Israéliens. Après deux ans de formation dans un camp, il avait rejoint à Bagdad le groupe extrémiste d'Abu Ibrahim, formé de combattants fanatiques décidés à lutter jusqu'à leur dernier souffle contre Israël et ses alliés. Un groupuscule peu nombreux mais extrêmement dangereux. C'est lui qui avait fabriqué la valise piégée qui avait fait exploser le DC 10 de l'UTA, au-dessus du Ténéré.

Basman Abu Cherif avait mené de nombreuses actions contre les Israéliens, restant toujours insaisissable. Ils avaient fini par le rattraper grâce à la lettre piégée...

Désormais, son visage massacré lui interdisait beaucoup d'opérations clandestines. Toutes les polices du monde possédaient sa photo. Officiellement, il n'appartenait plus au groupe Abu Ibrahim, et avait monté dans la plaine de la Bekaa, au Liban, une ferme d'agrumes. Il voyageait pas mal dans la région, pour y vendre ses produits, le plus souvent en voiture, ne prenant l'avion que lorsque c'était absolument nécessaire. Les policiers libanais, syriens ou jordaniens s'étaient habitués à le voir passer, pensant qu'il était à la retraite.

Seule, une poignée de gens savaient qu'il était à la tête d'un commando secret d'élimination des ennemis de Saddam Hussein, qui frappait partout dans le monde. Unique moyen pour Basman Abu Cherif de canaliser sa haine, de l'empêcher de devenir fou.

Pour se protéger, il prenait des précautions extraordinaires, n'utilisant jamais le téléphone, n'entrant jamais en contact avec les membres connus du Moukhabarat irakien. N'utilisant que des courriers sûrs. Comme celui qu'il attendait.

Arrivé la veille au soir de la Bekaa, il n'était pas sorti de sa chambre d'hôtel.

Le téléphone sonna. C'était la reception, l'avertissant d'une visite.

— Faites-la monter, demanda le Palestinien.

Il fonça à la salle de bains, entr'ouvrit sa chemise et s'arrosa d'une eau de toilette très forte, puis rebut une rasade de la bouteille de Defender déjà entamée. Il n'avait plus qu'à aller ouvrir lorsqu'on frappa.

Une femme se tenait dans l'embrasure. Des lunettes, un voile noir sur la tête qui l'enveloppait jusqu'aux pieds. Elle entra et Basman Abu Cherif referma la porte aussitôt.

— *Kifak ?* [1] demanda la visiteuse.

— Ça va, Souha fit le Palestinien. Enlève cette bâche, on n'est pas à la mosquée.

La mosquée, il n'y allait jamais, d'ailleurs. C'était un chrétien, communiste de surcroît. Comme sa visiteuse n'obtempérait pas assez vite, d'un geste brusque, il lui arracha son voile, découvrant un tailleur et des bas noirs moulant des jambes assez épaisses. Son regard étincela, luisant littéralement de désir. La femme baissa les yeux.

1. Comment ça va ?

— Basman, fit-elle d'un ton de reproche, tu ne changeras jamais.

A quinze ans, dans le camp de réfugiés, ses copains l'avaient surnommé « la trique ». Il poursuivait *toutes* les filles, belles ou laides et, quand il n'arrivait pas à les attraper, se consolait avec une chèvre, ou même une jeune ânesse. De petite taille, les cheveux ébouriffés, la peau boutonneuse, il avait pourtant un succès fou. Quand il fixait une femme, les narines palpitantes, son érection tendant son jean déchiré, le regard brûlant, elle n'avait plus qu'à écarter les cuisses.

Durant sa période clandestine, il avait largement profité de son charme, recrutant des complices à la pointe de son vit.

Après la lettre piégée, lorsqu'il avait vu son visage, il s'était d'abord dit qu'il ne pourrait plus jamais conquérir une femme. Ivre de fureur anticipée, il était remonté à l'assaut, avec encore plus de volonté, prenant encore moins de gants. Son regard magnétique et sa violence contenue faisaient encore des merveilles. D'ailleurs, si on lui résistait, il était capable de devenir violent, de tuer même.

Sa vie, très simple, oscillait entre deux pôles : le sexe et l'action clandestine.

Celle qui se tenait devant lui, Souha, une Irakienne émigrée en Jordanie, travaillait pour le Moukhabarat irakien, comme agent de liaison. Sa fidélité était garantie par sa famille demeurée à Bagdad en otage.

— J'ai un message important, commença Souha.

Le regard fixé sur le renflement de sa poitrine sous le tailleur, Basman Abu Cherif s'approcha d'elle, posa les mains sur ses hanches un peu grasses, cherchant son regard derrière les verres épais de ses lunettes.

Les cheveux tirés en chignon, elle ressemblait à une institutrice, avec ses lunettes qu'elle ne quittait jamais. Un peu lourde de hanches et de jambes, les hommes ne la suivaient pas à la trace. Pourtant, collé à elle, Basman Abu Chérif sentait déjà une puissante érection monter de son ventre.

Il défit nerveusement les boutons du tailleur et emprisonna dans ce qui lui restait de mains les seins protégés par le tissu épais du chemisier. Certaines femmes se trouvaient mal au contact de ces moignons. C'était le meilleur moyen de se faire violer... Il arrivait à Basman Abu Cherif de les menacer de les égorger si elles ne cédaient pas. Connaissant les réactions violentes du Palestinien, Souha ne chercha pas à se dégager, protestant seulement.

— Basman, j'ai des choses importantes à te dire. Je n'ai pas le temps.

— On a toujours le temps ! grogna le Palestinien.

Il insista et elle finit par laisser sa langue entrer dans sa bouche. Excité comme un bouc, il se mit à la tripoter furieusement, malaxant ses fesses, les écartant, puis passant carrément une main sous sa jupe. Il remonta et, après le bas, trouva la peau de la cuisse. Il en rugit de bonheur. Elle avait mis des bas, donc elle voulait se faire baiser, sinon elle aurait choisi des collants...

Souha bascula sous la tornade. Basman Abu Cherif s'était jeté sur elle, relevait sa jupe, lui écartait les cuisses tout en se défaisant fièvreusement. Comme il ne se trouvait pas assez présentable, il lui prit la tête et son membre força sa bouche, Docile, Souha se laissa faire. Au fond, ce désir bestial l'excitait. Très vite, sous la caresse de sa bouche, il acquit la dureté d'un manche de pioche. A ce moment, il la repoussa, la faisant tomber sur le lit, plongea entre ses cuisses écartées et l'embrocha jusqu'à la garde. Son visage massacré, à quelques centimètres d'elle, grimaçait.

— *Schlecta !* [1] Tu as envie, hein !

Il était déchaîné. Souha gémissait, pilonnée comme elle l'aimait. A Amman, les occasions étaient rares pour une femme seule, en raison des mœurs austères des Bédouins. Brusquement, Bassam se sentit trop laid. Il se retira, la retourna à quatre pattes et replongea dans son ventre inondé. Devant autant de soumission, il craqua.

Quand Souha réalisa ce qu'il voulait, elle cria, mais trop tard. Se servant de sa propre liqueur, il la forçait, dans un

1. Salope !

éblouissement de douleur, tant il était pressé. Les doigts enfoncés dans la chair molle des fesses, il explosa en quelques secondes avec un rugissement de fauve. Puis il se retira, regardant Souha figée dans la même position, la croupe offerte.

Une nouvelle rasade de Defender compléta son bonheur.

— Alors, qu'est-ce que tu voulais me dire ? interrogea-t-il en rajustant son jean.

Il était redevenu le professionnel froid, cruel et efficace qui assassinait pour Saddam Hussein depuis une quinzaine d'années. A sa première rencontre avec Souha, il l'avait vraiment violée... Elle ne s'y attendait pas ; il avait déchiré ses collants, arraché sa culotte et l'avait prise par terre, comme un animal.

Toujours dans la même posture, Souha tourna la tête vers lui. Finalement, cela n'avait pas duré assez longtemps. Encore dolente, elle lui communiqua les instructions reçues.

Basman Abu Cherif écouta attentivement. C'était une mission facile. Tout en parlant, Souha se releva, rabattit sa robe, rajusta ses bas.

— Tu en as filé un, lui reprocha-t-elle.

Royal, il sortit un billet de vingt dinars jordaniens [1] et le lui tendit.

— Rachètes-en d'autres. Beaucoup d'autres.

Mais déjà, assouvi, il avait l'esprit ailleurs, pensant à sa mission.

1. Environ 150 francs.

CHAPITRE VIII

Bob « Le Rugueux » répondit à son portable qui sonnait, émit quelques onomatopées et coupa.

— Une Mercédes CD irakienne vient de passer la frontière, annonça-t-il à Malko, avec deux personnes à bord. Ils seront dans quatre heures environ à Amman.

L'Américain avait garé la Range sur un terrain vague, à la sortie est d'Amman, sur la route de Zarka. Il était quatre heures de l'après-midi et le soleil qui avait reparu commençait à baisser.

— Où sont vos gars ? demanda Malko.

— Juste après la frontière, il y a une grande station-service et quelques épiceries. J'ai une autre « sonnette » à Ar Ruwaishid, à quatre-vingts kilomètres de la frontière, et encore une avant Al Safawi, là où il y a un embranchement.

La route A 10 filait à travers le désert de la frontière irakienne à Amman. Trois cent vingt kilomètres avec deux virages. Les camions faisaient la course sur les deux voies séparées par un terre-plein et s'explosaient de temps en temps.

Quelques panneaux, qui servaient aux Bédouins de cibles pour s'entraîner au tir, annonçaient que la vitesse était limitée à quatre-vingts à l'heure. Limitation totalement surréaliste sur ce ruban goudronné rectiligne où on roulait couramment à cent cinquante, d'autant que le radar y était absolument inconnu.

Bob alluma une Gauloise blonde avec son inusable Zippo

« Black Crackle » qu'il traînait depuis le Vietnam et l'attente reprit. Le chronographe Breitling B-One de Malko indiquait 16 h 40 lorsque le portable de Bob sonna à nouveau. Cette fois, la communication dura plus longtemps. Bob semblait partagé lorsqu'il confia :

— C'est l'équipe de Ar Ruwaishid, annonça-t-il. Deux choses. D'abord, ils sont maintenant *trois* dans la voiture.

— Wafik Aziz a dit qu'ils feraient franchir la frontière à Hindawi dans le coffre, remarqua Malko.

— *Right*. Ils ont dû s'arrêter dans le désert et le libérer. Ensuite, mes gars me signalent une voiture avec quatre hommes à bord, qui attendait sur une aire de stationnement et suit désormais la Mercédes.

— Des Jordaniens ?

— Possible, mais je ne crois pas. Les Jordaniens sont chez eux, ils agissent au grand jour, à la frontière.

— Cette voiture est probablement là pour la protection de l'autre, avança Malko.

Le temps recommença à s'écouler lentement. Malko essayait de visualiser la course sur l'A 10. Une heure dix s'écoula avant que le portable ne resonne.

— C'est Al Safawi annonça Bob à la fin de la communication. Ils ont vu passer les deux voitures. Ils se dirigent vers Al Mafrak. Aucun changement.

Donc, ils allaient arriver par le nord-est d'Amman.

Six heures. Malko tourna la lunette de sa Breitling B-One qui actionnait par un astucieux jeu de pignons le disque de règle à calcul du cadran et vit que les Irakiens arriveraient à Amman vers huit heures.

La nuit tombait. L'équipe de Al Safawi avait pris en filature les deux voitures irakiennes. A huit heures moins dix, elle annonça qu'elles arrivaient par l'A15, où la circulation était très ralentie. Bob et Malko virent la Mercédes passer devant eux vingt minutes plus tard, coincée entre deux camions. Ils attendirent que la voiture de protection, une Honda, soit passée à son tour pour se glisser dans la file des véhicules se dirigeant sur Amman.

Plus ils approchaient d'Amman, plus la circulation était

Deux hommes sortirent de la Mercedes, laissant le chauffeur au volant, et montèrent le perron. La porte s'ouvrit et ils disparurent à l'intérieur. Quelques instants plus tard, un des deux hommes ressortit de la villa et remonta dans la Mercedes à côté du chauffeur. Le véhicule démarra et reprit le chemin en sens inverse. La voiture de protection ne bougea pas.

Malko abaissa ses jumelles, et se tourna vers Bob, soulagé.

— Bon, reconnut-il, cela se passe comme Wafik Aziz l'avait dit.

— Regardez, fit Bob. L'autre voiture s'en va.

La Honda de protection avait redémarré, montant vers le boulevard périphérique. Elle disparut. Bob sifflota, soudain joyeux.

— Ça veut dire qu'ils ne vont plus bouger. Je crois que Wafik n'a pas déconné. Il a gagné son billet *one way* pour chez nous.

— Qu'est-ce que c'est que cette villa ?

— Je n'en sais rien, avoua l'Américain, et je ne veux surtout pas demander aux Jordaniens. Allons à l'ambassade. Il faut que le chef de station intervienne officiellement auprès des Jordaniens pour les avertir que nous allons intercepter un citoyen irakien sur *leur* territoire. Ils sont très pointilleux depuis l'incident Khaled Masha'l.

Il nota rapidement le nom de la rue — Beet Dejan — et repartit.

— Vous ne laissez pas une « sonnette » ? s'étonna Malko.

Bob secoua la tête.

— Inutile d'attirer l'attention. On a déjà pris des risques en les suivant. On joue Wafik gagnant. Jusqu'ici, ça se passe comme il l'a dit. Si les « baby-sitters » sont partis, c'est que Nassir Hindawi ne bouge plus. Dans une heure, il n'y aura plus personne dans le quartier, on risque de se faire repérer. Cette baraque est trop isolée.

Dix minutes plus tard, ils arrivaient devant la gigantesque ambassade US qui occupait tout le sommet de la colline Al

Diyar, tel un Fort Alamo hérissé d'antennes paraboliques. Bob appela de son portable et quand ils stoppèrent, au premier coup de klaxon, une énorme porte blindée coulissa silencieusement, tandis qu'une borne d'acier rentrait dans le sol. L'ambassade avait été bâtie pour résister à un assaut frontal. Les Américains se souvenaient de celle de Beyrouth, dynamitée par le Hezbollah en 1982, ce qui avait décapité la CIA au Moyen-Orient.

Christopher Angleton, le chef de station, était déjà parti, mais Bob s'installa devant un ordinateur et commença à pianoter, après avoir entré le code secret qui donnait accès aux informations de la CIA sur l'implantation irakienne à Amman.

Les aiguilles lumineuses surdimensionnées de son chrono Breitling B-One indiquaient neuf heures cinq. Dans les deux heures suivantes, ils devraient avoir des nouvelles de Wafik Aziz. De bonnes nouvelles, en principe.

*

* *

Basman Abu Cherif, installé à la terrasse d'un café de la rue Ben Tasheen, dans le quartier de Shumeysani, mangeait un *chawerma* arrosé de Pepsi-Cola. Il n'avait jamais pu se mettre au Coca-Cola, qui avait une usine en Israël. Il était un convaincu, décidé à nuire au maximum à l'Etat hébreu et à son principal allié, l'Amérique. Hélas, sa blessure avait réduit ses capacités opérationnelles...

Et on le repérait comme une mouche dans un bol de lait.

Détenteur d'un passeport jordanien, comme beaucoup de Palestiniens, il préférait utiliser son document libanais, plus neutre. En plus, le Moukhabarat irakien lui fournissait ce dont il avait besoin. Mais comme sa photo se trouvait dans tous les ordinateurs de tous les Services du monde, il ne pouvait se déplacer que dans les pays où il avait officiellement une raison de se rendre. Il tira son mouchoir et tamponna son orbite gauche. Il avait remarqué qu'avant chaque action, la nervosité faisait pleurer son œil. Un liquide translucide suintait de l'orbite. En même temps, les cicatrices de sa main mutilée le démangeaient.

Il regarda sa montre.

Encore une heure d'attente. Ensuite, il n'aurait plus qu'à regagner tranquillement le Liban. Il devait subir bientôt une opération pratiquée par des chirurgiens venus spécialement d'Europe. Sans trop d'espoir, son visage était foutu et il le savait. Avec son visage massacré, il avait beaucoup appris sur la psychologie humaine. S'il prenait souvent ses partenaires par-derrière, c'était *aussi* pour ne pas voir le reflet de leur dégoût dans leurs prunelles chavirées de plaisir.

Deux hommes aux cheveux ras poussèrent la porte de l'établissement et vinrent s'asseoir à une table voisine, évitant ostensiblement de le regarder. Il en manquait encore deux, pour que tout soit prêt. La voiture qu'il utilisait — volée, avec de fausses plaques — était garée dans un parking voisin. Il adressa une brève prière au ciel pour que cela se déroule mieux qu'à Chypre. Ne voulant pas se découvrir, il avait sous-traité avec des gens de son groupe et le résultat n'avait pas été à la hauteur. Tout le monde à Bagdad se demandait encore comment les Américains avaient pu remonter la filière bactériologique, pourtant en principe totalement verrouillée...

Son objectif à présent était de retrouver l'homme qui avait brisé ce secret en révélant aux Américains le cheminement des armes bactériologiques. Celui-là, il aurait un plaisir particulier à l'égorger lentement, à voir la lame de son poignard trancher la chair, puis les carotides. A suivre l'affolement, puis l'angoisse, puis la mort dans ses yeux.

*

* *

— Voilà ! Mazhar Al Kharbit, riche commerçant irakien installé en Jordanie depuis une douzaine d'années. Un frère au Liban, un autre en Allemagne, encore plus riche que lui. C'est un chrétien, considéré comme proche du régime de Saddam Hussein, bien qu'il se rende rarement en Irak. Il a ses comptes à la Commerz Bank de Francfort et on le soupçonne depuis longtemps de faire partie du système financier clandestin de Saddam Hussein. A plusieurs reprises, des « courriers » sont allés retirer des sommes très importantes de ses comptes en Allemagne et les ont rapportées en Jordanie. L'un d'eux s'est fait prendre à la douane jordanienne avec plus de trois millions de dollars et a été libéré, *avec l'argent*, sur l'intervention personnelle du Palais...

— Que devient cet argent ? interrogea Malko, penché lui aussi sur l'ordinateur qui débitait ses informations.

Les deux hommes se trouvaient dans la *safe-room* de l'ambassade américaine, consacrée au chiffrage et à l'électronique, reliée au monde entier par différents circuits protégés. Seuls veillaient avec eux un officier de permanence et le chiffreur de l'ambassade. Bob répliqua :

— Comme il ne l'enterre pas dans son jardin, il y a gros à parier qu'il le fait parvenir à Saddam Hussein par la valise diplomatique. A cause de l'embargo aérien, il y a un va-et-vient permanent par la route entre Amman et Bagdad : c'est la seule porte de sortie vers l'extérieur pour les Irakiens.

— Il n'y a rien d'autre ?

Bob « Le Rugueux » relut tout le texte.

— Rien de concret. Al Kharbit n'est pas le seul Irakien en exil, partisan de Saddam. En plus, il ne s'est jamais livré à des opérations liées au terrorisme. Il fait des affaires et aide Saddam, mais cela, ici, n'est pas un crime. Bien au contraire.

— Donc, conclut Malko, il est plausible qu'il reçoive quelqu'un envoyé par Saddam Hussein, dont le passage doit rester secret.

— En effet. Et sans Wafik Aziz, nous ne saurions rien de tout cela. Il y a tellement d'allées et venues dans cette maison que les Jordaniens ne la surveillent même pas. Il n'y a plus qu'à attendre le coup de fil de Wafik, dès qu'il aura établi le passeport destiné à Nassir Hindawi. Et à cueillir ce dernier lorsqu'il sortira du pays. Officiellement, pour l'interroger. Ensuite ce sera à *nous* de l'exfiltrer pour bavarder plus tranquillement. Parce qu'il sait *forcément* ce que sont devenues les souches de *Bacillus Anthracis*.

— Et comment elles se sont retrouvées à Londres, souligna Malko.

Bénissant Vladimir Sevchenko, il essayait de chasser de sa rétine la vision du béton liquide engloutissant Pavel Kashurin, l'intermédiaire qui avait mis en contact Hindawi et les Russes.

— Tiens, fit Bob, il est divorcé et a une maîtresse. Une Algérienne qui travaille comme hôtesse de l'air sur Royal Jordanian.

*
* *

Zahra Zaroual promenait son plateau de mézés au milieu du salon. On allait enfin passer à table et les deux domestiques égyptiens avaient dressé le buffet dans la salle à manger. On dînait très tard, comme à Beyrouth. Mazhar Al Kharbit suivit des yeux la silhouette pleine de volupté de sa maîtresse. Elle avait grande allure avec ses cheveux noirs relevés en chignon, son maquillage discret et la longue robe d'hôtesse brodée, à peine décolletée, qui enveloppait son corps jusqu'aux chevilles. Le tissu brodé était assez souple pour souligner ses formes, sa poitrine imposante, sa croupe, la minceur de sa taille. Elle s'arrêta devant Nassir Hindawi qui lui jeta un regard intéressé.

Depuis qu'il avait débarqué à la villa, quelques heures plus tôt, l'homme de Bagdad la couvait du regard. Comme il s'agissait de quelqu'un *très* proche du pouvoir, cela pouvait devenir dangereux. Saddam Hussein, ses fils et leurs amis ne se gênaient pas pour prendre les femmes des autres, par la force, au besoin.

— Un peu de *hoummouz* ?

Nassir Hindawi ne regarda pas le plateau, mais la poitrine pudiquement dissimulée. Il allongea le bras comme pour prendre une galette, mais se contenta d'effleurer la hanche de la jeune femme, qui continua le service comme si de rien n'était. Cet homme devait les quitter le lendemain. Elle présenta le plateau aux deux hommes et à la femme qui étaient arrivés à l'improviste une heure plus tôt. Un couple et un célibataire, hommes d'affaires amis de son amant Mazhar Al Kharbit. Ce dernier tenait table ouverte et cela arrivait souvent. Les deux membres de l'ambassade qui avaient amené Hindawi — le premier secrétaire et un chauffeur — étaient repartis depuis longtemps. La sonnette de l'entrée tinta. Zahra échangea un regard surpris avec son amant. Même pour des amis, il était un peu tard. Nassir Hindawi lança de son fauteuil :

— Ce doit être pour moi. On doit m'apporter un passeport. Je repars très tôt demain matin.

— Fouad, va ouvrir, lança Zahra à l'Egyptien qui préparait la table.

*

* *

Bob « Le Rugueux » fumait nerveusement, enchaînant Gauloise blonde sur Gauloise blonde. Une heure et demie s'était écoulée depuis qu'ils avaient terminé leur lecture de l'ordinateur. Le portable de l'Américain était posé sur le bureau à un mètre de lui. Malko appuya sur la couronne pour allumer le display lumineux de sa Breitling B-One. Dix heures vingt-quatre minutes et sept secondes, et la trotteuse, fine comme une aiguille, continuait à grignoter le temps.

— Bref, voulez-vous qu'on aille faire un tour là-bas ? suggéra-t-il.

Bob secoua la tête :

— Non, trop risqué. Wafik ne m'a pas donné d'heure précise, seulement une fourchette. S'il n'y a rien à minuit, nous irons voir.

*

* *

Fouad, le cuisinier, aperçut dans le faisceau du projecteur éclairant le perron de la villa un homme de petite taille, très large d'épaules, dont le visage massacré, déchiré, asymétrique, faisait peur. Pourtant, l'inconnu lui adressait un sourire humble.

— J'ai un message de l'ambassade d'Irak pour Mazhar Al Kharbit. Je peux le déranger cinq minutes ?

Il avait incontestablement l'accent irakien, aussi Fouad s'effaça-t-il pour le laisser entrer. Il ne vit pas une silhouette sombre surgir de l'obscurité derrière lui. Un bras musclé enserra sa gorge et la pointe d'un poignard s'enfonça dans son flanc, à la hauteur du foie. L'homme à qui il avait ouvert la porte annonça d'une voix calme :

— N'aie pas peur. Nous ne te voulons aucun mal. Dis-moi seulement qui se trouve dans la maison, et dans quelles pièces.

Fouad, terrorisé, énuméra ceux qui se trouvaient là : son copain Mahmoud, le jardinier-homme à tout faire, dans la cuisine, puis le maître de maison, sa maîtresse, un homme arrivé d'Irak dans la journée et trois invités dans le salon...

Tandis qu'il parlait, trois autres hommes surgirent de l'obscurité, tous vêtus de treillis sombres, des baskets aux pieds, les cheveux ras. On aurait dit des militaires. L'homme qui interrogeait Fouad sembla surpris.

— Qui sont ces invités ?

— Des amis de *Sidi* Al Kharbit. Ils viennent souvent. L'un est avec sa femme. Ils n'ont pas prévenu. Le *Sidi* les a invités à rester dîner.

L'homme au visage défiguré eut un hochement de tête approbateur.

— Bien. *Choukran.* [1]

Fouad n'eut pas le temps d'avoir peur. La lame du poignard remonta jusqu'à sa gorge et la lui trancha d'une oreille à l'autre, sectionnant les deux carotides, s'enfonçant dans la chair comme dans du beurre. Il ressentit seulement

1. Merci.

une violente brûlure, puis il eut l'impression que son cerveau se vidait.

Celui qui l'avait égorgé le poussa violemment en avant pour éviter d'être éclaboussé de sang et l'Egyptien tomba sur le carrelage noir et blanc de l'entrée, achevant de se vider de son sang.

— Allons-y ! fit simplement Basman Abu Cherif, après avoir soigneusement verrouillé la porte d'entrée.

CHAPITRE IX

Bob « Le Rugueux » sauta sur ses pieds, comme piqué par un scorpion : le portable sonnait. Il l'ouvrit et appuya sur « Answer ».

— Ça y est ! Je vais porter le passeport, annonça Wafik Aziz d'une voix étouffée.

L'Américain eut l'impression qu'on lui ôtait un poids d'une tonne de l'estomac.

— Bravo. Le nom ?

— Ali Bin Zahour. C'est un passeport libanais. Je vous donne le numéro. 135468 432.

Bob notait à toute vitesse.

— On peut se voir, après ? demanda-t-il. Pour plus de détails.

— Ce n'est pas facile...

— Au *Abdoun Circle*, comme hier, trancha l'Américain ; dans une heure.

Il coupa, afin d'éviter toute discussion, avant d'échanger un regard de triomphe avec Malko.

— Cette fois, on le tient ! Dès qu'on aura parlé à Wafik, il faudra que le COS appelle le général Samir Bouttikhi, le patron des Services jordaniens.

Il sortit d'un placard une bouteille de Defender « Success Douze ans d'âge » et deux verres qu'il remplit.

— On va arroser ça. Plus qu'une heure à tuer.

*
* *

Mahmoud, le jardinier, ne vit pas venir la mort. Un des cinq tueurs s'approcha par-derrière, venant du jardin, et le transperça d'un très long poignard qui lui trancha net l'aorte. En quelques secondes, son cœur cessa de battre. Son assassin, un homme qui avait de la religion, accompagna le corps jusqu'à terre, disposant la tête en direction de la Mecque. Comme s'il était déjà enterré.

Il ne vit pas une femme qui s'apprêtait à entrer dans la cuisine et avait assisté à toute la scène... Livide, elle fit demi-tour et s'enfuit dans l'escalier menant au premier étage.

Sa tâche accomplie, le tueur gagna le salon, où les quatre autres hommes se trouvaient déjà. Ses trois camarades attendaient dans un coin, entourant le fauteuil où se trouvait Nassir Hindawi, qui semblait totalement déboussolé. Basman Abu Cherif était engagé dans une violente discussion avec le maître de maison. Ce dernier explosa :

— C'est sur l'ordre du président lui-même que j'ai accueilli cet homme ! Appelle Bagdad, si tu ne me crois pas.

Il ne comprenait pas. L'homme qui se trouvait devant lui se réclamait de la même autorité que lui, avec des ordres totalement contradictoires.

— Cet homme est un traître ! répéta Basman Abu Cherif d'une voix douce, je suis venu le punir. Il est prêt à se livrer aux Américains.

Mazhar Al Kharbit secoua la tête.

— Impossible ! Ecoute, assois-toi, prends un café, je téléphone à l'ambassade. Il faut tirer cette affaire au clair.

Nassir Hindawi, qui avait entendu, se leva, outré, et s'approcha.

— Que se passe-t-il ? Qui êtes-vous ? s'écria-t-il. Vous savez *qui* je suis ?

Basman Abu Cherif tourna vers lui son œil unique.

— Oui, fit-il en faisant glisser dans sa main le long poignard qu'il tenait dissimulé dans sa manche.

Du même geste, il le plongea dans le ventre de Nassir Hindawi. Les yeux et la bouche de ce dernier s'écarquillèrent puis un cri atroce jaillit de sa poitrine, comme Basman Abu Cherif faisait remonter la lame verticalement, tranchant une artère et la base d'un poumon.

Son geste donna le signal du massacre.

Avec des gestes précis, sans un mot, les quatre tueurs poignardèrent les quatre survivants. La femme d'abord, qui n'eut pas le temps de se lever de son siège, la gorge tranchée par-derrière. Les hommes tentèrent de lutter, mais les quatre professionnels les transpercèrent de coups précis et mortels. Un des invités parvint jusqu'au hall où il fut rejoint et tué d'un coup en plein cœur.

Le tout n'avait pas duré cinq minutes. Basman Abu Cherif prit une datte fourrée sur un plateau et lança à ses hommes :

— Vérifiez qu'ils sont morts.

Ils allèrent examiner chaque corps étendu, posant un doigt sur une carotide. Si le sang battait encore, un coup de poignard en plein cœur achevait la victime. Quelques secondes encore, puis le second d'Abu Cherif lança à son chef :

— *Sidi*, il manque une femme.

— Bien, approuva le Palestinien. Tu es observateur !

— On fouille la maison, *sidi* ?

— Non. Je m'en occupe. Je l'ai vue monter, elle s'est enfuie dans une chambre.

Un coup de sonnette retentit, pétrifiant les hommes du Palestiniens. Celui-ci les calma d'un geste.

— J'y vais. Mohammed et Nabil, venez avec moi.

C'est lui qui ouvrit les verrous, puis le battant. Un homme de haute taille se tenait dans l'embrasure, avec une grosse moustache qui le faisait ressembler à Saddam Hussein. Il fronça les sourcils de stupéfaction en reconnaissant Basman Abu Cherif.

— Basman, qu'est-ce que tu fais ici ?

Basman Abu Cherif le toisa et dit un seul mot :

— *Kleb !* [1]

Ses deux hommes avaient déjà empoigné Wafik Aziz, lui ramenant les poignets derrière le dos. Ils étaient plus petits que lui, mais entraînés aux sports de combat. Basman Abu Cherif prit son poignard à la lame triangulaire encore maculée du sang de Mazhar Al Kharbit et commença à frapper avec méthode, visant d'abord les parties non vitales. Il ne fallait pas de Wafik Aziz meure tout de suite. Celui-ci, les yeux déjà vitreux, poussait un gémissement violent chaque fois que le poignard le transperçait. Basman Abu Cherif, qui avait de bonnes connaissances anatomiques, faisait durer le plaisir. Coup après coup, le sang coulait, la vie s'échappait par les blessures multiples. C'était tellement bon que le Palestinien aurait bien continué toute la nuit. Mais au dix-septième coup, la lame dévia et trancha net l'artère pulmonaire... Wafik émit un grognement, un flot de sang jaillit de sa bouche et il râla quelques secondes, avant de cesser de vivre.

— Laissez-le, ordonna Basman Abu Cherif.

Wafik Aziz tomba et demeura tassé sur le carrelage. Basman Abu Cherif le fouilla lui-même, ne prenant que son carnet. Puis il regarda sa montre : tout allait bien. Lui et ses hommes seraient en Irak avant l'aube.

— Attendez-moi dans la voiture, dit-il, je vais m'occuper de la femme.

*

* *

Bob « Le Rugueux » regarda son chrono Breitling B-One pour la centième fois et grommela :

— *For Christ's Sake !* Qu'est-ce qu'il fout ?

Il était onze heures et demie et ils attendaient depuis une demi-heure au *Abdoun Circle.*

1. Chien !

— Allons voir, suggéra Malko. Il est peut-être encore là-bas. Inutile de s'affoler.

Bob était trop énervé pour discuter. Dix minutes plus tard, la circulation étant inexistante, ils arrivaient au bas de la colline que couronnait la vaste maison de Mazhar Al Kharbit. Ils l'observèrent quelques instants. Aucun signe de vie. Des projecteurs éclairaient le porche, les colonnades qui l'encadraient, ornées de deux grands aigles de pierre, symboles de l'Irak.

— Je vais voir ! fit Bob en sautant de la voiture.

Il s'enfonça entre les oliviers qui couvraient la colline. Il fut de retour quelques minutes plus tard.

— Ça va, il est encore là, annonça-t-il, sa voiture est devant. On va l'attendre et on le suivra jusqu'à Abdoun. Comme cela, on vérifiera qu'il n'est pas suivi, *lui* !

Il mit la radio — de la musique arabe — et alluma une Gauloise blonde dont il souffla la fumée avec volupté. Il ne l'avait pas fumée à moitié qu'un son grandit dans le lointain. Une sirène de police ! Lui et Malko se regardèrent, pensant la même chose. Le hululement de la sirène se rapprochait.

— *Shit ! Shit ! Shit !* [1] explosa l'Américain en démarrant.

Ils arrivaient en haut de la pente quand deux voitures de police, gyrophares tournant, escaladèrent le raidillon menant à la villa de Mazhar Al Kharbit.

*
* *

— Votre affaire ne s'est pas très bien passée, énonça calmement Christopher Angleton, en apparence impassible.

Toujours le sens de la litote.

Malko et Bob « Le Rugueux » s'étaient réunis dans le bureau du chef de station dès la première heure. C'est ce dernier, prévenu par les Services jordaniens, qui leur avait appris l'ampleur de la catastrophe. La police jordanienne,

1. Merde !

appelée par la maîtresse de Mazhar Al Kharbit vers minuit, n'avait trouvé que des cadavres égorgés dans la villa. Ceux du maître de maison, de Nassir Hindawi, de trois invités, des deux domestiques égyptiens et, en prime, celui de Wafik Aziz. L'agent irakien « retourné » par Bob « Le Rugueux ».

Ce dernier broyait visiblement du noir. Non seulement, il n'avait pas touché le jackpot, mais il avait perdu son informateur et tout espoir de récupérer Nassir Hindawi était définitivement perdu.

Malko jeta un coup d'œil sur le *Jordan Times* étalé sur le bureau de Christopher Angleton. Le quotidien en langue anglaise consacrait presque toute sa une à l'affaire, avec une série de photos : la villa de Mazhar Al Kharbit, son propriétaire, Wafik Aziz et des corps non-identifiés, dissimulés par des bâches.

— Le général Bouttikhi est très ennuyé, expliqua Christopher Angleton, le témoignage de l'unique survivante de ce massacre nous mettant en cause. J'ai dû lui jurer que nous n'étions pour rien dans cette terrible affaire.

Bob « Le Rugueux » était livide. Il pointa le doigt sur une déclaration de l'unique survivante, Zahra Zaroual, la maîtresse de Mazhar Al Kharbit.

— Regardez ce que dit cette salope ! « ... Les agresseurs parlaient anglais. Je pense que c'étaient des Américains. Ils sont arrivés vers dix heures du soir et ont massacré tout le monde à l'arme blanche. Wafik Aziz est arrivé de l'ambassade, ils l'ont tué aussi, avec beaucoup de férocité. Moi, je n'ai dû la vie sauve qu'à un coup de téléphone qui a dérangé les assassins. Celui qui était en train de m'égorger n'a pas vérifié que j'étais morte. J'ai arrêté le sang avec une serviette, ensuite j'ai appelé la police qui est venue tout de suite. C'est horrible, je ne comprends pas, c'est sûrement un coup de la CIA. » Les enculés ! jura Bob.

Le téléphone sonna et le chef de station répondit, traduisant ensuite la conversation aux deux autres.

— C'était le général Samir Bouttikhi, annonça-t-il. Il me dit qu'une voiture de l'ambassade irakienne a été contrôlée juste avant la frontière, vers trois heures du matin. Elle avait à son bord quatre hommes munis de passeports diplomatiques et le Moukhabarat n'a rien pu faire.

— C'est signé ! grommela Bob. Vous avez lu les dépêches ! Wafik Aziz a été frappé de dix-sept coups de poignard, alors que les autres victimes ont été « simplement » égorgées et achevées.

— C'est un message, renchérit Malko. Ils avaient découvert qu'il trahissait et ont voulu nous le faire savoir.

Le chef de station augmenta le son de la télé où un moustachu pérorait en arabe.

— C'est le numéro 2 de l'ambassade irakienne en Jordanie, traduisit l'Américain, le vrai patron parce qu'il représente Udei et les Services. Il est en train de raconter que les services secrets américains ont assassiné Nassir Hindawi pour se venger, parce qu'il avait participé au programme militaire irakien, et Wafik Aziz parce qu'il faisait partie du Moukhabarat irakien...

Le faux diplomate pérorait devant le portail bleu clouté, encadré de deux tours carrées, de l'ambassade irakienne, dans Al Kulihah Street, en plein cœur d'Amman. Soudain, Bob sursauta.

— *Son of a bitch* ! Il parle de moi ! Il prétend que je suis venu ici pour assassiner Hindawi. Que je suis un tueur connu de la CIA, que j'étais auparavant au Kurdistan...

Il en était blême. Malko conclut amèrement.

— Ils ont surveillé Wafik Aziz. Ils sont plus forts qu'on ne pense. Ils ont dû apprendre tout de suite que vous l'aviez retourné. C'est malin, ils ont fait d'une pierre deux coups. Ils se sont débarrassés de Nassir Hindawi, qui pouvait être gênant, de Wafik Aziz qui était un traître, et ils ont même laissé un témoin pour accuser la CIA. Du beau travail...

— Que voulez-vous dire ? demanda le chef de station.

— C'est volontairement qu'ils n'ont pas tué cette femme, souligna Malko. Il fallait un témoin crédible pour accuser la CIA. Ils doivent la tenir d'une façon ou d'une autre. *Toutes* les victimes ont été achevées, à part elle. Ce n'est pas un hasard...

— Vous avez sans doute raison, grommela Bob. En tout cas, moi, je suis carbonisé. Heureusement qu'ils ne nous ont pas trouvés hier devant la maison...

*

* *

Malko regardait ses pâtes à la carbonara qui ressemblaient à du mortier, tant par la couleur que par la consistance. Pourtant, il avait invité Bob au *Romano*, qui était supposé être le meilleur restaurant italien d'Amman ; juste en face de l'*Intercontinental*.

En face de lui, Bob broyait plus que jamais du noir. C'était son dernier repas à Amman. Un hélicoptère de l'US Air Force allait discrètement l'exfiltrer, en accord avec les autorités jordaniennes.

— Bob, vous êtes satisfait, remarqua Malko, vous aviez envie de décrocher.

Bob « Le Rugueux » avala une gorgée de son Defender, sans glace, avec lequel il avait accompagné son repas.

— J'aurais préféré terminer ma carrière autrement que par *deux* bides. D'abord le Kurdistan, et maintenant l'affaire Hindawi. Ou plutôt Wafik Aziz. Celui-là ne verra jamais la Statue de la Liberté...

— Les Irakiens sont plus malins qu'on ne croit, conclut Malko. Hindawi mort, comment maintenant remonter la piste du *Bacillus Anthracis* ? Ceux qui ont frappé à Londres peuvent ou vont recommencer.

La férocité du massacre de la nuit précédente portait bien la marque de Saddam Hussein. Huit personnes froidement massacrées. Dont une femme égorgée. Mais il y avait autre chose, en plus. Malko avait la désagréable impression d'avoir quelque chose sous le nez et de ne pas le voir. Soudain, il posa sa fourchette, interpellant son vis-à-vis.

— Quelque chose m'intrigue ! D'après l'enquête, les trois invités qui ont été massacrés, eux aussi, n'étaient pas prévus. Donc, ils se sont trouvés au mauvais endroit, au mauvais moment... Comme les deux domestiques égyptiens.

Il ne fallait pas laisser de témoins pouvant révéler qu'il s'agissait de tueurs irakiens. Vous me suivez ?

— Oui, fit Bob, la bouche pleine.

— Donc, continua Malko, on peut comprendre pour ces morts-là. Pour Hindawi et Wafik aussi. Mais pourquoi Saddam Hussein a-t-il fait assassiner un de ses plus fidèles partisans, Mazhar Al Kharbit ? Pourquoi est-ce chez lui qu'est venu Nassir Hindawi ? Le même scénario pouvait se dérouler ailleurs, chez Wafik Aziz par exemple. Avec le même résultat.

— Où voulez-vous en venir ? demanda Bob qui avait enfin fini ses pâtes.

— Je pense que Mazhar Al Kharbit était *lui aussi* visé par le massacre. Et j'essaie de comprendre pourquoi. Pour l'instant, je ne vois qu'une seule hypothèse.

— Laquelle ?

— Il fallait le liquider parce que lui aussi était mêlé à l'opération de terrorisme bactériologique. A la filière qui va de Swerdlosk à Londres, en passant par Bagdad. Maintenant, on y voit plus clair. Bagdad a réussi à se procurer de quoi fabriquer des armes bactériologiques, grâce à feu Pavel Kashurin. Comme l'Irak est trop surveillée, que ses vecteurs ont été détruits, ou sont sous contrôle, Saddam Hussein a décidé d'utiliser ses armes bactériologiques en intentant des actions terroristes qui destabilisent bien plus encore qu'un bombardement. Et surtout, celles-ci sont difficiles à relier au « sponsor », comme toutes les actions terroristes. Ce sera cette année la première fois par exemple que les véritables instigateurs — des responsables libyens — d'une action terroriste, l'explosion du DC 10 d'UTA, seront déférés en justice, grâce à l'obstination d'un juge. Saddam Hussein sait que, si on peut l'impliquer dans des attentats bactériologiques, la punition sera terrible. Or, il n'ignore plus que nous avons le premier maillon de la chaîne. Il va donc tout faire pour effacer les traces qui le relient à ceux qui ont frappé à Londres. Parce qu'il y a forcément une chaîne de commandement *clandestine*...

Bob semblait dépassé par ce raisonnement.

— Et vous en concluez quoi ?

— Que Mazhar Al Kharbit faisait probablement partie de cette chaîne de commandement. Un relais. Dont il fallait se débarrasser.

Bob secoua la tête.

— Si votre raisonnement est exact, il se saboterait lui-même...

— A première vue, oui, reconnut Malko. Mais je ne sais pas tout. Mais s'il restait un relais ?

— Lequel ?

— L'hôtesse de l'air Zahra Zaroual, la maîtresse d'Al Kharbit... Ce qui expliquerait qu'elle ait été épargnée. Pas seulement pour aiguiller les enquêteurs sur une fausse piste, ce qui n'est pas très important, mais parce qu'elle doit encore rendre service, quitte à être liquidée elle aussi, par la suite.

— Là, je ne vous suis plus ! lança Bob « Le Rugueux ». Au départ, c'est vrai, il y a eu une chaîne de commandement. Mais maintenant, les gens qui commettent ces attentats sont *programmés*, autonomes, ils n'ont plus besoin de liens avec leur « sponsor ». Votre raisonnement ne tient pas.

— Pas d'accord ! rétorqua Malko, ils peuvent avoir besoin d'instructions complémentaires, ou de matériel. Les souches de Bacillus Anthracis ne tiennent pas de place et sont facilement transportables.

— Vous croyez donc que cette Zahra Zaroual travaille *aussi* pour les services irakiens ?

— Pourquoi pas ? Son amant était un ami intime de Saddam Hussein et quoi de mieux qu'une hôtesse de l'air pour voyager sans se faire remarquer...

— Pour le moment, elle est à la Cité médicale...

— Elle va en sortir.

Bob « Le Rugueux » prit l'addition.

— *I wish you good luck !* Mais faites attention. Si vous avez raison, les Irakiens vont s'intéresser à *vous*, dès que vous allez lui tourner autour.

— Je sais, reconnut Malko. J'essaierai d'être plus prudent que Wafik Aziz.

En son for intérieur, il savait bien que si son hypothèse se révélait exacte, il aurait affaire à des tueurs professionnels et déterminés ; soutenus par un Grand Service.

Ce n'était pas la configuration idéale pour une assurance-vie...

CHAPITRE X

Lorsqu'il pénétra dans le bureau de Christopher Angleton, juste après son déjeuner avec Bob « Le Rugueux », Malko se demandait s'il ne s'était pas laissé emporter par son imagination, à propos de Zahra Zaroual. Après tout, les tueurs les plus entraînés commettaient des erreurs et il était normal qu'une fan de Saddam Hussein accuse la CIA. Fait exceptionnel, Christopher Angleton ne l'accueillit pas avec son sourire habituel. Il semblait catastrophé.

— Vous avez des problêmes avec les Jordaniens ? demanda Malko.

L'Américain secoua négativement la tête.

— Non. Je viens de recevoir ceci. Regardez.

Malko prit une brassée de fax. Des reproductions d'articles du *New York Times* et du *New York Post*. Il les parcourut rapidement et comprit. D'après ces journaux, une épidémie de la « maladie du légionnaire » avait frappé plusieurs clients d'un cinéma de Times Square, à New York. Quinze avaient succombé et plusieurs dizaines d'autres étaient encore hospitalisés, atteints de troubles pulmonaires, dans un état grave. Les articles expliquaient qu'ils avaient été contaminés à travers le système de climatisation qui avait transporté des bactéries dangereuses.

Malko reposa les articles. La « maladie du légionnaire » s'était déjà manifestée à plusieurs reprises, au cours des dernières années. Causant déjà des morts. Tout système de climatisation pouvait être infecté. Il releva la tête, croisant le regard de Christopher Angleton.

— Ce n'est pas la « maladie du légionnaire » dit gravement l'Américain. Les analyses pathologiques sont formelles : il s'agit d'une forme pulmonaire de Bacillus Anthracis. Injecté sous forme de spray dans la climatisation de ce cinéma. J'ai tous les détails là-dedans.

Il brandissait un message juste décodé reçu de Langley. Malko s'assit, atterré. Un malheur ne venait jamais seul. Le chef de station de la CIA s'installa en face de lui.

— Le drapeau noir flotte sur Langley, laissa-t-il tomber. Je venais juste de leur apprendre l'issue de la récupération de Nassir Hindawi. Jusqu'ici, ils ont pu faire avaler ces bobards à la presse, mais les médecins, eux, savent à quoi s'en tenir. Le FBI est arrivé jusqu'ici à maîtriser la situation, mais pour combien de temps ?

— On n'a aucune piste ?

— Aucune.

Le silence se prolongea plus d'une minute, rompu par Christopher Angleton.

— À la seconde où cela se sait, le président est *obligé* de réagir. En ordonnant des bombardements sur l'Irak. Je ne vous dis pas ce qui va se passer ici, où la population est majoritairement pro-irakienne et le roi, pro-américain.

Malko demeura silencieux. Depuis le début, il s'attendait à un rebondissement. Il s'agissait bien d'une campagne terroriste aux conséquences incalculables. Brutalement, sa théorie concernant Zahra Zaroual ne lui sembla plus aussi farfelue. Christopher Angleton tiraillait sa moustache rousse, la tête penchée de côté comme un oiseau, à son habitude.

— J'ai peut-être une idée, avança prudemment Malko.

— Une idée ! Pour retrouver ces terroristes ?

Il en avait perdu tout son flegme.

— Ce n'est qu'une hypothèse non vérifiée, précisa Malko pour doucher son enthousiasme. Mais, Hindawi mort, nous n'avons plus grand-chose à quoi nous raccrocher.

— *For Christ'Sake !* La moindre piste doit être suivie. Imaginez que la prochaine action frappe Israël. Une douzaine de morts de peste noire là-bas suffirait à rendre les Israéliens hystériques. Un type comme Nétanyahu serait prêt à toutes les conneries. Comme de vitrifier l'Irak à coups de projectiles nucléaires, par exemple.

Un ange passa, des bombes atomiques sous les ailes. C'est vrai que Netanyahu était capable de tout.

— Ce n'est même pas une piste, fit Malko, continuant son idée. Juste une impression.

Il fit part à l'Américain de sa théorie concernant Zahra Zaroual. Christopher Angleton sembla désarçonné.

— Bien sûr, votre raisonnement est logique, reconnut-il, mais comment l'exploiter ? Il n'y a que les Services jordaniens à pouvoir nous aider. Or, je crains que le général Bouttikhi ne soit plus que réticent.

— On n'arrivera à rien de ce côté, affirma Malko. Les Jordaniens risquent de se montrer maladroits. On ne peut pas prendre cette fille de front. Si c'est ce que je pense, elle est sur ses gardes.

— Comment faire alors ?

— Je ne sais pas, avoua Malko. La surveiller, mais cela va être extrêmement difficile. Essayer d'en savoir plus sur elle, afin de connaître ses déplacements, ou ses fréquentations.

Il se rendait compte des difficultés de ce qu'il proposait. Il aurait fallu des semaines ou des mois de surveillance rapprochée, or, c'était une question de jours, peut-être d'heures...

— J'ai une idée, lança soudain Christopher Angleton.

— Laquelle ?

— Ma secrétaire, Alia Barawi, est la fille d'un ancien patron du Moukhabarat. Elle est sûre et connaît tout Amman. On peut lui demander un conseil ou une idée. Elle ne parlera pas.

— Au point où nous en sommes...

— J'espère que nous lui attirerons moins d'ennuis qu'à Randa...

Un ange passa, enveloppé dans un suaire. Randa était une *stringer* de la CIA, journaliste, qui avait fini avec une balle dans la tête pour avoir aidé Malko [1].

— J'espère aussi, soupira Malko, attristé par ce rappel désagréable.

Randa était une fille délicieuse avec qui il avait eu une aventure et qui l'avait beaucoup aidé.

Christopher Angleton était déjà au téléphone. Quelques instants plus tard, on frappa et la porte s'ouvrit sur une jeune femme mince, une petite gravure de mode tirée à quatre épingles. Maquillée, les ongles faits, elle portait une robe grise qui aurait été très sage si elle n'avait pas moulé avec autant de précision un corps parfait, aux jambes cambrées par les escarpins.

— Je vous présente Alia Barawi, dit le chef de station. Elle sait tout ce qui se passe à Amman. Le prince Malko Linge a une affaire délicate à démêler, précisa-t-il à la jeune femme.

Alia Barawi lança à Malko un regard à faire tomber raide mort un ayatollah.

— Je ferai tout ce que vous voudrez.

— Il s'agit d'une chose très simple, expliqua Malko. Je voudrais le maximum de renseignements sur la maîtresse de Mazhar Al Kharbit, la seule survivante du massacre de la rue Beet Dejan. Elle est hôtesse de l'air à la Royal Jordanian. Elle s'appelle Zahra Zaroual.

— Que voulez-vous savoir ?

— Où elle habite, ses amis, ce qu'on dit d'elle, ses fréquentations.

Nouvelle œillade mortelle.

— Je m'en occupe, assura Alia Barawi en quittant la pièce.

Malko, pensif, suivit des yeux le balancement discret mais néanmoins provocant des hanches de la jeune femme. Alia Barawi était tout à fait le genre de femme à porter un bandeau dans les cheveux et pas de culotte.

1. Voir SAS n° 121, *La Résolution 687*.

*
* *

La voix d'Alia Barawi était encore plus douce au téléphone que dans le bureau de Christopher Angleton. Pétrie de respect aussi.

— Monsieur Linge, je crois que j'ai trouvé quelque chose, annonça-t-elle. Puis-je passer à votre hôtel ?

Malko n'en croyait pas ses oreilles : une demi-heure à peine s'était écoulée depuis son retour de l'ambassade.

— Bien sûr, dit-il, mais je peux me déplacer.

— Non, non, protesta-t-elle, je vous expliquerai pourquoi. Soyez en bas dans un quart d'heure.

Malko était en train de faire cirer ses chaussures par le cireur installé dans le *lobby* lorsqu'une voiture de l'ambassade américaine, conduite par un chauffeur, s'arrêta devant l'*Intercontinental*. Alia Barawi se prélassait à l'arrière. Abandonnant un dinar au cireur, Malko monta avant qu'elle ne sorte du véhicule. On se serait cru dans un bain de n° 5 de Chanel. Alia Barawi croisa les jambes, faisant crisser ses bas, et tira sur sa jupe d'un geste plein de pudeur. Elle se tourna vers Malko, le regard brillant.

— Je pense que vous allez être satisfait...

— Je le suis déjà, rétorqua Malko avec une certaine ambiguité.

Alia Barawi baissa les yeux avec modestie. Sa robe était si ajustée qu'on distinguait dessous la dentelle de son soutien-gorge.

— Merci, dit-elle. Voilà ce que j'ai trouvé : Zahra Zaroual a une sœur, qui habite avec elle, Nahida. Elles ont un appartement dans Al Rabiyeh, un bon quartier. Zahra était la maîtresse de Mazhar Al Kharbit depuis trois ou quatre ans. On disait qu'il devait l'épouser et il semblait très amoureux d'elle. Elle est hôtesse de l'air sur la Royal Jordanian depuis six ans. Les deux sœurs font souvent des dîners chez elles, mais ne sortent pas beaucoup dans les lieux publics.

Malko vit que la voiture se dirigeait vers le quartier Ras Al Ein, dans la vieille ville.

— Où allons-nous ?

— Voir une exposition de photographies, à la nouvelle mairie d'Amman, expliqua Alia Barawi. Organisée par la *Royal Jordanian.* Je ne vous l'ai pas encore dit : la sœur de Zahra, Nahida, est chargée des relations publiques de la compagnie. Je suis donc presque sûre qu'elle sera là. Ce sera un premier contact...

Malko était sidéré.

— Comment avez-vous pu apprendre tout cela si vite ?

Alia Barawi sourit avec modestie.

— Nahida est sortie longtemps avec un « moukhabarat » de mes amis. Il a suffi que je lui téléphone en disant qu'un copain s'intéressait à la sœur de Nahida...

— Comment ça, s'intéressait ? demanda vivement Malko.

— J'ai inventé une histoire. Que vous l'aviez rencontrée dans un avion et souhaitiez la revoir. D'ailleurs, je connais Nahida, nous nous sommes souvent croisées. Amman est une toute petite ville.

— Mais vous allez me présenter comme quoi ? s'inquiéta Malko, contrarié surtout parce que la situation lui échappait. Il faut être très prudent, je soupçonne Zahra de travailler pour les services irakiens. Aussi je préfère garder mes distances.

Confuse, Alia Barawi demeura muette. Malko s'en voulut de sa réaction. En allant au contact, on prenait *toujours* des risques. Et il ne fallait pas décourager les bonnes volontés.

— Vous avez très bien fait, dit-il. Je suis *très* content de voir à quoi elle ressemble.

Dix minutes plus tard, ils s'arrêtaient en face d'un bâtiment ultramoderne en granit rose qui tranchait sur les vieilles maisons de ce quartier populaire. C'était une mairie toute neuve, d'une architecture futuriste, avec un atrium. On y grelottait en raison du temps pourri. Alia Barawi guida Malko jusqu'à une salle du rez-de-chaussée aux murs recouverts d'immenses photographies de divers endroits du monde. Une trentaine d'invités étaient déjà là et des « chaouch »[1] passaient, distribuant du café à la cardamone et des orangeades. Alia et Malko se mêlèrent aux groupes.

Quelques minutes plus tard, Alia souffla à l'oreille de Malko :

— Vous voyez la fille qui discute avec le gros type à lunettes ? Celle qui a une veste noire brodée. C'est Nahida, la sœur de Zahra.

Malko tourna la tête et aperçut une longue jeune femme brune très maquillée, aux cheveux cascadant sur les épaules, très élégante dans un tailleur assez court, juchée sur des talons aiguilles. Il eut un choc au cœur. C'était l'inconnu d'*Annabel's* ! Celle qu'Alexandra avait surnommée la « pute ».

*
* *

Comme attirée mystérieusement par le regard posé sur elle, Nahida Zaroual tourna la tête vers Malko. Il vit passer sur ses traits une surprise totale, puis elle esquissa un sourire avant de reprendre sa conversation. Alia Barawi n'en revenait pas.

— Vous la connaissez ? demanda-t-elle, stupéfaite.

Malko ne l'était pas moins qu'elle.

— Pas vraiment, corrigea-t-il, mais je l'ai aperçue il y a une dizaine de jours à Londres, sur la piste de danse d'une discothèque. Elle semblait... libérée.

Alia Barawi eut un petit rire de gorge teinté de jalousie.

— Cela ne m'étonne pas. Les deux jumelles sont très différentes. Zahra, paraît-il, est très traditionnelle, très « moshtarana »[2] Elle sort peu, est toujours habillée d'une façon décente, ne boit pas d'alcool. Nahida, c'est tout le contraire. Elle collectionne les amants, sans se soucier du

1. Serveurs.
2. Convenable.

qu'en-dira-t-on. Ce « moukhabarat » était fou d'elle, pourtant, il paraît que c'est une garce. Mais elle est très belle.

Elle se tut, satisfaite d'avoir jeté son venin. Malko hésitait sur la conduite à tenir. C'était hautement risqué d'aller au contact de Nahida Zaroual. Mais, d'un autre côté, s'il battait en retraite, il n'avait plus rien à faire à Amman. Et plus aucune chance de remonter aux terroristes de Saddam Hussein.

Toute sa stratégie était bousculée par ce hasard incroyable. Et pourtant ce ne pouvait être qu'une coïncidence. Tandis qu'il réfléchissait, il vit Nahida Zaroual quitter un barbu avec qui elle conversait et se rapprocher d'Alia Barawi. Les deux jeunes femmes s'embrassérent, échangeant quelques mots. Malko était demeuré légerement en retrait. Brusquement, il entendit une voix musicale demander en anglais.

— Ne nous sommes-nous pas déjà rencontrés ?

Nahida Zaroual lui adressait un sourire gourmand, carnassier, avec dans ses yeux noirs, la même expression que chez *Annabel's*. Un splendide animal de proie. Les pans de sa veste de tailleur s'écartaient sous la masse de sa poitrine, ses longues jambes bien galbées émergeaient de la jupe très courte, gainées de bas noirs brillants. Malko lui rendit son sourire.

— A Londres. Chez *Annabel's*.

Le sourire s'élargit, une lueur provocante s'alluma dans les prunelles noires.

— Vous avez bonne mémoire. Que faites-vous à Amman ?

Il n'y avait aucune malice dans sa question, juste une légitime curiosité.

— Monsieur Malko Linge est expert auprès de l'OPEP, fit vivement Alia Barawi. Il vient de temps en temps à Amman et je lui sers d'interprète.

Nahida Zaroual hésita quelques secondes puis proposa :

— Si vous n'avez rien à faire ce soir, proposa-t-elle, venez donc dîner tout à l'heure chez moi ; je reçois quelques amis. Alia, tu sais où c'est ?

Les deux femmes échangèrent quelques phrases en arabe,

puis Nahida s'excusa d'un sourire, reprise par ses obligations. Malko et Alia gagnèrent la sortie. Le cerveau de Malko était en ébullition. Quelque chose ne collait pas. Le fait que Nahida Zaroual ait été à Londres au moment de l'attentat contre l'ambassade américaine était évidemment suspect. Seulement, c'était *sa sœur* qu'il suspectait, pas elle !

— A quoi pensez-vous ? demanda Alia.

— Je suis perplexe, avoua Malko. Cela ne vous dérange pas de m'accompagner ?

— Je ne sais pas si Nahida sera ravie, fit-elle avec un petit rire. Mais vous ne trouveriez pas tout seul. C'est après le cinquième cercle, dans une rue qui n'a pas de nom. Je vais prévenir mon mari que j'ai un engagement professionnel. Mais si Nahida me questionne à votre sujet, je serai obligée de mentir.

— Pourquoi ?

— A propos de vous, parce qu'il n'y a pas de pétrole en Jordanie, elle le sait bien. Il faut donc une autre raison à votre présence à Amman.

— Merci de votre dévouement, dit Malko, avec un brin d'ironie. J'espère que cela ne reviendra pas aux oreilles de votre mari.

Alia Barawi eut un haussement d'épaules insouciant.

— Il sait bien que je suis une femme fidèle... Je vais vous ramener à l'*Inter* et je reviendrai vous chercher vers huit heures.

Lorsqu'elle le déposa, Malko était embarrassé. Il jouait avec le feu. Forcément, Nahida allait parler de lui à sa sœur. Et celle-ci, si l'hypothèse de Malko était exacte, risquait de se poser des questions. La couverture d'expert auprès de l'OPEP était un peu légère, même en compromettant Alia Barawi. Une question l'obsédait : que faisait Nahida Zaroual à Londres, justement au moment où un attentat probablement commandité par l'Irak venait de s'y produire ? La réponse pessimiste était que les *deux sœurs* travaillaient pour l'Irak.

Auquel cas, il se jetait dans la gueule du loup. Et même si le loup était attrayant, le passé récent prouvait qu'on ne défiait pas l'Irak impunément.

CHAPITRE XI

Alia Barawi pouffa avec un sourire en coin, après avoir sonné.

— Tout Amman va croire que je couche avec vous...

Elle venait de sonner chez les sœurs Zaroual, qui occupaient un appartement au second étage d'un immeuble coquet, entouré d'un jardin, pas très loin de Zahran Street. La secrétaire de Christopher Angleton avait troqué sa robe de l'après-midi pour une autre, beaucoup plus décolletée, et semblait au fond ravie d'accompagner Malko.

La porte s'ouvrit sur Nahida, éblouissante dans une longue robe de velours brodé, grenat et or, qui coulait sur elle comme une seconde peau. Elle embrassa Alia et Malko, comme s'ils s'étaient toujours connus. Il y avait déjà une douzaine de personnes en train de boire et de bavarder. Les conversations allaient bon train, en arabe et en anglais. Nahida présenta à Malko des moustachus affables et des femmes au regard de braise, la plupart trop enveloppées, hélas.

Elle l'emmena ensuite au bar, où voisinaient tous les alcools de marque. Il opta pour une coupe de Taittinger, tandis qu'une petite bonne philippine se faufilait entre les invités avec un plateau de mézés.

L'appartement était plutôt spacieux, avec des divans le long des murs, un bureau dans un coin, des tapis partout ; une chaîne hifi jouait en sourdine de la musique arabe.

Alia se servit une bonne rasade de Defender « Success » et souffla à Malko :

— Vous voyez le grand mince ? C'est Hussein, le « moukhabarat » qui est mon copain, et l'ex de Nahida.

En l'apercevant, celui dont elle parlait fonça sur eux, avec un sourire de cannibale. Il était très beau d'ailleurs, avec d'étonnants yeux clairs, presque verts. Alia présenta Malko, sous sa couverture, et le Jordanien remarqua aussitôt, en riant :

— Vous appartenez à l'OPEP ? Mais il n'y a hélas pas de pétrole en Jordanie...

Malko ne se démonta pas et sourit à son tour.

— Amman n'est pas ma destination finale. Je vais en Irak. Mais je suis bien obligé de passer par ici.

Il eut droit à un petit couplet sur les enfants irakiens qui mouraient de faim, puis le « moukhabarat » entraîna Alia dans une discussion à voix basse. Demeuré seul, Malko regarda les photos ornant la bibliothèque. L'une d'elles représentait Nahida déguisée en reine des Mille et Une Nuits, un cheik à son côté. Sentant une présence derrière lui, il se retourna. Nahida, un verre à la main, l'observait avec un sourire ambigu.

— Je ne pensais pas vous revoir, dit-elle. Ce soir-là chez *Annabel's,* vous étiez avec une femme ravissante.

— Merci, dit Malko. Vous êtes tout aussi superbe sur cette photo.

Elle sourit.

— Ce n'est pas moi, c'est ma sœur, Zahra. Je n'aime pas me déguiser.

— Votre sœur, mais...

— Nous sommes jumelles, expliqua-t-elle, et parfois, on nous confond.

— C'est stupéfiant ! reconnut Malko. A propos, comment va-t-elle ? Alia m'a dit qu'elle avait été victime d'un horrible attentat.

Nahida prit une cigarette et il s'empressa de l'allumer avec son Zippo armorié. Elle souffla la fumée vers lui, une drôle de lueur dans les yeux.

— Beaucoup mieux, elle est encore en observation à la Cité médicale, mais elle doit sortir demain... C'est un miracle qu'elle soit encore en vie ! Ce massacre, quelle horreur ! Et Mazhar était si gentil avec elle, il la couvrait de cadeaux. La photo que vous voyez, c'est lors d'un bal costumé qu'il avait organisé pour son anniversaire...

— Quelle est la cause de ce massacre ?

Nahida eut une moue impuissante.

— Je ne sais pas. La politique. La guerre entre les Américains et Saddam. Ils ont voulu se venger. Ils détestent les Arabes.

— Votre amie Alia travaille à l'ambassade américaine...

— Oh, ce n'est pas la même chose. Vous restez longtemps à Amman ?

— Quelques jours, en attendant de partir pour l'Irak.

— Alia doit être contente, fit-elle d'un ton plein de sous-entendus, il n'y a pas beaucoup de distractions à Amman.

— Oh, c'est une vieille copine ! prétendit Malko. A propos, que faisiez-vous à Londres ? C'était votre fiancé, l'homme avec qui vous dansiez ?

Nahida Zaroual pouffa.

— Mon fiancé ! Vous n'y pensez pas. C'est un VIP transporté par la compagnie. Un horrible Libanais qui croit pouvoir mettre toutes les filles dans son lit parce qu'il est riche ! La *Royal Jordanian* m'avait envoyée faire une tournée de promotion en Europe. Londres, Paris, Francfort.

— En tout cas, vous étiez extrêmement séduisante...

Elle le fixa droit dans les yeux.

— Je ne le suis plus ?

Malko prit sa main et la baisa, proposant d'un ton badin :

— Voulez-vous que je vous prouve le contraire sur-le-champ ?

Nahida fit mine de reculer. Et pourtant, elle ruisselait de sexualité, avec son regard provocant et les ondes qui émanaient d'elle.

— Non. Je ne veux pas me brouiller avec Alia. C'est une bonne copine.

Elle pirouetta et rejoignit d'autres invités, laissant Malko perplexe. Ou elle se moquait de lui, ou sa couverture tenait parfaitement.

— Le couscous est prêt, cria quelques instants plus tard la maîtresse de maison, venez vous servir dans la cuisine.

*
* *

La moitié des invités étaient partis. Ne restaient que le « moukhabarat » en train de bercer un verre ballon plein de cognac Otard XO, un autre Jordanien joufflu, Nahida et Alia, qui venaient de terminer la dernière bouteille de Taittinger. Un fond de musique arabe maintenait l'ambiance. Nahida proposa soudain :

— Si on allait danser !

Alia secoua la tête.

— Sans moi ! Mon mari va me tuer. Il m'interdit de sortir sans lui.

Nahida eut un sourire caustique.

— Bientôt, tu vas être « bâchée ». Bon, je vais me changer.

Elle réapparut bientôt, vêtue d'une courte jupe noire et d'un pull très moulant. Elle lança :

— Qui m'aime me suive...

Façon élégante de clore le dîner. Tous se retrouvèrent au pied de l'immeuble. Alia s'approcha de Malko :

— Cela vous ennuie que Nahida vous raccompagne ensuite ? Moi, je dois vraiment rentrer.

— Pas du tout, affirma Malko.

Elle s'approcha et l'embrassa chastement. Le ventre quand même sournoisement collé au sien pour lui envoyer un message muet... Hussein, le « moukhabarat », le joufflu et Malko demeuraient seuls avec Nahida. Chacun avait sa voiture, sauf Malko qui monta dans un gros 4X4 Mercedes avec la jeune Jordanienne. Elle mit aussitôt la radio à tue-tête, dansant sur son siège. Ils retrouvèrent Zahran Street qu'ils descendirent jusqu'au Quatrième Cercle. Nahida tourna à gauche, puis à droite, juste avant d'arriver au Jordan Hospital ; pour stopper devant une sorte de château fort où brillait une enseigne lumineuse : *Yesterday*.

L'intérieur était très sombre, des gens achevaient de dîner, d'autres dansaient sous un écran géant passant des clips. Ils se retrouvèrent tous les quatre au bar du premier. Malko commanda une bouteille de Taittinger. Quand les premières mesures de YMCA se firent entendre, Nahida sauta de son tabouret et prit la main de Malko.

— *Yallah !* J'adore ça !

Sur la piste, elle resta à un mètre de lui, se déhanchant furieusement. Déchaînée. Puis, ce fut un slow et elle vint s'alanguir dans ses bras, la tête dans le creux de son épaule, épousant l'alpaga de son costume. Plusieurs fois, leurs bouches se frôlèrent, mais les yeux fermés, elle semblait ailleurs. Elle ouvrit enfin les yeux et remarqua :

— C'est drôle ! On se croirait chez *Annabel's*.

Lorsqu'ils regagnèrent le bar, le « moukhabarat » et le Jordanien joufflu avaient disparu ! Nahida éclata de rire.

— Les pauvres ! Ici, il n'y a pas de filles seules.

Ils reprirent du champagne, dansèrent à nouveau. Nahida dansait d'une façon plutôt sexy, sans plus. La salle s'était vidée. Ils étaient pratiquement les derniers clients. Nahida éclata de rire, après avoir jeté un coup d'œil à sa Breitling Callistimo.

— Il n'est même pas deux heures. A Amman, les gens se couchent tôt. Moi, je n'ai pas sommeil.

— Voulez-vous venir prendre un verre à l'*Inter* ? proposa Malko.

Elle secoua ses longs cheveux.

— Ça va être sinistre, avec une danseuse orientale et un mauvais orchestre. Allons plutôt chez moi.

*

* *

L'appartement sentait le tabac et la chaîne marchait toujours. Nahida trouva une bouteille de cognac Otard pas entièrement vide et remplit deux verres avant de venir s'installer à côté de Malko sur un superbe sofa rouge.

— Vous avez aimé mon *mansaf* ? [1]

— C'était très gai. Mais la prochaine fois, nous pourrions dîner tous les deux.

Nahida lui jeta un regard en coin.

— Alia ne vous suffit pas ?

Malko évita de déchirer complètement sa couverture, et répondit à côté :

— L'autre soir, chez *Annabel's*, vous sembliez disponible...

— Vous croyez ?

Son regard le défiait. Il tenta d'oublier la vraie raison de sa présence à ce dîner et de se conduire comme n'importe quel homme.

Il se pencha et embrassa Nahida. D'abord, ses lèvres demeurèrent closes, puis elle lui rendit son baiser. Sans énormément de passion. Malko caressa sa poitrine. Nahida le laissa faire quelques instants, puis le repoussa.

— *Msakar !* [2] dit-elle avec douceur. Nous ne nous connaissons pas.

Il s'écarta d'elle, agacé par son jeu.

— Que se serait-il passé à Londres si j'étais allé vous prendre par la main ? demanda-t-il.

Elle eut une moue amusée.

— Nous aurions dansé...

Ils s'affrontèrent du regard, puis, brutalement, ce petit manège n'amusa plus Malko. Sur le plan professionnel, il en avait fait assez pour ce soir. Quant au reste, il n'aimait pas les allumeuses. Ostensiblement, il consulta le cadran bleu de sa Breitling B-One.

— Je vais appeler un taxi, dit-il.

Nahida lui adressa un sourire ironique.

— Vous êtes fâché ?

— Pourquoi le serais-je ?

1. Festin.
2. Stop.

— J'ai lu dans vos yeux que vous aviez envie de coucher avec moi...

Piqué, Malko rétorqua :

— Et moi, à Londres, j'ai lu dans vos yeux que *vous* aviez envie de faire l'amour avec moi.

Nahida éclata d'un rire forcé.

— *Wahiet Allah !*[1] Ce n'est pas vrai.

Et en plus, elle ajoutait le parjure à l'hypocrisie...

Il se leva et elle en fit autant. D'un ton radouci, elle dit :

— Je ne veux pas que nous nous quittions fâchés, mais je ne veux pas faire l'amour avec un inconnu...

Soudain, elle l'embrassa, cette fois avec beaucoup plus de chaleur. Malko reprit l'exploration de sa poitrine, et la sentit aussitôt réagir. Un peu essoufflée, elle arracha sa bouche de la sienne et demanda :

— Vous aimez mes seins ?

— Ils sont superbes, dit-il, un peu surpris par la question.

Sans un mot, elle souleva son pull, découvrant un soutien-gorge noir en dentelle qui les offrait comme sur un plateau.

— Prenez-les, ordonna-t-elle.

Il obéit, les caressa, jouant avec les pointes, massant la chair tendre. Nahida paraissait prendre plaisir à ses caresses, mais elle rabattit soudain son pull, pour dire d'une voix changée :

— Nous, les Berbères, nous avons toujours de grosses poitrines.

Apparemment, la récréation était finie... Sans un mot, elle prit les clefs de sa voiture et Malko la suivit. Dans le 4X4, ils n'échangèrent pas un mot. Lorsqu'elle s'arrêta devant l'*Inter*, elle prit dans son sac une carte de visite.

— Appelez-moi, si vous restez à Amman.

Malko se retrouva dans sa chambre, songeur. Ou Nahida était une magnifique allumeuse, ou son attitude cachait quelque chose. Une femme de quarante ans ne se fait pas caresser les seins pour s'esquiver ensuite... Mais comme

1. Je le jure sur Allah.

elle était la sœur de Zahra, la suspecte, il se devait d'essayer d'en savoir plus.

*

* *

Christopher Angleton accueillit Malko avec une nervosité inhabituelle, oubliant même de lui proposer un café.

— Avez-vous appris quelque chose ? demanda-t-il immédiatement. Alia m'a dit que vous aviez pu parler à la sœur de Zahra Zaroual. Et même, que vous la connaissiez...

— « Connaître » est un grand mot, précisa Malko, relatant ensuite à l'Américain sa brève rencontre chez *Annabel's*.

Et le dilemme dans lequel il se trouvait désormais plongé. Nahida allait forcément parler de lui à sa sœur. Si cette derniére travaillait pour les Irakiens, elle risquait de se poser des questions.

— En plus, conclut Malko, à part obtenir des informations sur Zahra en faisant parler Nahida, je ne vois pas très bien ce que je peux faire. La présence à Londres de Nahida est troublante elle aussi.

Le chef de station de la CIA tripotait furieusement sa moustache rousse.

— Faites *tout* ce que vous pouvez, intima-t-il. J'ai reçu cette nuit de Langley un complément d'information. Un journaliste du *New York Times* est en train de fouiller l'histoire du cinéma de Times Square. S'il découvre la vérité et la sort, c'est une catastrophe majeure. Et si le public apprend que Bill Clinton laisse se dérouler une opération terroriste sur le territoire américain, avec en plus un « cover-up » [1], la Maison-Blanche va trembler. Et nous avec.

Malko s'assit et se servit du café.

— C'est déjà un miracle d'avoir croisé Nahida Zaroual à Londres, fit-il remarquer. Si je la brusque, je n'obtiendrai

1. Tentative de dissimulation.

plus rien. La *Company* compte dix mille *case-officers*... Personne ne peut rien faire ?

L'Américain émit un soupir résigné.

— Vous savez bien que nous sommes une énorme administration, pas toujours efficace. Il faudrait dix fois plus de gens comme vous ou comme Bob. Moi, je sais bien qu'il faudrait normalement des semaines pour « traiter » les sœurs Zaroual correctement. Il n'y a qu'un seul problème : nous ne disposons pas de ce laps de temps !

« Avec *deux* épées de Damoclès au-dessus de la tête. D'abord, ce journaliste du *New York Times,* et, surtout, la menace que le commando qui a frappé à Times Square recommence très vite. Nous ne savons rien de lui. RIEN. Je parle de commando mais il peut s'agir d'un homme — ou d'une femme — seul. Il y en a peut-être d'autres. Les chances de les intercepter sont pratiquement nulles. La seule méthode est de remonter la filiére comme vous avez commencé à le faire. Et là, vous auriez un bataillon de Marines avec vous, cela ne servirait à rien de plus. Peut-être que Zahra Zaroual n'a rien à voir avec cette histoire... Dans ce cas, nous sommes encore plus mal.

— La NSA n'est pas alertée ?

— Si, bien sûr, mais les systèmes d'écoutes ne peuvent recueillir des informations que si les gens communiquent. Pour l'instant, ils ne le font pas. Vous réalisez qu'on n'a même pas pu remonter la piste chypriote du colis expédié de Nicosie...

— Où se trouve Zahra Zaroual ?

— Elle est toujours en traitement à la Cité médicale, mais le général Bouttikhi m'a dit qu'elle n'allait pas tarder à sortir. Sa blessure est superficielle.

— Ou j'ai raison, ou elle a eu beaucoup de chance, conclut Malko. Dans ce cas, les Irakiens peuvent être tentés de la faire taire.

— Les Services jordaniens vont sûrement lui donner une protection. Ils connaissent la furie vengeresse des Irakiens. Mais cela ne change rien pour nous.

Malko se leva.

— Notre seule chance, c'est que Zahra reprenne ses activités d'hôtesse de l'air. Si elle joue un role dans cette campagne terroriste, ce n'est probablement pas à Amman qu'elle prend des contacts. Dites à Langley que je fais de mon mieux. Je vais quand même attendre demain matin pour rappeller Nahida. C'est ce que je ferais si c'était une situation normale.

— *God Helps Us !* [1] fit à mi-voix le chef de station de la CIA. Tout repose sur vous.

Alia Barawi frétillait littéralement lorsque Malko traversa son bureau pour gagner le couloir, tandis que Christopher Angleton recevait un autre visiteur. Elle lança à Malko, avec un ton lourd de sous-entendus.

— La soirée s'est bien terminée ?

— Très bien ! affirma Malko, la laissant sur sa faim.

Il allait compter les heures jusqu'au lendemain matin.

*

* *

Basman Abu Cherif tendit son passeport avec un sourire à l'officier syrien qui vérifiait le trafic au poste-frontière syro-jordanien. Il y avait heureusement peu d'attente et le Palestinien était parfaitement en régle.

Le contrôle ne dura que quelques minutes et il put s'élancer, avec sa vieille Mercédes sur l'autoroute A 15 qui le menait directement à Amman.

Il n'avait pas pensé y revenir si vite, mais son habitude était d'obéir sans discuter à ses chefs. La mission qu'on venait de lui confier ne souffrait pas de délai et lui seul pouvait la mener à bien. Il fallait un combattant expérimenté, de sang-froid, pour éliminer sur un terrain plutôt hostile un agent chevronné de la CIA sur ses gardes. En plus, sans que les Jordaniens puissent prendre ombrage d'une action menée sur leur territoire.

1. Que Dieu Nous Aide !

Grâce à son « métier », Basman Abu Cherif pensait bien avoir résolu la quadrature du cercle.

L'officier syrien lui remit son passeport et il passa la première. Dans deux heures, il serait à Amman et gagnerait une planque qu'il n'utilisait que pour les opérations totalement secrètes. Comme celle qu'il allait mener.

*
* *

Malko était réveillé depuis sept heures du matin. Décemment, il ne pouvait pas appeler Nahida Zaroual avant dix heures. La journée de la veille s'était déroulée avec une lenteur exaspérante. Pour tuer le temps, il était allé flâner autour d'Abdoun Circle, là où les boutiques modernes poussaient comme des champignons. Un énorme magasin de décoration exposait, en face du cinéma où il avait rencontré Wafik Aziz, les derniéres créations de l'architecte d'intérieur Claude Dalle, des sièges et des canapés recouverts de tissu Versace que s'arrachaient les nouveaux milliardaires occupant les énormes villas toutes neuves du quartier. Il décrocha son téléphone et composa avec soin le numéro de Nahida Zaroual.

Il tomba sur un répondeur sur lequel il laissa un message. Son téléphone sonna à peine une minute plus tard et il entendit la voix musicale de Nahida Zaroual.

— Vous avez de la chance, fit-elle, je n'étais pas encore partie au travail, mais je ne réponds pas à tout le monde. Alors, comment se passe votre séjour à Amman ?

— Bien. Mais il se passerait encore mieux si j'avais le plaisir de vous revoir, fit-il galamment.

Nahida Zaroual le remercia d'un rire cristallin.

— Vous êtes très gentil. Aujourd'hui, je vais chercher ma sœur à l'hôpital pour la ramener à la maison. Si cela ne vous fait pas peur de dîner avec deux vieilles filles...

Malko sentit son pouls s'envoler. Il ne pouvait que recueillir des informations intéressantes.

— Où souhaitez-vous dîner ?

— Oh, à la maison ! Za va être encore fatiguée. Vous saurez retrouver le chemin ?

— Je pense.

— Alors, je vous attends à huit heures.

Il raccrocha, se disant que Langley allait être fou de joie. Il ne pouvait vraiment pas aller plus vite.

CHAPITRE XII

A peine Malko fut-il sorti de sa voiture, garée en face de l'immeuble des jumelles, que deux hommes, emmitouflés dans des keffiehs, surgirent et lui demandèrent en anglais où il allait.

— Chez Nahida Zaroual, fit-il. Pourquoi ?

Un des deux exhiba rapidement une carte.

— Moukhabarat. Nous devons vous fouiller, *please*...

Malko se laissa faire, sans discuter. Ils vérifièrent son passeport et il put enfin sonner. Nahida l'accueillit, enveloppée dans une longue robe d'hôtesse qui rappelait celle qu'elle portait chez *Annabel's*. Le décolleté carré mettait ses seins en valeur. Pour une vieille fille, elle était très maquillée...

— Vous êtes bien gardée, remarqua-t-il.

— C'est pour ma sœur. Le Moukhabarat a peur que des gens s'attaquent à elle.

— Les Américains ?

Elle haussa les épaules.

— Je n'en sais rien. Ma sœur ne me parle pas beaucoup, elle a été très choquée. D'ailleurs, elle ne va pas dîner avec nous, elle se sent encore mal, elle est bourrée de somnifères... J'ai préparé un dîner libanais, nous allons manger ici.

Malko dissimula sa déception. Il avait vraiment espéré se trouver en face de celle qu'il soupçonnait. Sans espérer, bien sûr, une confidence, mais, parfois, les gens se trahissent...

Dans le coin repas, un canapé au ras du sol, plein de coussins, faisait face à une table basse couverte des multiples plats d'un mézé libanais. Nahida servit Malko et ouvrit une bouteille d'Arak. Ils devisèrent de choses et d'autres, tout en picorant les feuilles de vigne, les keftas, le taboulé, les purées d'aubergine et de pois cassés. Nahida ne cessait de remplir le verre de Malko.

— Comment va votre amie Alia ? demanda-t-elle

— Bien.

— Vous lui avez dit que vous dîniez avec moi ?

Elle le fixait d'un regard provocant. Malko sourit sans répondre. Il devait faire un effort intellectuel pour se rappeler que derrière ce marivaudage, il y avait une enquête dangereuse et délicate. Son regard était irrésistiblement attiré par la porte de la chambre où devait se trouver Zahra.

Nahida l'intercepta et demanda d'un ton ironique :

— Vous êtes déçu que ma sœur ne soit pas avec nous ?

Pris de court, Malko ne put que répondre platement.

— Non. Pourquoi le serais-je ?

— Je ne sais pas. L'idée de faire l'amour avec deux jumelles, ça ne vous excite pas ? Beaucoup d'hommes en rêvent.

Là, elle le cherchait carrément. Il commençait à en avoir assez de son numéro d'allumeuse. Il posa son verre d'Arak et dit posément :

— C'est une idée qui ne m'avait pas encore effleuré. Par contre, l'idée de faire l'amour avec *une* seule jumelle me plaît beaucoup.

— Que voulez-vous dire ?

Appuyée sur un coude, allongée sur les coussins, Nahida Zaroual lui adressait un regard insistant.

— Ceci, dit Malko.

Il s'allongea contre elle, la tint dans ses bras, et, sans hésiter, commença à relever sa longue robe. En un clin d'œil, il progressa le long d'une cuisse charnue. Au moment où il atteignit son ventre, Nahida lui saisit le poignet.

— Arrêtez !

C'était trop tard, il avait découvert ce qu'elle tenait sûrement à cacher. Son sexe coulait comme une fontaine. Malko planta ses yeux dorés dans les prunelles noires, pleines de trouble.

— Alors, Nahida, vous n'avez pas envie de faire l'amour ?

Elle essaya de repousser la main plaquée sur elle.

— Peut-être... Mais vous ne connaissez rien aux femmes orientales. Il nous faut du temps.

Sans lui répondre, il roula sur elle, lui ouvrant les jambes largement. Nahida tenta encore de le repousser.

— Vous n'allez pas me violer, quand même !

— Pourquoi pas ?

Ce qui était encore un jeu changea soudain de nature... Quand Nahida réalisa que Malko s'était défait, elle se tordit comme un serpent, essayant de se dégager, tentant de le mordre. Il releva encore plus la robe, dénudant entièrement son ventre et, d'un ultime effort, trouva le chemin du sexe offert, s'y enfonçant jusqu'à la garde. Nahida s'arc-bouta, le griffa et siffla :

— Sale violeur !

C'était trop. Sans même chercher à l'embrasser, Malko se mit à la besogner comme un soudard. Ce n'est qu'au bout de plusieurs minutes qu'elle cessa de lutter. Il sentit son ventre s'animer, et, comme à regret ses bras se refermèrent dans son dos. Les yeux fermés, elle haletait, bredouillait des mots en arabe. Quand il se retira, Nahida poussa un soupir déçu. Mais déjà, il la retournait sur le ventre et la reprenait dans cette nouvelle position.

Nahida avait des fesses superbes, dures, rondes, cambrées. La tête dans les coussins, elle se laissait faire. Jusqu'à ce que Malko glisse sournoisement hors d'elle et remonte jusqu'à l'ouverture de ses reins.

— *La ! Msakar !* [1]

Elle voulut s'aplatir pour lui échapper mais il l'accompa-

1. Non ! Arrête !

gna et la pénétra d'un seul trait, sans effort. Il resta enfin immobile, abuté en elle.

— Salaud, tu me fais mal, prétendit-elle.

C'était peu probable, étant donné l'aisance avec laquelle il avait violé sa croupe. Très vite d'ailleurs, elle se mit à participer et ils firent l'amour. Sa robe d'hôtesse était collée à sa peau par la transpiration, ses cheveux retombaient sur son visage, elle n'arrêtait pas de jouir

Pourtant, lorsque Malko explosa au fond de ses reins, elle eut le culot de tourner vers lui un regard de femme battue.

— Tu as eu ce que tu voulais, murmura-t-elle d'une voix mourante. Tu m'as violée.

Malko contempla la courbe harmonieuse de la croupe qu'il venait de transpercer. Nahida était le coup du siècle, malgré ses simagrées.

— J'espère que ta sœur n'a rien entendu, dit-il.

L'excitation retombée, il revenait sur terre. La cause réelle de sa présence était la mission confiée par la CIA.

— Mon Dieu, j'aurais tellement honte, minauda-t-elle.

A son avis, les deux jumelles devaient *tout* se raconter... Nahida fit passer sa robe par-dessus sa tête, libérant enfin ses seins lourds et gonflés qu'elle prit dans ses mains, les offrant à Malko. Il s'en occupa habilement tandis qu'elle ronronnait. Ce qui ranima son désir. Cette fois, lorsqu'il s'allongea sur elle, ses cuisses s'ouvrirent toutes seules...

Ensuite, c'est elle qui lui avoua :

— Tu m'as bien baisée ! J'avais rêvé de ça quand je t'ai vu à Londres.

— Pourquoi tout ce cinéma, alors ?

Elle lui jeta un regard trouble.

— J'aime qu'un homme me désire très fort, qu'il transgresse les tabous pour m'avoir.

— Ta sœur est comme toi ?

Elle se ferma aussitôt.

— Je ne sais pas, nous ne parlons jamais de cela... Nous ne sommes pas attirées par le même type d'hommes. Moi, je n'aurais jamais pu faire l'amour avec son Irakien. Pourtant, elle était très amoureuse de lui, ils ne se quittaient pas.

Elle se leva, disparut dans la salle de bains. Malko se rhabilla. Son enquête ne progressait pas vite.

Nahida réapparut, démaquillée, les yeux cernés, drapée dans une robe de chambre en soie.

— Je dois dormir maintenant, annonça-t-elle. Je me lève tôt demain matin.

Malko loucha vers la porte fermée de la chambre.

— Tu salueras ta sœur.

— Tu la verras une autre fois quand elle ira mieux, affirma Nahida, je lui ai déjà parlé de toi.

Il se retrouva dans la fraîcheur de la nuit, un peu étourdi par cet intermède érotique intense, et déçu. Il n'avait *rien* appris.

Il dépassa les deux « moukhabarat » emmitouflés dans leurs keffiehs et gagna sa voiture garée le long d'une haie. Au moment où il ouvrait la portière, il ressentit une espèce de choc électrique, suivi aussitôt d'un bourdonnement de l'oreille gauche. Comme une décharge d'électricité statique. Il frotta son oreille, ne sentit rien de particulier et se mit au volant. Arrivé à l'*Intercontinental*, le bourdonnement persistait. Il se regarda dans la glace sans rien constater d'anormal et se coucha. Comment allait-il procéder pour en apprendre plus sur Zahra Zaroual, la maîtresse de l'Irakien assassiné ? Il n'ignorait pas que, dès le lendemain, Christopher Angleton, houspillé par Langley, reviendrait à la charge.

Et si, pendant son intermède amoureux, les terroristes bactériologiques avaient frappé de nouveau ?

Il finit par s'endormir en évoquant la croupe somptueuse de Nahida.

*

* *

Malko appuya sur la couronne et le display lumineux de sa Breitling B-One afficha quatre heures dix du matin. C'est une sensation d'oppression qui avait réveillé Malko, l'impression d'avoir un poids sur la poitrine. Le bourdonnement d'oreille continuait. Il essaya de respirer à fond, sans parvenir à se sentir mieux. Craignant de ne pas se réveiller après cette nuit blanche, il régla l'alarme-réveil de la B-One sur neuf heures.

Seulement, il ne parvint pas à se rendormir.

A six heures du matin, il respirait encore plus mal. Il eut brutalement une violente nausée et dut se précipiter dans la salle de bains pour vomir. Sérieusement inquiet, il se décida à appeler Christopher Angleton.

— Je me demande si je n'ai pas une crise d'angine de poitrine, annonça Malko. Je ne me sens vraiment pas bien...

— Je vous envoie une voiture et je préviens le médecin de l'ambassade, dit aussitôt le chef de station de la CIA.

Malko s'habilla. Il avait les jambes en coton. Une nouvelle fois, il fut pris de violentes nausées et dut s'allonger. Les murs se gondolaient devant ses yeux dès qu'il était debout. Il souffrait de vertiges. Et toujours ce bourdonnement dans l'oreille gauche.

Il fut soulagé lorsque le concierge l'avertit qu'on l'attendait en bas, mais crut qu'il ne parviendrait jamais à la réception.

Le chauffeur de l'ambassade l'installa à l'arrière et prit la direction du djebel Abdoun. Vingt minutes plus tard, Malko était étendu dans l'infirmerie de l'ambassade américaine sur une table d'examen. Le médecin de permanence et une infirmière s'affairèrent autour de lui, prenant d'abord sa tension, puis lui faisant un électro-cardiogramme.

— Votre tension est trop basse, annonça-t-il ensuite, mais vous n'avez rien ni au cœur ni dans les coronaires.

Le médecin l'aida à venir s'allonger sur la table d'examen.

— Reposez-vous, on va faire une prise de sang.

Il lui donna un calmant et Malko s'assoupit. Le médecin revint un peu plus tard.

— Vos analyses sont normales, annonça-t-il. Pas d'infection, pas de toxines. Je vous garde en observation. Vous vous sentez mieux ?

— Non, avoua Malko, j'ai beaucoup de mal à respirer, j'ai l'impression d'étouffer.

*
* *

Christopher Angleton était en train de taper sur son portable un rapport pour Langley lorsque le médecin de l'ambassade se fit annoncer dans son bureau. Il entra, l'air soucieux.

— Je suis inquiet pour mon patient, avoua-t-il d'emblée. Les analyses montrent une baisse d'oxygène dans son sang.

Le chef de station de la CIA était arrivé à huit heures à l'ambassade, pour se rendre aussitôt au chevet de Malko. Ce dernier somnolait et il n'avait pas voulu le déranger. C'était deux heures plus tôt.

— Qu'est-ce que cela signifie ? demanda Christopher Angleton.

— Qu'il est en train de s'asphyxier. Son sang ne fixe plus l'oxygène. Si on ne parvient pas à enrayer ce processus, il risque de glisser dans un coma irréversible.

— Comment faire ?

Le médecin s'assit et alluma une cigarette.

— Je l'ignore ! avoua-t-il. Je ne me suis jamais trouvé devant un cas semblable. Il n'y a aucune trace de toxine dans le sang et pourtant on dirait qu'il a été empoisonné. Est-ce possible ?

— Oui, reconnut le chef de station de la CIA. Il est sur la piste d'un réseau terroriste extrêmement dangereux. Mais il n'a pas parlé d'attentat. Il faut absolument faire quelque chose...

Le téléphone sonna. Christopher Angleton décrocha et tendit l'appareil au médecin. Celui-ci écouta quelques secondes avant de raccrocher.

— C'est l'infirmière, annonça-t-il. On vient de le placer sous tente à oxygène. Il n'est plus conscient. Je vais faire procéder à des analyses de sang toutes les deux heures.

Avec l'oxygène, on peut provisoirement limiter les dégâts, mais si on ne trouve pas la cause du mal...

Christopher Angleton comprit. Dès que le médecin fut sorti du bureau, il expédia un message « flash » à la Technical Division de la CIA. Décrivant les symptômes de Malko, il demanda de l'assistance. A une époque, on avait beaucoup expérimenté de poisons tuant sans laisser de traces, à la CIA.

*

* *

Un soleil éblouissant inondait le bureau de Christopher Angleton. L'estomac noué, l'Américain regardait le soleil se lever sur le djebel Al Diyar. Quatre étages plus bas, Malko luttait contre la mort. Inconscient depuis vingt-quatre heures, il ne survivait que grâce à la tente à oxygène.

La Technical Division s'était révélée incapable de donner un conseil. Les symptômes ne correspondaient à rien de connu. On frappa. Christopher Angleton cria « entrez ». Le médecin de l'ambassade pénétra dans le bureau.

— La situation de notre patient s'aggrave, annonça-t-il. Le taux d'oxygène dans le sang baisse régulièrement. Sans la tente à oxygène, il serait déjà mort. Et comme cela, il ne tiendra pas très longtemps.

Christopher Angleton ne répondit pas, le visage sombre. *Certain* que cet incident avait un lien avec l'enquête de Malko. Ce dernier avait été examiné sous toutes les coutures, sans aucun résultat. Le chef de station eut un geste d'impuissance.

— Faites tout ce que vous pouvez, demanda-t-il, le processus va peut-être s'inverser.

Le médecin sortit sans répondre. Les deux hommes connaissaient la vérité. Sauf miracle, Malko était perdu. Le corps ne peut pas vivre sans oxygène. Son cerveau n'étant plus irrigué, il allait subir des lésions irréversibles.

Le téléphone sonna. Sa secrétaire lui annonça que son

homologue, le patron du Mossad à Amman, cherchait à le joindre.

— Plus tard ! fit Angleton qui n'aimait pas beaucoup les Israéliens.

De nouveau, il envoya un message de détresse à Langley. Malko étant intransportable, il allait envoyer quelqu'un à Washington. Sa secrétaire l'appela à nouveau. C'était encore l'Israélien qui demandait à lui parler d'urgence... De guerre lasse, il le prit. Shimon Aviz avait le lourd accent des Askenazes quand il parlait anglais d'une voix traînante. Dès qu'il eut le chef de station au bout du fil, il annonça :

— J'ai reçu un coup de fil de Langley au sujet d'un de vos amis...

Christopher Angleton sursauta.

— Vous êtes au courant !

— Je ne sais pas tout, corrigea l'Israélien, mais je pourrais peut-être vous aider.

— Venez tout de suite.

L'ambassade d'Israël se trouvait à moins de cinq cents mètres de l'ambassade américaine. Christopher Angleton eut le temps de griller deux Gauloises blondes avant qu'on introduise l'Israélien dans son bureau. Un homme de grande taille, presque chauve, mal habillé. Il se fit décrire par le menu les symptômes de Malko puis demanda la permission de téléphoner à Tel Aviv. La conversation se déroula en hébreu, aussi Christopher Angleton ne put-il la suivre. Lorsqu'il raccrocha, le chef de poste du Mossad annonça d'une voix calme :

— Ils envoient un hélicoptère. Il sera là dans vingt-cinq minutes, si vous pouvez arranger les choses avec le Palais.

— Un hélicoptère ? Mais pourquoi ?

— Pour gagner du temps, fit flegmatiquement Shimon Aviz. J'ai décrit les symptômes à un spécialiste. Il croit savoir de quoi il s'agit. Mais s'il a raison, chaque seconde compte. Votre ami peut basculer dans un coma irréversible...

Christopher Angleton était déjà au téléphone, appelant la ligne directe du général Samir Bouttikhi, le patron du General Intelligence Directorate jordanien. Le seul, à part le roi, qui puisse donner dans l'heure l'autorisation à un hélico israélien de pénétrer dans l'espace aérien jordanien.

*
* *

Le spécialiste israélien — un médecin aux cheveux très noirs, avec une tête d'acteur de cinéma — ne parlait qu'hébreu. Dès son arrivée, l'hélico ayant atterri dans le périmètre de l'ambassade américaine, on l'avait conduit dans l'infirmerie où Malko était toujours sous oxygène. Son examen avait paru superficiel à Christopher Angleton, mais il avait déclaré sans hésiter :

— Je vais lui faire une piqûre.

— De quoi ? avait demandé l'Américain.

Le médecin israélien n'avait même pas répondu. Avec soin, il avait brisé une ampoule pour remplir une seringue. Au moins cinq centimètres cubes de liquide ambré. Puis il avait fait une piqûre intraveineuse à Malko, dans une veine du bras. Ce dernier n'avait eu aucune réaction. Avec le même flegme, le médecin israélien avait ensuite rangé sa seringue et l'ampoule vide, refermé sa serviette et tendu la main à Christopher Angleton, avec un commentaire en hébreu traduit aussitôt par Shimon Aviz.

— Si c'est ce qu'il pense, votre ami ira mieux dans une heure. Il faudra encore qu'il se repose ici quelques jours, le temps que son taux d'oxygène remonte. Mais il ne gardera aucune séquelle.

— Mais enfin, qu'est-ce qu'il a eu ?

Le chef de poste du Mossad posa la question au médecin. Ils eurent une brève conversation en hébreu, puis Shimon Aviz expliqua à Christopher Angleton :

— Les symptômes lui donnent à penser que votre ami a été empoisonné par un produit qui s'appelle Fentanyl. C'est un opiacé de synthèse, environ cent fois plus puissant que la morphine, à quantité égale. Le Fentanyl est utilisé en anesthésie et comme *painreliever*[1], en très petite quantité. Toute overdose est rapidement fatale. Comme le corps le métabolise rapidement, il ne laisse aucune trace dans l'organisme.

Christopher Angleton écoutait, bouche bée.

— Mais par quel moyen pourrait-il avoir été empoisonné ?

Question-réponse en hébreu.

— Le Fentanyl peut être administré oralement, par injection ou par *transdermal delivery*, traduisit Shimon Aviz.

— Qu'est-ce que cela veut dire ?

L'Israélien eut un sourire évasif.

— C'est un procédé sur lequel je préfère ne pas m'étendre... On projette cette substance sous pression et elle pénètre la peau, passant immédiatement dans le sang. Le docteur Abraham désire maintenant prendre congé de vous.

Un Marine raccompagna le praticien jusqu'à l'hélicoptère israélien, laissant seuls Shimon Aviz et Christopher Angleton.

— Comment êtes-vous si bien informés de ce produit et de ses effets ! demanda ce dernier.

Shimon Aviz sourit.

— Il nous est arrivé d'utiliser le Fentanyl, mais je ne peux pas vous en dire plus. J'espère de tout mon cœur qu'il s'agit bien de ça... Tenez-moi au courant.

— Qui d'autre que vous utilise ce procédé ?

— Les Irakiens, quelquefois, mais je ne suis pas certain qu'ils le maîtrisent bien. Ils préfèrent le thallium. Maintenant, je vous laisse.

*

* *

Christopher Angleton, enfermé dans son bureau, essayait de ne pas penser à l'heure qui passait... Le médecin israélien était parti depuis quarante-cinq minutes et celui de l'ambas-

1. Antalgique.

sade ne quittait pas le chevet de Malko. Si l'injection échouait, il n'y avait plus rien à faire...

La sonnerie du téléphone le fit sursauter.

— Il respire mieux, annonça le médecin, le taux d'oxygène dans le sang a légèrement remonté. Je pense qu'il va s'en tirer.

Christopher Angleton avait les jambes coupées. Il alla dans un petit bar en acajou prendre une bouteille de Defender et s'en versa une grande rasade qu'il avala d'un trait, pour effacer la tension nerveuse des dernières heures. Ce n'est qu'après plusieurs minutes qu'il eut l'énergie de décrocher son téléphone pour appeler l'ambassade d'Israël. Shimon Aviz était sorti.

— Dites-lui que le malade va mieux, fit simplement le chef de station de la CIA.

*
* *

Malko fixa avec incrédulité les displays de son chrono Breitling B-One qui lui apprenaient qu'on était le lundi 23 mars 1998. N'arrivant pas à croire qu'il était alité depuis cinq jours ! Il ne se souvenait même pas d'avoir perdu connaissance... Simplement, ces horribles vertiges, cette nausée qui le pliait en deux, et la sensation d'étouffer. Il n'en pouvait plus des murs nus de l'infirmerie, avec, pour seules visites, Christopher Angleton et Alia Barawi.

Son bourdonnement d'oreille avait enfin disparu.

Depuis qu'il avait repris conscience, une question le taraudait. Comment avait-il été empoisonné ? Sa première réaction avait été d'accuser Nahida. Mais il avait beau se repasser le film de leurs ébats, il ne voyait vraiment pas comment elle aurait pu faire... Il ne restait que la sensation étrange qu'il avait ressentie en ouvrant sa voiture. Ce choc qu'il avait mis sur le compte de l'électricité statique. C'est de cet instant que datait son bourdonnement d'oreille.

Christopher Angleton avait reparlé à Shimon Aviz, qui avait fini par lui avouer que les Irakiens et le Mossad utilisaient le même procédé : une sorte de pistolet à air comprimé projetant du Fentanyl sous pression. A deux ou trois mètres. Un homme avait très bien pu se dissimuler derrière la haie et attendre Malko. Sans l'intervention israélienne, personne n'aurait jamais su ce qui s'était passé.

Ce qui laissait beaucoup de questions sans réponses.

D'abord, pourquoi ne pas lui avoir tiré une balle dans la tête, avec un silencieux ? Les deux « moukhabarat » n'auraient probablement rien vu. A cette question, il y avait une réponse simple : celui qui avait voulu supprimer Malko ne voulait pas que sa mort puisse être rattachée à sa visite chez Nahida Zaroual... D'ailleurs, la seule cause possible de cette tentative de meurtre était liée à Zahra Zaroual. Sa seule et unique piste. La conclusion s'imposait d'elle-même...

Christopher Angleton poussa la porte de sa chambre, vêtu d'une veste moutarde et d'une cravate jaune canari.

— Vous m'avez fait peur ! lança-t-il. Sans les « Schlomos »... Qu'allez-vous faire maintenant ?

— Un bon repas, dit Malko. Ensuite, réfléchir. Je suis quasiment certain désormais que Zahra Zaroual est impliquée dans l'affaire que je traite. Mais elle est sur ses gardes, des gens autour d'elle sont prêts à tout pour la protéger et je ne sais pas par quel bout la prendre...

Christopher Angleton tirailla sa moustache rousse.

— Si elle représente un tel risque pour les Irakiens, remarqua-t-il, pourquoi ne l'ont-ils pas éliminée ? Ils ont montré qu'ils ne faisaient pas dans la dentelle.

— Je ne vois qu'une réponse, répliqua Malko : ils ont besoin d'elle. Sinon, le soir du massacre, elle aurait été égorgée comme les autres.

— Je vais chez le roi, dit l'Américain. J'ai donné des instructions à Alia. Quand vous vous sentirez bien, une voiture pourra vous ramener à l'*Intercontinental*. Nous ferons le point ensuite.

*

* *

Malko entra dans le bureau d'Alia Barawi, encore en train de ruminer ce qu'il venait de vivre. Ce n'était pas la première fois, certes, qu'il échappait à la mort. Mais d'habitude, il était confronté à un danger brutal, subit, avec un torrent d'adrénaline à faire exploser les artères. Là, il ne s'était même pas rendu compte qu'il avait déjà à moitié franchi le Styx.

En douceur.

Ses nausées disparues, la mort avait ressemblé à une somnolence plutôt confortable, puis l'impossibilité de communiquer, et enfin une masse noire qui l'avait absorbé. Il avait l'impression de ne pas en être encore totalement sorti... Alia Barawi, penchée sur son ordinateur, leva la tête.

— Enfin, vous êtes guéri !

Elle repoussa son fauteuil pivotant et Malko aperçut ses jambes gainées de nylon, gris comme la robe moulante. Cela lui fit l'effet d'un électro-choc. Il avança vers elle et elle se leva, visiblement troublée.

— Vous vous sentez bien ?

Quelque chose dans son regard envoya une coulée de lave dans les artères de Malko. Une féroce envie de s'arracher à la masse noire qui avait failli l'emporter pour de bon. Sans un mot, il s'approcha d'Alia, la coinçant contre le bureau. Le contact de son corps lui rappela l'étrange secousse électrique ressentie lorsqu'on avait tenté de l'assassiner. Le visage levé vers lui, Alia Barawi dit d'une voix hésitante :

— Je vais vous commander une voiture.

Elle ne pouvait pas ne pas réaliser qu'il était appuyé à elle de tout son corps. Il posa les mains sur ses hanches et elle frissonna.

— Attendez ! Quelqu'un peut entrer.

— Sûrement pas sans frapper, corrigea Malko.

Il posa ses mains sur les hanches de la jeune femme, faisant remonter la robe, découvrant les cuisses, le ventre, le minuscule triangle de nylon blanc. Il poussa une jambe entre les siennes, la forçant à les ouvrir. Ecartelée, se retenant au bureau pour ne pas tomber, Alia ressemblait à un lapin affolé. Malko avait l'impression que toute sa vitalité retrouvée était concentrée dans son sexe brusquement raidi. Lorsqu'Alia le vit dressé, nu devant son ventre, elle balbutia.

— Vous n'allez pas, non, pas ici...

Sans répondre, Malko écarta de la main gauche le triangle de nylon, fléchit un peu les genoux et l'embrocha d'un seul élan, lui arrachant un cri étranglé. Il était si excité que leur étreinte ne dura pas très longtemps... Il se déversa dans son ventre d'un coup de reins qui la souleva presque du sol, tandis qu'elle s'accrochait aux revers de sa veste d'alpaga.

Comme il se retirait d'elle, Alia le fixa d'un air à la fois incrédule et stupéfait.

— Vous faites souvent ça ?

— Pas assez souvent, fit Malko. *Maintenant*, vous pouvez me commander une voiture.

*
* *

Assis sur son lit à l'*Intercontinental*, Malko regardait le téléphone. Avec ses forces, l'envie de reprendre son enquête était revenue. Il composa le numéro de Nahida Zaroual.

La jeune femme répondit aussitôt.

— C'est moi ! annonça Malko.

Il ne put placer un mot de plus.

— Salaud ! Comment oses-tu me rappeler ! explosa-t-elle.

Elle avait raccroché ! Malko rappela. Même manège, avec un torrent d'insultes, en arabe et en anglais. Le va-et-vient dura vingt minutes. Jusqu'à ce que Malko menace d'aller la voir. Nahida se calma un peu et fit amèrement :

— Tu m'as baisée et tu t'es tiré ! C'est tout ce que tu voulais. Même pas de fleurs ! Pas un coup de fil. Rien, je ne suis qu'un trou ! Quand je pense que tu me plaisais tellement à Londres. J'imaginais un gentleman. Tu es un... un...

Cette scène plongeait Malko dans l'embarras. Impossible de lui dire ce qui s'était *vraiment* passé... En même temps, sauf si Nahida était premier prix de conservatoire, cela l'innocentait.

— J'ai dû quitter Amman très vite pour Bagdad, prétendit-il. Je n'avais pas le temps de te prévenir. Tu peux vérifier auprès de l'hôtel. Je me roule à tes pieds. Veux-tu dîner avec moi ?

— Impossible. Ce soir, je reste avec Zahra. Elle recommence à travailler demain.

— Ah bon ! Elle est guérie ?

— Encore choquée. Elle a demandé une rotation très courte. Amman-Larnaca. Elle se reposera un peu là-bas. Mais demain soir, je suis libre.

— Alors, à demain soir, conclut Malko, sachant déjà qu'il lui posait un lapin.

C'est à Chypre qu'il allait se rendre.

A Chypre d'où avait été expédié dans le New Jersey un colis contenant les spores mortelles de Bacillus Anthracis. Peut-être par Zahra Zaroual.

CHAPITRE XIII

Mêlé à un petit groupe de chauffeurs de taxis et d'agents de voyage guettant leurs clients, Malko fixait discrètement le tableau d'affichage des arrivées à l'aéroport de Larnaca. Le vol Royal Jordanian en provenance d'Amman venait de se poser. Lui était arrivé deux heures plus tôt par Cyprus Airways. Cela lui faisait une curieuse impression de se retrouver à Chypre, où il pensait bien ne pas remettre les pieds. Et encore plus d'être vivant, de respirer normalement.

La pulsion qu'il avait éprouvée à l'égard d'Alia, au point de la bousculer sur son bureau, était une sorte de réflexe conditionné, une réaction de ses cellules, plus que de son esprit.

Maintenant, son cerveau fonctionnait clairement. Il *savait* qu'on avait voulu le tuer à cause de ses contacts avec les jumelles Zaroual, que ce soit l'une ou l'autre. Pour l'instant, il accordait le bénéfice du doute à Nahida. La conduite de Zahra était de plus en plus curieuse. Comment pouvait-elle reprendre son travail quelques jours seulement après avoir été à moitié égorgée ?

Ceux qui avaient d'autre part voulu éliminer Malko étaient des professionnels. Forcément aidés par un grand Service... Il n'y avait plus qu'à espérer qu'ils ne l'avaient pas suivi jusqu'à l'aéroport. Par précaution, il avait acheté son billet au dernier moment et n'avait pas décommandé Nahida... Si cette dernière était innocente, il en serait quitte pour la couvrir de fleurs. Pour l'instant, il avait d'autres chats à fouetter. Seul, Christopher Angleton, qui avait communiqué l'information à la station de Chypre, savait où il était. Il avait recommandé que personne ne prenne contact avec Malko, afin de ne pas « polluer » son séjour. Les services chypriotes n'étaient pas au dessus de tous soupçons et surveillaient certainement les agents de la CIA à Chypre.

La porte coulissante des arrivées s'ouvrit sur un groupe en uniforme. L'équipage du Tristar de la *Royal Jordanian*. Malko eut un choc. Zahra Zaroual était la réplique exacte de Nahida, celle que Malko connaissait ! La robe boutonnée très haut qu'elle portait ne permettait pas de voir les traces de ses blessures au cou, mais elle bavardait gaiement avec un stewart moustachu. Malko attendit que tout l'équipage soit regroupé à l'extérieur, sur le trottoir, pour sortir.

Il gagna sa voiture de location au parking et pris ensuite en filature le mini-bus de l'équipage. Celui-ci ne le mena pas loin, dans un hôtel modeste de Larnaca, l'*Oasis*... Le temps était pourri, un vent glacial soufflait de la Turquie. Il observa, du parking, l'équipage qui s'engouffrait dans l'hôtel. Le vol de la *Royal Jordanian* repartait le soir-même, il devait donc surveiller Zahra toute la journée.

Il se résigna à attendre dans le parking, au volant de sa voiture. Il y avait de grandes chances, avec ce temps, qu'elle ne mette pas les pieds dehors. Mais son métier était fait de ces patiences...

*

* *

A onze heures moins dix, Malko sursauta. Une femme en imperméable et pantalon venait de sortir de l'*Oasis*. Il avait failli ne pas reconnaître Zahra Zaroual, car elle avait défait son chignon et ses cheveux noirs frisés se répandaient sur ses épaules. Elle s'approcha de la file de taxis et discuta avec le chauffeur du premier, avant d'y prendre place... Malko attendit quelques instants avant de le suivre. Ils zigzaguèrent dans Larnaca, gagnant ensuite la vieille autoroute montant vers Nicosie, la capitale coupée en deux.

Quarante minutes plus tard, Zahra Zaroual se fit déposer devant les fortifications de la vieille ville, au pied du fort arborant les drapeaux grec et turc, et s'éloigna à pied vers la « ligne verte ».

Malko se gara en catastrophe et la suivit. Il la vit arriver au poste frontière grec, installé dans un baraquement isolé au milieu d'un cloaque, y demeurer quelques minutes, en ressortir, pour franchir à pied le *no man's land* séparant la zone grecque et la zone turque. Une route bordée de maisons détruites, un maquis de barbelés, de végétation, de sacs de sable. Elle fila ensuite le long du *Ledra Palace* aux murs criblés d'impacts, devenu le QG de l'ONU.

Malko gagna à son tour le poste frontière grec. Une pancarte annonçait qu'on pouvait passer de neuf heures à treize heures vers la zone turque, à condition de revenir le même jour, avant dix-sept heures. Dessous, un grand panneau affichait des photos d'identité turques. Un policier grec nota le numéro de son passeport et lui recommanda de ne pas le laisser tamponner par les Turcs... Il parcourut trois cents mètres à pied dans le *no man's land*, mélange de Beyrouth et de Sarajevo, jusqu'au poste turc. Là, c'était plus long et plus tatillon. Il dut payer la somme exorbitante de cinquante-cinq livres chypriotes, et on lui remit une brochure détaillant les atrocités grecques durant le dernier conflit.

Zahra Zaroual avait disparu. Il arriva à une station de taxis, où un moustachu balèze l'assaillit aussitôt, lui demandant en anglais où il souhaitait se rendre.

— Il y a une dame qui vient de passer, dit Malko. Où est-elle allée ?

— Famagouste et Kyrénia. C'est cent livres.

— En avant, fit Malko, et il grimpa dans une antique Mercédes briquée à neuf, dont le chauffeur ne parlait pas un mot d'anglais.

Briefé par le « dispacher », l'homme adressa un sourire amical à Malko et démarra. La zone turque, qui abritait cent soixante mille habitants, vivait misérablement, privée de tourisme et de relations extérieures. La seule liaison était un vol quotidien vers Istanbul, toujours aux trois quarts vide.

Qu'allait faire Zahra Zaroual dans ce pays désolé ?

Le taxi filait au milieu d'une morne plaine peu habitée, bordée au nord par des montagnes. On se serait cru en Europe de l'Est dans les années cinquante. Famagouste, jadis la plus belle ville balnéaire de Chypre, à l'extrême est de l'île, avait été vidée de ses habitants grecs par les Turcs et n'était plus qu'une « *ghost town* »[1], comme les anciennes villes de l'Ouest américain. Pourquoi Zahra s'y rendait-elle ? Il n'y avait même pas un café.

Bercé par les cahots, Malko somnolait. Quarante-cinq minutes plus tard, le chauffeur se retourna pour lui lancer quelques mots incompréhensibles. Il aperçut les ruines d'une très ancienne citadelle, en bordure de mer. Ils étaient arrivés dans la partie de Famagouste encore ouverte aux touristes, c'est-à-dire trois fois rien. Le taxi s'arrêta devant la guérite d'un guide qui exigea cinquante piastres pour un ticket donnant accès aux ruines du château de Iago. Plusieurs autres taxis stationnaient à côté d'un bus de touristes vide.

Celui de Zahra Zaroual devait être du nombre. Il commençait à pleuvoir. Malko se hâta de se mêler à un groupe de touristes anglais du quatrième âge, qui voulaient tout savoir de chaque pierre... La citadelle était un entrelacs de murs, de pièces vides, de terrasses dominant la mer, de tourelles, de chemins de ronde. Stoïques sous la pluie, les Anglais écoutaient leur guide. Malko s'éloigna un peu, à la recherche de l'hôtesse de la *Royal Jordanian*. Il mit quelques minutes à la découvrir. Elle s'était abritée de la pluie sous une arche, et elle n'était plus seule...

A côté d'elle, un moustachu trappu en blouson de cuir noir semblait, lui aussi, s'abriter de la pluie. On aurait pu croire qu'ils n'étaient pas ensemble, mais, en les observant, Malko les vit se parler. Ils se déplacèrent, s'écartèrent l'un de l'autre, se retrouvèrent, se mêlèrent à d'autres touristes. S'isolant pour une brève conversation.

Du beau travail de professionnels.

1. Ville fantôme.

Et la pluie tombait toujours.

Malko ne pouvait détacher les yeux du couple. Il avait devant lui la raison de la venue à Chypre de Zahra Zaroual : une rencontre secrète. Il en avait le pouls qui s'emballait. Son raisonnement et sa patience étaient récompensés. Voilà aussi pourquoi on avait voulu le tuer. Il se maudit de ne pas avoir pensé à prendre un appareil photo.

Autour de lui, les Anglais mitraillaient les vieilles pierres à qui mieux mieux. Un vieux couple qui se photographiait avec enthousiasme lui donna soudain une idée. Il s'approcha et leur proposa de les photographier ensemble, ce qui sembla combler leurs vœux.

— Voulez-vous que je fasse quelques photos de ces ruines magnifiques ? proposa-t-il ensuite.

Sans attendre leur réponse, il pivota, prenant Zahra Zeroual et l'inconnu au blouson de cuir noir dans son champ.

Dix minutes plus tard, il savait qu'il avait affaire à monsieur et madame Morrison, d'Edimbourg, descendus au *Holyday Inn* de Nicosie où ils restaient encore deux jours...

Malko rendit l'appareil sur la promesse de les retrouver pour un *afternoon tea*, et reprit sa traque. Juste à temps pour voir Zahra Zaroual remonter dans une Mercedes bleue et le moustachu dans un autre taxi.

Trempé, il abrégea sa visite, au grand dam de son chauffeur qui tenait absolument à lui montrer une superbe cathédrale orthodoxe transformée en mosquée, et quelques autres ruines d'encore moins d'intérêt. Il se recala sur la banquette de moleskine. Maintenant, il fallait absolument identifier le « contact » de Zahra Zaroual.

Le ron-ron du moteur s'énerva : ils grimpaient une route de montagne très escarpée. Avec un sourire édenté, le chauffeur se retourna et dit, montrant un village en contrebas, au bord de la mer.

— Kyrénia !

Kyrénia était un ravissant petit port dans le style de Saint-Tropez, avec de vieux bateaux de pêche, plusieurs restaurants et des boutiques. La première chose que Malko aperçut fut la Mercédes bleue de Zahra.

Il se fit déposer et partit flâner le long du port. Il ne lui fallut pas longtemps pour retrouver la Jordanienne. Elle était attablée dans un restaurant de poissons, le *Canli Balik*, en compagnie d'une femme au type extrême-oriental. Malko alla s'installer au restaurant voisin, et les observa. Le visage de l'Orientale lui semblait familier... Il la situa vite. Ou il se trompait fort ou il s'agissait de la serveuse du restaurant japonais du *Holiday Inn* de Nicosie... où il s'était rendu une fois avec Wilson Parker.

En soi, cela n'avait rien de choquant. Les deux femmes pouvaient très bien venir se retrouver dans cet endroit charmant. Zahra venait souvent à Chypre et devait y compter des amis. C'était peut-être aussi son alibi pour le premier rendez-vous... Malko mangea un poisson grillé desséché, qui avait dû cuire pendant plusieurs jours, et repartit le premier, directement vers le *check point*. Une fois revenu en zone grecque, il se plaça en embuscade et attendit.

Zahra Zaroual apparut une heure plus tard. Seule. Après avoir franchi à pied la « ligne verte », elle monta dans un taxi. Pourquoi les deux femmes n'étaient-elles pas revenues ensemble ?

Il décida de ne pas suivre Zahra et fonça à l'ambassade américaine. Il avait besoin d'aide.

*

* *

Le bar du *Holiday Inn*, en sous-sol, bruissait de conversations. Tous les touristes fuyant le mauvais temps s'y étaient entassés. Malko parcourut la salle du regard et trouva facilement ceux qu'il cherchait : monsieur et madame Morrison, d'Edimbourg.

— Ce sont eux, dit-il à l'homme qui l'accompagnait, un gentleman de haute taille, très élégant avec son blazer et sa cravate club.

Ils se dirigèrent vers les Morrison qui reconnurent immédiatement Malko. Ce dernier se tourna vers son compagnon.

— Je vous présente Andrew Gotham. Il est le premier secrétaire de l'ambassade de Grande-Bretagne.

Les Morrison se levèrent d'un bloc, bredouillant de confusion. Andrew Gotham salua poliment, puis demanda à Monsieur Morrison :

— Pourrais-je m'entretenir quelques instants avec vous, cher monsieur ? Il s'agit d'une question importante.

Le ton était poli mais la voix ferme. Monsieur Morrison se leva, intrigué, et suivit le diplomate britannique. Ils disparurent dans l'escalier. Dix minutes plus tard, ils étaient de retour. Monsieur Morrison semblait avoir marché sur la lune... Il ne retint même pas Malko lorsque ce dernier prit congé.

Dans le hall, Andrew Gotham remarqua en souriant :

— Je pense qu'il se souviendra toute sa vie de cette excursion. Je lui ai dit qu'il avait involontairement rendu un grand service à son pays et qu'il devait garder le secret le plus absolu sur cette rencontre. Je lui ferai retourner demain les photos qui ne nous intéressent pas...

— En plus, c'est vrai, renchérit Malko, il a probablement rendu un grand service à son pays. Une fois les photos développées, comment pourrions-nous identifier l'homme que j'ai vu à Famagouste en compagnie de Zahra Zaroual ?

Le Britannique s'arrêta au milieu du hall, perplexe.

— Cela dépend. Si c'est un habitant de la zone turque, ce sera très difficile, sinon impossible. Si c'est quelqu'un venu pour la journée de la zone grecque, il faut voir avec les Turcs. Peu de gens passent en ce moment. Le physique que vous avez décrit élimine les Européens. Il faudrait inspecter le registre de la police turque au poste frontière. Ils notent les identités et les numéros de passeport. Je m'en occupe et je vous rappelle demain.

Malko hésitait à redescendre sur Larnaca, à l'hôtel *Oasis*. Il risquait de se faire repérer et, d'après lui, l'Algérienne avait rempli sa mission à Chypre. Il restait un mystère. Que faisait la serveuse du restaurant japonais en sa compagnie ?

Il décida de s'installer au *Hilton* de Nicosie. En arrivant, il avait appelé Vladimir Sevchenko. L'Ukrainien ne se trouvait pas à Chypre, pas plus que Tairova Nissenko. Il lui restait deux axes de recherches. D'abord l'Arabe au blouson de cuir noir de Famagouste. Ensuite, la serveuse du restaurant japonais.

De plus, sans arme, il se sentait plutôt nu. L'agression dont il avait été victime deux semaines plus tôt, au *Four Seasons*, montrait que les Irakiens possédaient une structure secrète à Chypre. Wilson Parker, le chef de station de la CIA, pourrait sûrement le dépanner.

*

* *

Wilson Parker et Malko pouvaient à peine se parler tant le niveau sonore de la taverne *Plato's* était élevé. C'était un des rares endroits sympathiques de Nicosie, tout en boiseries très sombres, avec un immense bar tenu par un chauve à queue de cheval. Des casiers à bouteilles et des collections de pistolets du siècle dernier tapissaient les murs. La carte annonçait fièrement que la maison possédait vingt-huit marques différentes de vodka. Connaissant les goûts de Malko, le chef de station de la CIA avait choisi pour cette raison cet endroit pour déjeuner.

Malko se sentait plus tranquille. Un Beretta 92 pesait à sa ceinture, « prêté » par l'Américain.

On leur apporta des brochettes de poulet, au moment où une demi-douzaine de garçons plutôt jeunes, l'air de militaires en civil, entraient dans la salle.

— Tiens, voilà les gens de l'ONU, remarqua l'Américain. Heureusement qu'ils sont là pour faire marcher les boîtes de nuit.

Ils passèrent près d'eux et Malko entendit parler allemand.

— Ce sont des Autrichiens, précisa Wilson Parker.

Malko enregistra, voilà la couverture qu'il lui fallait pour établir le contact avec la serveuse du restaurant japonais du

Holiday Inn : un officier solitaire du contingent autrichien de l'ONU.

Wilson Parker alluma une Gauloise blonde avec son Zippo CIA et annonça :

— Nous avons rendez-vous avec Andrew Gotham et un officier du KYP[1] dans une demi-heure, en face du *Ledra Palace*. Gotham apporte les photos.

*

* *

Deux hommes attendaient en face de l'entrée du *Ledra Palace*, sous l'écriteau des Nations unies. Andrew Gotham, le responsable du MI 6 à Chypre, et un moustachu engoncé dans une canadienne que le Britannique présenta comme le capitaine Denktash. Ils gagnèrent tous les quatre le poste de police turc où on les introduisit auprès d'une grosse matrone préposée au contrôle des passeports.

A tout hasard, Andrew tira les agrandissements des photos prises par Malko et les fit circuler dans le poste. Cela n'éveilla pas la moindre étincelle. Des moustachus de ce type, il y en avait des milliers à Chypre : Grecs, Turcs ou Arabes.

Il restait le registre, où le nom de chaque personne franchissant la « ligne verte » était inscrit, avec la date de son passage et le numéro de son passeport. A la date de la veille, il y avait une soixantaine de noms. Malko élimina tous ceux d'un car de touristes suédois. Ensuite, il y avait les Britanniques. Eliminés eux aussi. Il restait une dizaine de noms que Malko recopia avec soin, faute de photocopieuse. Il aurait probablement fallu une guerre mondiale pour faire sortir ce registre des mains turques... Libanais, Israéliens, Chypriotes et même un Egyptien, composaient sa liste.

Après moult remerciements à leur mentor turc, ils se séparèrent, regagnant la partie grecque. Il n'y avait plus qu'à confronter les noms recueillis avec ceux contenus dans

1. Services de renseignement turcs.

l'ordinateur central de Langley, qui recensait toutes les personnes ayant à voir de près ou de loin avec le terrorisme.

*
* *

Installé dans le bureau de Wilson Parker, Malko regardait tomber la pluie. Les montagnes de la zone turque étaient à peine visibles. Il attendait depuis une heure qu'un des adjoints du chef de station ait fini de cribler les noms recueillis au *check-point* turc. Malko se dit que de toute façon, il irait dîner seul au *Holiday Inn* et tenterait d'approcher la serveuse du restaurant japonais.

On frappa à la porte, Wilson Parker cria d'entrer et son adjoint — un gros garçon aux immenses lunettes d'écaille — pénétra dans la pièce, arborant un sourire de bon augure.

— J'ai trouvé quelque chose, *sir*, annonça-t-il.

Malko ne put s'empêcher de demander le premier :

— Quoi ?

— Un des passeports correspond à un document utilisé par un Palestinien réputé appartenir au groupe terroriste Abu Ibrahim. Il s'agit d'un document libanais délivré le 7.9.1988, au nom de Mohammed Ali Boudiaf. Né à Ramallah, le 2 juin 1953.

Le groupe Abu Ibrahim était celui qui avait confectionné de nombreuses valises piégées, un des plus dangereux, même s'il ne comportait qu'une dizaine de militants. Et surtout, depuis une quinzaine d'années, il opérait à partir de Bagdad sous la protection du Moukhabarat irakien.

CHAPITRE XIV

Malko sentit son pouls s'envoler : il venait de toucher le jackpot ! Peu à peu, il remontait la piste qui devait conduire aux terroristes ayant lancé l'attaque bactériologique contre l'ambassade des Etats-Unis à Londres. Du scientifique russe de Swerdlosk, Nicolaï Garonov, au trafiquant ukrainien Pavel Kashurin, puis à Mazhar Al Kharbit, l'agent de Saddam Hussein assassiné à Amman, enfin à Zahra Zaroual, sa maîtresse, qui apparemment servait d'agent de liaison. Tout se tenait. Il comprenait mieux pourquoi on avait tenté de le supprimer à Amman.

Il disposait désormais de trois pistes : Mohammed Ali Boudiaf, Zahra Zaroual et, éventuellement, la serveuse du *Holiday Inn*.

— Comment trouver ce Mohammed Boudiaf ? demanda-t-il.

— On va d'abord essayer par les Chypriotes, dit le chef de station. En même temps, j'envoie un message à la station de Beyrouth, qu'ils interrogent les Libanais. On va aussi *screener* les départs d'avion depuis hier. C'est relativement facile, il n'y a pas des centaines de vols au départ de Larnaca. Disons qu'on aura probablement quelque chose demain.

Malko se leva.

— Très bien. Maintenant que nous sommes sûrs, je vais retourner au poste frontière. Peut-être que les Turcs se souviendront de quelque chose.

Dès que la grosse fonctionnaire du poste turc l'aperçut, elle lui adressa un gracieux sourire. Et ensuite l'accompagna jusqu'à la station de taxis. En sa présence, les chauffeurs se montrèrent très coopératifs... Malko put compléter ses informations. Ils retrouvèrent le chauffeur qui avait conduit Mohammed Ali Boudiaf à Famagouste. Le Palestinien était seul et avait fait l'aller-retour. Ce qui confirmait l'hypothèse de Malko. Boudiaf s'était rendu à ce rendez-vous uniquement pour rencontrer Zahra Zaroual. Restait le second rendez-vous de l'hôtesse de l'air, avec la serveuse du *Holiday Inn*.

*

* *

Le restaurant japonais du *Holiday Inn* était tellement vide que Malko le crut fermé. Il allait repartir lorsque la serveuse à la grosse bouche que Wilson Parker avait appelé Kuniko surgit silencieusement.

— C'est pour dîner ?

Malko ne voyait pas quoi faire d'autre dans un restaurant...

— Oui, dit-il, en contemplant les tables ostensiblement libres, ajoutant avec un sourire : nous pourrions même dîner ensemble, puisque je suis votre seul client...

Elle ne saisit pas la balle au bond et l'installa en face d'une plaque chauffante destinée à préparer les teppanyaki. Quand elle vint lui servir son saké, Malko demanda :

— Vous êtes japonaise ?

Elle eut un sourire timide.

— Mon père seulement, je suis née à Manille, mais je parle japonais...

— Comment êtes-vous arrivée à Chypre ?

— Oh, je ne suis là que provisoirement, expliqua-t-elle, je voyage à travers le monde et je m'arrête là où je trouve du travail...

— Moi aussi, je suis de passage, dit Malko. J'appartiens

au détachement autrichien des Nations unies. Je suis là pour six mois. Au *Ledra Palace*.

— Ça doit être intéressant, fit la serveuse, d'un ton distrait.

— Comment vous appelez-vous ?

— Kuniko. Ah, je vous laisse, voilà le cuisinier.

Elle s'esquiva tandis que le cuisinier commençait à découper la viande et les légumes sur sa plaque chauffante.

Elle ne réapparut que pour lui donner l'addition. Elle ne cherchait visiblement pas le contact.

*
* *

A l'expression soucieuse du chef de station de la CIA, Malko comprit immédiatement que les nouvelles n'étaient pas bonnes. De fait, l'Américain annonça :

— Nous n'avons pas pu localiser Mohammed Ali Boudiaf. Il n'est pas dans les ordinateurs de la police chypriote et son passage n'a été signalé sur aucun vol quittant Larnaca hier.

— Et au Liban ?

— Ils sont tombés des nues ! Il y a longtemps qu'ils n'ont plus entendu parler de lui. L'adresse de son passeport libanais est fantaisiste. Un terrain vague de Beyrouth-Ouest. Ils le croyaient en Irak. Il ne s'est pas manifesté depuis longtemps au Liban.

— Donc, conclut Malko, il dispose de plusieurs passeports et il s'est servi de celui-là parce qu'il ne mène nulle part. Et il peut être n'importe où. Soit quelque part à Chypre, soit reparti sous une autre identité...

— Tout à fait, confirma Wilson Parker. Plusieurs milliers de Libanais se sont sédentarisés à Chypre. S'il porte un autre nom, Boudiaf est introuvable, sauf coup de chance.

— D'ici, comment se rend-on en Irak ?

— Soit par la Russie, mais c'est compliqué, soit par la Jordanie. Il peut très bien être reparti pour Amman sous un faux nom.

On revenait toujours à Amman.

— Je vais retourner à Amman, décida Malko. Essayer d'interroger Zahra Zaroual. J'en sais assez désormais pour la déstabiliser. Pouvez-vous faire enquêter discrètement sur la serveuse japonaise du *Holiday Inn ?* Kuniko.

L'Américain fit la grimace.

— « Discrètement » ne fait pas partie du vocabulaire chypriote... Si je leur en parle, ils vont la convoquer, l'interroger avec quelques paires de gifles et, en tout cas, l'alerter. Mais j'essaierai de trouver quelque chose moi-même. Hélas, il n'y a même pas de consulat japonais à Chypre.

— Pouvez-vous aussi montrer la photo de Mohammed Ali Boudiaf à un maximum de gens à l'aéroport ? Si seulement on savait où il est parti. Moi, je pense qu'il est *toujours* à Chypre.

— Pourquoi ?

— Il y avait d'autres façons de rencontrer Zahra Zaroual. Elle voyage sans arrêt. A New York, à Bangkok, au Caire. Donc, si elle l'a vu ici, à Chypre, c'est qu'il y demeure.

— On va chercher, je vais activer toutes mes sources, promit le chef de station. Langley m'appelle pratiquement toutes les cinq minutes. Ils sont morts de peur.

Malko fit un rapide calcul mental. Neuf jours s'étaient écoulés depuis sa première rencontre avec Nahida Zaroual, à la mairie d'Amman. Il en avait passé cinq entre la vie et la mort. Il ne pouvait vraiment pas faire plus vite.

— Ils ont eu de mauvaises nouvelles ? interrogea-t-il.

— Pas encore, répliqua Wilson Parker d'un ton lugubre. Le FBI a réussi pour le moment à « museler » le journaliste du *New York Times,* au nom de la sécurité nationale. Mais les autres peuvent frapper de nouveau et, cette fois, on aura du mal à accuser la maladie du légionnaire.

— Il y a eu un laps de temps assez important entre l'attentat de Londres et celui de New York, fit-il remarquer. Peut-être disposons-nous encore de quelques jours de répit. Et, de toute façon, je n'ai pas l'intention de perdre une minute. Je retourne à Amman tout à l'heure. Et je vais directement chez Zahra Zaroual. J'en sais maintenant assez pour la coincer.

*

* *

Malko arriva au Sixième Cercle et tourna à droite, vers Al Rabiyeh, s'arrêtant un peu plus loin, en face de l'immeuble de trois étages où demeuraient Zahra et Nahida Zaroual. Il avait décidé d'attaquer Zahra Zaroual par surprise. Dès qu'il eut appuyé sur le bouton de l'interphone, une voix de femme l'interrogea en arabe.

— C'est Malko Linge, dit-il.

— Qui ?

— Malko Linge. Je cherche Zahra Zaroual.

— C'est moi, dit la voix après quelques instants de silence. Qui êtes-vous ?

— Un ami autrichien de votre sœur, mais j'aurais aimé vous parler quelques instants.

— Je suis fatiguée. Pas maintenant. Si vous voulez voir ma sœur, elle se trouve à son bureau, au siège de la *Royal Jordanian*, à côté du *Marriott.*

Malko n'eut pas le loisir de discuter : elle avait coupé l'interphone. Il réfléchit quelques instants. Ou Zahra était vraiment fatiguée, ou elle avait parfaitement compris ce que voulait Malko. Et elle le fuyait. Or, avec ce qu'il avait découvert à Chypre, il était urgent d'agir. La seule façon d'approcher Zahra était par sa sœur. S'il faisait intervenir les Jordaniens, elle risquait de s'enliser. Il remonta dans sa voiture et fonça vers le *Marriott.*

A l'entrée des bureaux de la compagnie, un planton lui indiqua celui de Nahida Zaroual : une cage vitrée avec des plantes vertes, aux murs couverts de grandes photos. Elle était là. Il frappa à la porte de verre et la poussa. Nahida Zaroual leva la tête avec un sourire qui s'effaça instantanément.

— Tiens, vous vous souvenez que j'existe, lança-t-elle

d'une voix glaciale. Vous êtes pire que les hommes arabes... Vous méprisez les femmes.

Ses prunelles sombres lançaient des éclairs... De fureur, elle avait repris le vouvoiement. Malko s'assit en face d'elle, et lui dit avec un sourire.

— Nahida, je vous dois toutes mes excuses. J'étais parti à Chypre.

Elle fronça les sourcils.

— A Chypre ? Vous ne pouviez pas me prévenir ? Le téléphone, ça existe, non...

— Je ne voulais pas vous dire que j'allais à Chypre.

Les yeux noirs étincelèrent encore plus.

— Je me fiche de ce que vous faites ! Je ne suis pas amoureuse de vous.

La conversation prenait un tour dangereux. Malko s'efforça de sourire pour désamorcer la fureur de Nahida Zaroual.

— Il faut que je vous parle, Nahida, c'est important. Cela concerne votre sœur.

— Ma sœur ! Mais vous ne la connaissez pas... (Elle réfléchit quelques secondes, puis éclata de rire.) Vous n'allez pas me dire que c'est ma sœur que vous êtes allé retrouver à Chypre ! Elle y était, hier.

— Je ne suis pas allé la retrouver, corrigea Malko. Mais je me suis rendu à Chypre à cause d'elle. Pour la surveiller.

— La surveiller ?

Visiblement, Nahida ne suivait pas. Malko décida de lui mettre les points sur les I.

— Nahida, dit-il, je ne suis pas dans le pétrole. Je travaille pour la Central Intelligence Agency. J'enquête sur un réseau terroriste irakien et je pense que votre sœur en fait partie... Je l'ai suivie à Chypre et elle a rencontré là-bas, en secret, un terroriste palestinien travaillant avec l'Irak. Je lui ai rendu visite tout à l'heure et elle a refusé de m'ouvrir.

Il vit le regard de Nahida vaciller, mais elle se reprit tout de suite.

— Elle a bien fait ! trancha Nahida. Je ne comprends

rien à vos histoires. Maintenant, fichez-moi la paix. Ma sœur se repose à la maison. Elle est encore très fatiguée.

Elle se leva, sortit du bureau, plantant là Malko. Il la vit s'arrêter dans le hall pour discuter avec des gens. Attirant à lui son téléphone, il composa le numéro de l'appartement des deux sœurs. Presque aussitôt, le répondeur s'enclencha. Il raccrocha sans laisser de message. Juste au moment où Nahida Zaroual regagnait son bureau, visiblement nerveuse. Il l'avait quand même ébranlée.

— Vous êtes encore là ! jeta-t-elle.

En dépit du ton agressif de sa voix, son trouble était palpable. Malko s'engouffra dans la brèche.

— Nahida, fit-il d'une voix égale, votre sœur est en danger de mort.

Le mot « mort » sembla la frapper comme un coup de poing. Elle se rassit, les traits crispés et demanda d'une voix blanche.

— Que voulez-vous dire ?

— Le massacre chez Al Kharbit a été perpétré par un commando irakien, afin d'éliminer les témoins d'une opération terroriste. Votre sœur a été épargnée parce qu'elle participe à cette opération et pouvait encore rendre des services. C'est la raison pour laquelle elle s'est rendue à Chypre. Je vous ai dit tout à l'heure ce qu'elle y a fait. Lorsque j'ai été la voir aujourd'hui, elle a dû se douter que j'avais appris des choses sur elle. Aussi a-t-elle refusé de m'ouvrir. Mais je pense qu'elle a aussitôt prévenu ses amis que j'étais sur sa trace. Et ceux-ci lui ont conseillé de disparaître.

Nahida, sans quitter Malko des yeux, prit une Gauloise blonde dans un paquet posé sur son bureau et l'alluma avec un Zippo plaqué or. Visiblement ébranlée par ce que venait de lui dire Malko, elle contre-attaqua.

— Zahra ne craint rien, si ce que vous dites est vrai. Elle a rejoint ses amis...

— Je vous ai menti, dit Malko, je ne suis pas allé en Irak. En sortant de chez vous, l'autre soir, j'ai été victime d'un attentat très sophistiqué. On a projeté sur moi un gaz mortel. Je suis resté cinq jours entre la vie et la mort et j'ai été sauvé par miracle. On voulait se débarrasser de moi parce que je m'approchais de votre sœur. Les gens qui sont derrière toute cette affaire tuent comme ils respirent. Plutôt que de laisser Zahra parler, ils vont la tuer. Je viens de rappeler Zahra, mais je suis tombé sur le répondeur. Il faut absolument, si elle est encore là, l'empêcher de bouger. Appelez-la. Même si elle est coupable, je m'arrangerai pour qu'elle n'en subisse pas trop les conséquences.

Nahida demeura silencieuse quelques secondes, puis attira le téléphone et tapa un numéro à toute vitesse. Ensuite, elle écouta, et dit quelques mots en arabe. Ecouta encore, puis raccrocha.

— Elle n'est pas là. Elle a dû sortir faire des courses, fit-elle d'un ton sans conviction.

Malko se leva.

— Nahida, accompagnez-moi maintenant chez vous. Sinon, je suis obligé de prévenir le général Bouttikhi. Il faut, coûte que coûte, retrouver votre sœur.

Nahida Zaroual tira encore une bouffée de sa Gauloise blonde, puis se leva, prit son sac et précéda Malko hors du bureau. Sans un mot. Dans la voiture, elle continua à fumer, le visage fermé. Jusqu'à ce qu'ils arrivent en face de son immeuble. Ils montèrent ensemble et elle pénétra la première dans l'appartement, appelant aussitôt :

— Za !

Pas de réponse. Il ne leur fallut pas longtemps pour vérifier que Zahra Zaroual ne s'y trouvait pas.

— Elle a dû aller faire des courses, répéta Nahida d'une voix mal assurée. Elle va revenir.

Au bout de quelques instants, elle s'ébroua et lança à Malko d'une voix chargée d'agressivité :

— Si ce que vous dites est vrai, pourquoi serait-elle en danger ?

— Parce que Saddam Hussein *sait* que la CIA est sur la piste de cette opération, martela Malko. Il tente d'en effacer les traces, car il connaît les conséquences que cela aurait pour lui, si on le prenait la main dans le sac. A côté de cela, le sacrifice de quelques fidèles n'est pas très important.

Nahida ne répliqua pas. Elle se contenta de dire :

— Je suis certaine que Zahra va tout vous expliquer.

*
* *

Le soleil était presque à l'horizontal, inondant l'appartement d'une lumière crue. Malko baissa les yeux sur le cadran de sa Breitling B-One. Ils attendaient depuis presque trois heures. Prostrée, hypernerveuse, Nahida avait fumé une demi-douzaine de Gauloises blondes. Malko avait l'estomac noué. La longue absence de Zahra n'était pas bon signe. A moins qu'elle ne soit en route pour l'Irak.

— Il faut faire quelque chose, dit-il, rompant le silence pesant.

— Quoi ? croassa Nahida.

Malko, de son portable, appela la ligne directe de Christopher Angleton, à qui il expliqua ce qui se passait.

— Je préviens tout de suite le général Bouttikhi, dit l'Américain. Il est le seul à pouvoir faire quelque chose. Où êtes-vous ?

— Chez les sœurs Zaroual.

— Très bien. Ne bougez pas.

Le silence retomba. Et le temps continua à s'écouler. Cela faisait presque quatre heures que Zahra était sortie. Malko voyait bien que Nahida était folle d'angoisse. Elle continuait à fumer, le regard fixe, les traits figés, sursautant au moindre bruit... Vingt minutes plus tard, le portable de Malko sonna.

— On a retrouvé Zahra Zaroual, annonça Christopher Angleton. Il y a deux heures.

— Elle...

— Morte. Elle gisait dans un terrain vague, à côté de l'hôtel *Semiramis*. Egorgée.

Nahida s'était levée. Elle hurla :

— Qu'est-ce qui se passe ? Où est ma sœur ?

Malko aurait donné n'importe quoi pour être ailleurs. Quelque part, il était un peu responsable de la mort de Zahra. Il aurait dû mieux réagir, rester en bas de l'immeuble.

— Elle a été assassinée ! fit-il à voix basse.

Il y eut une interminable plage de silence. Puis, Nahida se leva, disparut dans la cuisine. Malko pensa qu'elle allait y chercher un verre d'eau. Elle réapparut, tenant quelque chose à la main. Dans la pénombre, il eut d'abord l'impression que c'était une bouteille. Puis, lorsqu'elle passa près de la lampe du bureau, il vit briller la lame d'un énorme couteau de cuisine. Nahida était déjà sur lui, le visage déformé par la haine et la douleur, son couteau brandi.

— Salaud ! hurla-t-elle. C'est toi qui as tué ma sœur ! Crève !

Il était encore assis. Elle abattit le couteau verticalement, de toute sa force.

CHAPITRE XV

Malko n'avait qu'une fraction de seconde pour réagir. Son regard tomba sur les deux pieds de Nahida, posés sur un tapis chinois. Au lieu de chercher à se lever, il se pencha et saisit un coin du tapis, le tirant violemment vers lui. Cela n'empêcha pas Nahida d'abattre son arme, mais, déséquilibrée, elle manqua Malko de quelques centimètres et le couteau de cuisine se planta dans l'accoudoir du fauteuil, s'y enfonçant de vingt centimètres... La jeune femme chuta lourdement, sans lâcher le manche, comme une noyée accrochée à sa bouée. Elle tenta aussitôt de se relever, mais Malko lui saisit le poignet et parvint à lui faire lâcher prise. Aussitôt, elle se rua sur lui, griffes en avant, les yeux pleins de larmes, vomissant des injures en arabe et en anglais.

Malko sentit la brûlure des coups d'ongles. Il esquiva les coups de pied, tenta de la calmer. En vain.

— C'est à cause de vous, qu'elle est morte ! Salaud ! Salaud !

Elle essaya de lui planter ses ongles dans les yeux. Bouleversé, traumatisé par la mort de Zahra, Malko tentait de la maîtriser. Il dut la coucher à plat ventre par terre, lui tordre les bras derrière le dos. Elle mordait le tapis, dans sa fureur ! Puis, peu à peu, impuissante, Nahida cessa de se débattre, de hurler, et fut la proie d'une violente crise de sanglots. Poignant. Malko laissa le temps faire son effet. Lorsqu'on sonna à la porte un peu plus tard, Nahida était effondrée dans un fauteuil, hagarde.

Malko alla ouvrir et se trouva en face de Christopher Angleton, accompagné d'un Jordanien de haute taille, très beau en dépit d'énormes sourcils.

— Je vous présente le général Samir Bouttikhi, annonça l'Américain. Il a tenu à vous rencontrer.

Malko serra la main du général commandant les services jordaniens. Lorsque celui-ci aperçut Nahida effondrée dans son fauteuil, il se tourna vers l'Américain.

— C'est sa sœur ? Je voudrais lui parler.

Malko et Christopher Angleton se retirèrent dans la cuisine. L'Américain était visiblement perturbé.

— Que s'est-il passé ? demanda-t-il.

— Je ne sais pas tout, répliqua Malko, j'en suis réduit aux hypothèses. Lorsque j'ai sonné chez elle, Zahra a dû avoir peur. Elle a refusé de m'ouvrir. Ensuite, elle a sûrement paniqué et appelé quelqu'un qui lui a donné rendez-vous. Son assassin.

Christopher Angleton secoua la tête.

— Elle n'a pas eu de chance... Tout de suite après le massacre, les services jordaniens se sont intéressés à elle sans me le dire. Sa blessure à la gorge n'était qu'une blessure superficielle. Cela sentait la mise en scène... Ils l'ont placée sous surveillance, mais, évidemment, ils n'ont pas pensé à la suivre à Chypre. Aujourd'hui, un agent du Moukhabarat surveillait l'immeuble. Il vous a vu arriver et a rendu compte...

— Mais pourquoi ne l'a-t-il pas suivie ?

— Il l'a suivie, mais il l'a perdue à un feu. Ce sont des policiers ordinaires qui ont retrouvé son corps, signalé par un passant, dans le parking du *Sémiramis*. Cette fois, on l'avait vraiment égorgée.

— Ma théorie est la bonne, enchaîna Malko. Nous sommes sur la bonne piste. Celle qui mène aux terroristes de Londres. Mais ceux qui les protègent éliminent toute chance que nous puissions, arriver jusqu'à eux. Zahra a sûrement téléphoné pour obtenir ce rendez-vous, il faut savoir à qui.

— Je vais le signaler au général Bouttikhi.

Ils regagnèrent le living. Nahida pleurait, la tête dans ses mains, tandis que le général Bouttikhi lui parlait à voix basse. Il se retourna et dit calmement :

— Cela va mieux. C'est un choc terrible pour cette jeune femme. Je lui ai dit tout ce que je savais. Je lui ai juré sur le Coran que ce ne sont pas les Américains qui ont tué sa sœur et les Irakiens dans la villa d'Al Kharbit.

— Général, dit Malko, avant de partir d'ici, Zahra a téléphoné. Vraisemblablement à son assassin. Il est peut-être encore temps de le coincer.

— Elle était sur écoute, confirma aussitôt le patron du GID [1], je vais me renseigner.

Il sortit son portable, composa un numéro et parla longuement en arabe. Cinq minutes plus tard, on le rappela et il annonça simplement :

— L'appel était adressé à un numéro qui correspond à un abonné du quartier de Ras Al Ein. Quelqu'un inconnu de nos services. Le Moukhabarat est en route.

*

* *

Basman Abu Cherif s'imposa de marcher plus d'un kilomètre avant de héler un taxi. Il était perturbé. Non d'avoir égorgé, cette fois pour de bon, Zahra Zaroual, mais d'avoir été obligé d'agir trop vite. Il savait que la police allait remonter très vite l'appel de la jeune femme. Lui parti, cela ne mènerait à rien, le numéro était celui de l'appartement d'un sympathisant en voyage, qui lui avait laissé un jeu de clefs. Bien sûr, cela signifiait une planque grillée, mais il y en avait beaucoup d'autres.

Il n'aimait pas la tournure que prenait cette affaire. Les Américains mettaient trop de pression. Il ne comprenait pas comment l'homme qu'il avait aspergé de poison avait pu survivre. *Personne* ne survivait à une telle dose, et on lui avait dit qu'il n'existait pas d'antidote...

1. General Intelligence Department.

Il arriva enfin à la gare des bus et monta dans un taxi. A cause de l'obscurité, le chauffeur ne pouvait distinguer son visage massacré et trop reconnaissable. Il donna une adresse et se détendit. Vingt minutes plus tard, il débarqua au Jabal Amman, entra ostensiblement dans un immeuble, en ressortit deux minutes plus tard et reprit un second taxi, jusqu'à Ras Al Ein. Il acheva à pied le trajet jusqu'à une HLM sans ascenseur, plutôt pouilleuse. Il monta au cinquième, frappa à la porte et on ouvrit tout de suite. Souha le fixa, stupéfaite. Elle était en train de faire la cuisine dans son minuscule studio...

— Qu'est-ce que... Tu ne dois pas venir ici !

— Je ne resterai pas, promit-il. Il me fallait un endroit sûr pour passer la nuit.

La jeune femme lui jeta un regard ambigu.

— La nuit ? Mais je n'ai qu'un lit...

Cette hypocrisie ravit Basman Abu Cherif. Il avança et se colla à la jeune Irakienne.

— Ça te gêne vraiment ?

La main du visiteur remontait déjà le long de ses cuisses et elle sentit ses jambes se dérober sous elle. Sans attendre, Basman Abu Cherif la poussa contre la table, releva sa robe, baissa son collant, et la prit, s'enfonçant en elle d'un seul élan. Une demi-heure plus tôt, il était traqué par le Moukhabarat et maintenant, il était bien au chaud, au fond d'une salope inondée ! Il allait passer une *très* bonne nuit. Tuer, pour lui, était le plus puissant des aphrodisiaques.

*
* *

Nahida fumait une Gauloise blonde, le regard éteint, les yeux rouges. Le général Bouttikhi était reparti en promettant de tenir Christopher Angleton au courant. Personne n'avait faim. Malko rompit le silence pesant.

— Nahida, dit-il, j'aurais voulu sauver votre sœur, mais je ne pensais pas qu'elle réagirait ainsi. Elle a eu peur et elle est elle-même allée trouver son assassin. J'ai peur que vous soyez, vous aussi, en danger.

— Pourquoi moi ?

— Ceux qui ont tué Zahra pensent peut-être qu'elle vous faisait ses confidences... Donc que vous représentez un danger pour eux.

La jeune femme secoua la tête.

— Elle ne m'a jamais rien confié là-dessus, rien. Je savais seulement qu'elle était la maîtresse de Mazhar Al Kharbit. Elle était amoureuse de lui et il la traitait bien. Ici, c'est rare. Elle pensait se marier.

— Vous ne parliez jamais de l'Irak ensemble ?

— Jamais. Elle admirait beaucoup Saddam Hussein, comme la plupart des gens. Elle n'aimait pas les Américains. Quand je lui ai parlé de vous, elle s'est mise en colère en me disant que j'étais idiote de croire des Américains. Que c'étaient les ennemis des Arabes...

Le téléphone sonna et elle alla répondre. Elle tendit l'appareil à Christopher Angleton.

— C'est pour vous.

L'Américain écouta longuement et raccrocha.

— Ils l'ont raté, dit-il simplement. L'appartement est habité par un Irakien en voyage. Mais les voisins en ont vu un autre. (Tourné vers Nahida, il ajouta :) Vous n'avez jamais vu votre sœur avec un homme au visage mutilé, plutôt petit, borgne ?

— Non, jamais, fit-elle en secouant la tête.

— C'est probablement son assassin. Je pense que le Moukhabarat va l'identifier.

— Qu'est-ce que cela peut faire ? soupira-t-elle. Cela ne ressuscitera pas ma sœur.

— Vous restez, vous, releva Malko. Vous êtes en danger.

Nahida ne réagit pas. Christopher Angleton se leva.

— Je suis obligé de rentrer à l'ambassade. Je dois rendre compte.

Malko eut soudain une idée. Il l'accompagna jusqu'à la porte et demanda à voix basse :

— Pouvez-vous obtenir du général Bouttikhi qu'il fasse en sorte que les médias ne parlent pas de ce meurtre ?

L'Américain lui jeta un regard surpris.

— Oui, je pense, mais pourquoi ?

— J'ai une idée, dit Malko. Je vous en parlerai demain.

Lorsqu'il revint dans la pièce, Nahida était en train d'avaler des pilules qu'il tenta de lui arracher.

— Qu'est-ce que vous faites ?

— Rassurez-vous, fit-elle, je ne me suicide pas ! C'est seulement de la mélatonine. Je m'en sers pour supporter les décalages horaires. Je veux dormir, pour le moment. Dormir pour ne pas penser...

— Je vais rester ici, fit Malko, je ne voudrais pas qu'il vous arrive quelque chose.

Elle haussa les épaules sans répondre et disparut vers la chambre. Malko s'installa sur le sofa, après avoir vérifié la porte. Il n'était pas armé, ayant rendu le Beretta 92 avant de quitter Chypre, mais doutait que les assassins de Zahra reviennent maintenant. En plus, le Moukhabarat jordanien devait surveiller la maison.

*

* *

Malko regarda le ciel bleu par la fenêtre. L'appartement était silencieux, Nahida dormait encore. Pas rasé, courbatu, il n'avait même pas pris une douche. Il tournait et retournait les mêmes pensées dans sa tête. Le meurtre de Zahra fermait une piste, la meilleure. Il ne lui restait que deux éléments : Kuniko, la philippo-japonaise du *Holiday Inn*, et Mohammed Ali Boudiaf dont il ne savait rien...

Pas brillant...

Il s'assit au bureau et regarda les papiers épars. Il y avait un agenda, ouvert à la semaine avec des inscriptions, heureusement en anglais. Des rendez-vous professionnels et mondains. Une inscription « Cyprus », correspondant au voyage de Zahra, barrait un jour. Soudain, son cœur battit plus vite : il y en avait une seconde, quatre jours plus tard !

Donc, Zahra avait l'intention de retourner à Chypre. Son portable qui sonnait interrompit sa réflexion. C'était Christopher Angleton.

— Ils ont identifié l'homme à qui Zahra a téléphoné, annonça-t-il, il s'agit de Basman Abu Cherif, un Palestinien lié aux services irakiens depuis des années, membre du groupe Abu Ibrahim. Ils avaient sa photo. Il a été défiguré par une lettre piégée expédiée par le Mossad, il y a plusieurs années.

— Il vont le retrouver...

— Ce n'est pas sûr. Il dispose d'un passeport diplomatique irakien... Il a été souvent repéré en Jordanie. Même le général Bouttikhi ne peut pas l'arrêter sans un ordre du roi. Ce serait un *casus belli* avec l'Irak...

— Vous avez obtenu le silence des médias ?

— Oui. Eux non plus ne tiennent pas à ébruiter ce meurtre. Trop de résonances politiques.

— Et la Royal Jordanian ?

— Seul le directeur est au courant, et il ne dira rien. Les autres pensent qu'elle est en congé de maladie. Mais quelle est votre idée ?

— Je vous le dirai plus tard, fit Malko qui se méfiait du téléphone.

Nahida surgit soudain de la chambre, le visage défait, les yeux bouffis, encore habillée. Elle fixa Malko d'un regard absent et se laissa tomber dans un fauteuil.

— Mon Dieu, soupira-t-elle, quand je me suis réveillée, j'ai cru que j'avais fait un couchemar... Que ma sœur était en voyage. Et puis, vous êtes là ! Donc, c'est vrai, elle est...

— Oui, avoua Malko, hélas, c'est vrai.

C'est alors qu'il remarqua le couteau de cuisine, encore planté dans le bras du fauteuil... Nahida le vit aussi et se mordit les lèvres.

— Je vous demande pardon, dit-elle. Quand j'ai appris cela, j'étais comme folle. Ma sœur, c'est un autre moi-même.

Tout à coup, elle fondit en larmes.

— Qu'est-ce que je vais devenir sans Zahra ?

Malko vint la consoler. Passant un bras autour de ses épaules, il la mena jusqu'au sofa.

— Il reste une chose, dit-il avec douceur. Venger votre sœur.

Nahida leva la tête, stupéfaite.

— La venger ? Mais comment ? Je ne sais rien de ces activités. Elle ne m'a jamais rien dit.

— Je vous crois. Mais *nous*, nous avons des pistes. Tout me porte à penser que votre sœur a été tuée, comme les autres dans la villa, parce qu'elle pouvait mener à une opération terroriste épouvantable, organisée par l'Irak.

Il entreprit de tout lui expliquer, depuis l'attentat de l'ambassade américaine de Londres. Nahida ouvrit de grands yeux.

— Mais c'est épouvantable ! Comment Zahra a-t-elle pu participer à cela ? Elle était si douce.

Que répondre ? Les militants impliqués dans des actions terroristes étaient souvent des gens parfaitement convenables. Depuis qu'il avait parcouru l'agenda de Zahra, Malko avait une nouvelle idée. A son avis, se sachant traqués, les Irakiens avaient dû donner l'ordre à leurs commandos de se mettre en veilleuse. Ce qui lui donnait un répit qu'il fallait utiliser coûte que coûte.

— Prenez un bain, conseilla-t-il à Nahida. Ensuite, je vous accompagnerai, pour Zahra. Il y a des formalités pénibles. Mais avant, vous devez récupérer.

Cette fois, Nahida ne discuta pas et disparut dans la salle de bains. Malko en profita pour appeler Christopher Angleton.

*
* *

Nahida Zaroual avait presque retrouvé figure humaine. Ses longs cheveux relevés en chignon, maquillée, habillée d'une robe noire simple mais sexy, elle s'approcha de Malko et l'étreignit, reprenant le tutoiement. Seule la lueur désespérée au fond de ses prunelles noires révélait son désarroi.

— Merci, tu es très gentil !

— Je m'en veux pour ta sœur, fit-il, et je voudrais la venger.

— Mais comment ?

— Avait-elle des amis à Chypre ?

— A Chypre ? Non, je ne crois pas, elle ne m'en a jamais parlé. Pourquoi ?

Malko montra l'agenda ouvert.

— Elle avait prévu de retourner à Larnaca après-demain. Avant que je lui parle.

Nahida semblait stupéfaite.

— Je ne comprends pas. Aux hôtesses « senior » comme Zahra, on ne donne des vols comme Chypre que si elles le demandent.

— Zahra allait à Chypre pour rencontrer quelqu'un, expliqua Malko, comme elle l'a fait avant-hier. C'est la raison pour laquelle elle ne t'en a pas parlé.

— C'est possible, avoua Nahida. Mais elle ne pourra plus faire ce voyage maintenant.

— Bien sûr, reconnut Malko. Mais je voudrais que tu prennes sa place.

CHAPITRE XVI

Nahida Zaroual fixa Malko avec stupéfaction.

— Que veux-tu dire ?

— Personne ne sait encore que ta sœur est morte, expliqua-t-il, à part celui qui l'a tuée. Je ne suis pas sûr que les gens contactés à Chypre par Zahra soient en liaison avec ceux d'ici. Ta sœur avait projeté de retourner à Chypre à la fin de la semaine, et pas pour faire du tourisme, mais sûrement pour rencontrer quelqu'un.

— Qui ?

— Je ne sais pas, avoua Malko. Il y a quarante-huit heures, elle a rencontré deux personnes : un Palestinien et une Japonaise. Le Palestinien, Mohammed Ali Boudiaf, est un terroriste connu, mais nous ne savons rien de la Japonaise, une certaine Kuniko. Elle peut ne rien avoir à faire dans cette histoire. Mon idée est que tu ailles là où ta sœur est allée, en espérant que ces gens ou d'autres seront au rendez-vous. Ce qui permettra d'identifier l'échelon chypriote de ce réseau.

— Mais, qu'est-ce que je vais leur dire ? objecta Nahida. Même si, physiquement, ils peuvent me confondre avec Zahra, ils vont se rendre compte immédiatement que je ne suis pas elle.

— C'est vrai, reconnut Malko, mais tout ce que je cherche c'est à les identifier. Ces rencontres — si elles ont lieu — se dérouleront sous *notre* protection, en collaboration avec la police chypriote. Même s'ils battent en retraite immédiatement après avoir réalisé que tu n'es pas Zahra, ce sera trop tard pour eux.

— C'est dangereux, objecta Nahida. Tu me dis qu'ils ont déjà tué ma sœur.

— A la seconde où ils se rendront compte de la supercherie, ils sauront qu'ils sont tombés dans un piège. Ils ne prendront pas de risque, se sachant surveillés.

Nahida semblait plongée dans une profonde réflexion. Elle objecta après quelques instants de silence :

— Si ceux que tu traques appartiennent à la même organisation, ils savent déjà pour Zahra...

— C'est une possibilité, reconnut Malko. Dans ce cas, il ne se passera rien.

Nahida, plongée dans ses pensées, tirait nerveusement sur sa Gauloise blonde. Malko respecta son silence qu'elle finit par briser.

— D'accord, dit-elle d'une voix lasse. J'accepte. Mais c'est uniquement dans l'espoir d'attraper les assassins de Zahra. Ne me demande plus jamais d'autre chose.

— Je ferai tout pour retrouver les assassins de ta sœur, promit Malko.

*

* *

Basman Abu Cherif prit sa bouteille de scotch et lampa au goulot les quelques gouttes qui restaient. La tête lui tournait légèrement. Depuis quarante-huit heures, il n'avait grignoté que quelques *keftas* et bu beaucoup. Il se leva et gagna la fenêtre qui dominait la gare des taxis collectifs et des bus de Ras Al Ein.

Une sourde rumeur montait vers lui, avec l'odeur de kérosène, les coups de klaxon, les discussions. Cela ne fit qu'accroître sa migraine et il retourna s'allonger. Il avait cru ne demeurer qu'une nuit chez Souha, mais les événements en avaient décidé autrement. « On » lui avait fait savoir que les Services jordaniens étaient très remontés après le meurtre de Zahra Zaroual, et qu'ils le soupçonnaient fortement. Il valait mieux garder un profil bas pour quelques jours. Certes, il était en possession d'un passeport diplomatique irakien qui lui permettait de se jouer ouvertement de tous les contrôles. Mais, s'il défiait le roi, ce dernier pouvait le déclarer *persona non grata* en Jordanie.

Le Palestinien regarda la bouteille de scotch vide. Il avait une violente envie d'alcool, mais n'osait pas descendre en chercher. Souha travaillait et le quartier pullulait d'indicateur du Moukhabarat jordanien. Il alla fouiller dans la cuisine et trouva une petite bouteille d'Arak entamée dont il avala une gorgée, sans y ajouter d'eau. L'alcool lui brûla l'estomac, dissolvant quelques instants le poids qui l'oppressait. Depuis qu'il avait égorgé Zahra, il était passé par différents stades. La tension de l'action d'abord. Quand il tuait, il se transformait en robot. Ensuite l'euphorie d'avoir une nouvelle fois réussi une mission. Après chaque action, lorsqu'il s'éloignait, tous ses muscles noués, aux aguets comme un chat, il s'attendait toujours à entendre les cris ou les coups de sifflet donnant le signal de la chasse.

Chez Souha, toutes ses angoisses s'étaient dissoutes dans un coït libérateur et brutal, sorte d'exorcisme sensuel, d'absolution de la vie.

Et puis, il s'était réveillé très tôt, avant le jour. Avec l'impression que Zahra le fixait. C'était si fort que, machinalement, il avait allumé, s'assurant qu'il était seul. Souha lui tournait le dos, à demi découverte. Normalement, cela aurait dû éveiller sa libido. Il s'était demandé ce qui se passait, se repassant le film des événements de la veille. Avec un arrêt sur image. Les dernières secondes de vie de la femme qu'il avait égorgée. Leurs regards s'étaient croisés. L'expression stupéfaite, puis terrifiée de Zahra, avec une sorte de reproche muet auquel il n'avait pas prêté attention sur le moment.

Il avait tué des dizaines de fois. Beaucoup d'hommes et quelques femmes. Des adversaires, des traîtres ou des gens avec qui il n'avait aucun lien. C'était la première fois qu'il supprimait une camarade de combat. Une pure comme lui.

Zahra n'agissait pas pour de l'argent, ni même par amour, mais par conviction.

Comme lui.

En l'égorgeant, il était en train de réaliser qu'il s'était atteint lui-même, dans son être profond. Après son retour de Chypre, elle était programmée pour être liquidée. C'était la loi impitoyable de leur organisation. Elle n'avait plus d'utilité, mais représentait un risque grave. Le coup de fil qu'elle lui avait donné n'avait fait que simplifier les choses.

Mais, depuis le parking du *Sémiramis,* il n'était plus le même. Continuant à courir comme un canard à la tête tranchée. Automatiquement. Mais l'instinct sexuel qui le tenaillait depuis toujours avait disparu, remplacé par une sensation de malaise indéfinissable. Ce n'était pas l'angoisse d'être pris.

Il se leva, alla mettre de la musique. Pendant quelques minutes, il se laissa bercer par le rythme d'une danse orientale, puis le malaise recommença à l'envahir.

Lorsque Souha rentra une heure plus tard, Basman Abu Cherif avait compris que le regard de Zahra le poursuivrait jusqu'à l'ultime seconde de son existence.

La jeune Irakienne s'assit à côté de lui, étonnée qu'il ne se jette pas sur elle immédiatement.

— Tu es malade ? demanda-t-elle.

— Non, non, ça va, grommela Basman Abu Cherif. Tu as eu le contact ?

— Oui.

Elle lui transmit les ordres avec sa précision habituelle. Le Palestinien écouta, impassible. Etait-ce un hasard si on lui confiait cette nouvelle mission, si semblable à l'autre ? Ou simplement parce qu'à Bagdad, ceux qui donnaient les ordres savaient qu'un homme déjà mort n'a plus peur de rien ?

Il sortit un billet de vingt dinars de sa poche et le tendit à Souha.

— Va m'acheter une bouteille de scotch.

*
* *

Le soleil brillait sur la vieille citadelle en ruine, en face de Famagouste. Malko se promenait dans les remparts depuis une demi-heure déjà. Nahida ne tarderait plus. Il avait décidé de lui faire reprendre l'horaire exact de sa sœur. Des groupes de touristes un peu plus nombreux erraient dans les ruines, caméra au poing. D'où il était, il surveillait l'endroit où les taxis déposaient les touristes. Il vit enfin Nahida Zaroual débarquer d'une Mercedes noire et se diriger vers les remparts. Quelques instants plus tard, d'une seconde voiture sortirent deux hommes bardés d'appareils photos. Faux « touristes » mais vrais « baby-sitters » de la station de la CIA à Chypre.

Les deux Américains n'avaient pas lâché Nahida Zaroual depuis qu'elle avait débarqué du vol d'Amman, sans avoir le moindre contact avec elle. Malko ne devait pas l'approcher non plus, sauf danger immédiat.

Dès son arrivée, il avait récupéré, à l'ambassade américaine, le Beretta 92, qui pesait, rassurant, à sa ceinture... Les recherches concernant Kuniko, la Japonaise de l'*Holiday Inn,* n'avaient hélas encore rien donné. Les Chypriotes ne semblaient pas la connaître...

Il suivit des yeux Nahida qui escaladait les vieilles pierres, venant dans sa direction. Elle accomplit le périple complet de la visite sans se presser, s'arrêta sur une corniche pour fumer une cigarette puis repartit vers son taxi.

Personne ne l'avait abordée.

L'étape suivante était Kyrénia.

Malko arriva quelques minutes après la jeune femme. Là aussi, les touristes étaient plus nombreux, surtout des Britanniques. Nahida Zaroual commença par arpenter le petit port dans les deux sens pour s'asseoir finalement au restaurant où Malko avait surpris sa sœur en compagnie de Kuniko, la Japonaise de l'*Holiday Inn*. Lui-même s'attabla dans l'établissement voisin et commanda un café turc...

Une demi-heure s'écoula. Rien. Aucun contact, sauf deux

jeunes gens qui la draguèrent. Malko repartit sur les talons de Nahida. Déçu. Il ne restait plus qu'une carte à jouer.

Plus qu'hasardeuse.

Il regagna son taxi. Quarante minutes plus tard, il retrouvait sa chambre au *Hilton*. A six heures, on frappa à la porte. Nahida semblait épuisée et découragée.

— Tout cela ne sert à rien ! fit-elle en se laissant tomber sur le lit. Je n'ai vu personne. Je vais retourner à Amman.

— Attends ! implora Malko, il y a encore quelque chose à faire. La seconde personne rencontrée par ta sœur est la serveuse japonaise du restaurant du *Holiday Inn*. Kuniko. Si tu vas là-bas et que tu lui donnes rendez-vous, cela peut marcher.

— Mais qu'est-ce que je pourrais lui dire ?

— Tu lui donnes simplement rendez-vous. Si elle accepte, elle ne pourra pas nier connaître Zahra, puisqu'elle t'aura reconnue. Attention, elle est méfiante, moi, je n'ai pas réussi à établir le contact...

— Où veux-tu que je lui donne rendez-vous ?

— Dans un endroit public. Il y a à Nicosie un restaurant libanais, le *Abu Faisal*. C'est tranquille.

Nahida poussa un profond soupir.

— J'en ai assez. Je voudrais dormir longtemps. Je pense tout le temps à Zahra...

A Amman, Malko l'avait accompagnée à la morgue du Jordan Hospital, pour reconnaître le corps de sa sœur jumelle. Affreuse corvée.

— Courage, dit-il. Tiens encore le coup ce soir. Ensuite, je ne te demanderai plus rien. Mais c'est terriblement important. Il n'y a pas que ta sœur à venger. Il faut aussi stopper une opération terroriste. Ils ont déjà frappé deux fois, à Londres et à New York.

— D'accord, fit Nahida d'une voix lasse. Donne-moi quelque chose de fort à boire. Sinon, je ne tiendrai pas le coup.

*

* *

L'estomac noué, Nahida pénétra dans le restaurant japonais du *Holiday Inn*. Une vingtaine de clients s'y trouvaient déjà, parmi lesquels les deux « touristes » qui avaient protégé sa balade en zone turque. Elle se dirigea vers la table du centre, celle du teppanyaki, comme Malko le lui avait suggéré. La serveuse, serrée dans son *obi,* surgit aussitôt. Lorsque Nahida se retourna vers elle, la Japonaise se figea, un mélange de surprise et de crainte dans les yeux. Leurs regards se croisèrent et Nahida se hâta de dire à voix basse :

— Kuniko, il faut que je vous voie, je repars demain.

La Japonaise lui jeta un long regard surpris, l'examina quelques secondes, puis laissa tomber à voix basse :

— Dans deux heures, chez moi, souffla-t-elle, quand j'aurai terminé.

Elle s'était déjà détournée pour s'occuper d'autres clients. Nahida dut passer commande à un garçon. Elle mangea ensuite sans appétit son saumon grillé au sel, arrosé de saké. L'estomac serré, elle réalisa qu'elle ignorait où habitait Kuniko, alors qu'elle était censée le savoir...

Lorsqu'elle demanda l'addition, Kuniko n'avait pas réapparu. Elle chercha en vain à accrocher son regard avant de quitter le restaurant. A peine sortie du *Holiday Inn*, elle fonça rejoindre Malko au *Hilton*, où il avait dîné.

— J'ai rendez-vous ! annonça-t-elle.

La joie de Malko fut de courte duré, à cause du problème de l'adresse.

— Je vais planquer devant l'*Holiday Inn* et suivre cette fille. Ensuite, je te dirai où elle habite.

*

* *

Malko avait fait trois fois le tour du *Holiday Inn*, avant de découvrir enfin l'entrée de service, dans Granikos Street. C'était la seule, outre l'entrée principale. Il lui restait plus d'une heure à tuer, le restaurant japonais ne fermant que beaucoup plus tard. Il revenait sans se presser vers l'entrée principale du *Holiday Inn,* lorsqu'il faillit se heurter à la serveuse japonaise, enveloppée dans un imperméable, qui sortait par Regaena Street ! Elle était de profil et il ne put l'apercevoir que durant une fraction de seconde. Il la laissa prendre un peu d'avance, le pouls à 150.

Pourquoi avait-elle quitté le restaurant en avance ?

Son plan fonctionnait. La visite de la fausse Zahra déclenchait une réaction. Maintenant, il fallait la maîtriser...

La Japonaise suivit Regaena Street sur deux cents mètres environ, sans se retourner. Puis, en face du pont enjambant les remparts de Solomon Square, elle s'enfonça dans une des rues de la vieille ville, filant vers la « ligne verte ». Quand Malko parvint au coin, il nota le nom de la rue : Guermanou Praton. Une ruelle étroite bordée de boutiques fermées, quasiment déserte. Impossible de se rapprocher davantage. La Japonaise demeurait sur le trottoir de gauche. Elle franchit deux croisements et disparut dans un immeuble.

Malko arriva devant la porte cochère portant le numéro 58. Puis il recula sur le trottoir d'en face. Une fenêtre s'éclaira au second étage. Il savait désormais où demeurait la Japonaise. Il n'y avait plus qu'à revenir sur ses pas.

Nahida attendait au bar du *Hilton* en fumant nerveusement. Il lui communiqua l'adresse, lui conseillant d'attendre encore une demi-heure.

Les deux « baby-sitters » de la CIA traînaient eux aussi à quelques mètres. D'un regard appuyé, Malko fit signe à l'un d'eux de le retrouver dans les toilettes du sous-sol et lui expliqua la situation.

Ensuite, il repartit vers la rue Guermanou Praton. Arrivé au numéro 58, il poussa la porte cochère, découvrant une entrée sombre qui donnait sur une cour. Un escalier branlant partait sur la gauche, avec des boîtes aux lettres dépourvues de noms. Uniquement des numéros. Apparemment, il y avait six appartements dans le vieux bâtiment. Il alla explorer la cour, grimpa l'escalier, s'assurant que tout était « clair ». Ensuite, il s'embusqua dans la cour, surveillant l'entrée. Il fit monter une balle dans le canon du Beretta 92.

*
* *

Nahida Zaroual poussa la porte du 58, tordue d'angoisse. Elle avait beau se savoir sous la protection de la CIA, son cœur battait la chamade. En même temps, elle était poussée en avant par une force irrésistible : le désir de venger sa sœur. Elle voyait le corps de Zahra enveloppé d'un linceul blanc, descendu dans la fosse et enterré face à la Mecque. En dépit de cette vision, elle n'arrivait pas à croire qu'elle ne pourrait plus jamais parler à Zahra, la toucher...

Les marches de bois craquaient sous ses pieds, une radio jouait de la musique grecque, un sirtaki, qui lui donna brutalement envie de danser... Comme une automate, elle continua à monter. Au second, il y avait deux portes. Elle sonna à la première, sans résultat, et tenta la seconde. Là non plus elle n'entendit rien, mais le battant s'ouvrit aussitôt, comme si on avait guetté le bruit de ses pas.

La serveuse du *Holiday Inn* lui faisait face, la mine fermée, les yeux réduits à un trait. Elle referma soigneusement la porte et proposa en anglais à Nahida :

— Vous voulez du thé ?

— Oui, avec plaisir.

L'appartement était minuscule, une petite pièce avec des rayonnages, un canapé-lit devant lequel se trouvait une table basse, et un cagibi-cuisine. Kuniko s'y affaira quelques secondes et revint, un plateau à la main. Souriante.

— C'est du thé vert, annonça-t-elle. Vous aimez ?

— Oui, oui, affirma Nahida.

Quelque chose dans l'attitude de la Japonaise l'intriguait.

— Vous pouvez me tenir le plateau une seconde ? demanda celle-ci.

Nahida tendit les mains pour prendre le plateau. A peine l'eut-elle soulevé qu'elle aperçut le fin poignard que Kuniko avait dissimulé dessous et qu'elle tenait, fermement maintenant, dans la main droite. En une fraction de seconde, la pointe s'appuya sur la gorge de Nahida, faisant jaillir une goutte de sang.

— *Bitch !*[1] siffla la Japonaise. Je ne m'appelle pas Kuniko et tu n'es pas Zahra ! Tu es sa salope de sœur, celle qui fricote avec les impérialistes ! Imbécile ! Quand tu m'as appelée Kuniko, je savais tout. Parce que c'est un nom que j'ai donné à une seule personne. Un agent des Américains. Tu vas crever !

La terreur avait rendu Nahida muette, mais quand elle sentit la lame du poignard s'enfoncer dans sa gorge, elle poussa un hurlement, et essaya d'échapper à la Japonaise.

Une fraction de seconde plus tard, la porte s'ouvrit à la volée, enfoncée par les quatre-vingts kilos de Malko pistolet au poing. La Japonaise se retourna avec un rugissement de fureur. Hésitant entre frapper Nahida ou se ruer sur l'intrus, elle se trouva nez à nez avec le canon du Beretta 92 braqué sur sa tête.

— Lâchez ce poignard ! lança Malko.

A sa grande surprise, elle obéit puis recula vers la porte entr'ouverte de la salle de bains, y arrivant quelques secondes avant Malko. Celui-ci la vit plonger la main dans une trousse de toilette, y prendre quelque chose et le porter à sa bouche.

Elle se retourna alors vers lui, le regard fou, les poings crispés, les mâchoires serrées. Brutalement, son corps fut secoué d'un spasme violent, ses yeux se révulsèrent, elle ouvrit la bouche, comme si ses poumons cherchaient de l'air, puis elle tituba, sa respiration devint sifflante, ses traits se figèrent et elle tomba par terre d'un bloc.

Malko se pencha, posa l'index sur sa carotide gauche. Le sang y battait encore faiblement. Il sentit les pulsations diminuer puis s'arrêter. La Japonaise avait cessé de respirer, foudroyée par le poison qu'elle venait d'avaler.

Il se releva et rejoignit Nahida. Prostrée sur le canapé-lit, celle-ci tamponnait sa blessure au cou.

— Je suis désolé, dit Malko. C'est fini...

Il parcourut du regard le petit logement bien rangé. Son ultime piste venait de s'interrompre brutalement. Au

1. Salope !

moment où il parvenait au cœur du système ennemi. Si Kuniko s'était suicidée plutôt que d'affronter une arrestation, c'est qu'elle jouait un rôle important dans la nébuleuse terroriste qu'il traquait depuis Londres.

Une traque jalonnée de cadavres.

Il regarda le visage désormais calme de Kuniko. Quel secret avait-elle emporté dans la tombe ?

CHAPITRE XVII

— Elle a avalé du Norcuron, annonça le chef de station de la CIA à Chypre. C'est un dérivé du curare qui se présente sous forme de poudre blanche. On l'utilise à très faible dose en anesthésie. Il suffit d'un milligramme pour provoquer la mort par paralysie respiratoire. On en a trouvé trois autres doses dans ses affaires.

— Rien d'autre ? interrogea Malko.

— Rien, avoua l'Américain. La police chypriote et nous-mêmes enquêtons pour l'identifier de façon certaine. Nous avons transmis ses empreintes digitales à Tokyo. Elle possède un passeport qui semble en règle, au nom de Ayako Shinetoba, née le 6 décembre 1965 à Kyoto. Elle se trouvait à Chypre depuis deux ans et avait tout de suite trouvé du travail au *Holiday Inn*, après avoir été quelque temps entraîneuse au cabaret *Miami*.

Malko était perplexe.

En apparence, la suicidée n'était qu'une personnalité banale, une serveuse sans histoire. Le *Holiday Inn* n'avait rien à en dire, la police chypriote non plus. Et pourtant, elle était mêlée à l'opération terroriste irakienne, à un titre ou à un autre. Et assez déterminée pour se suicider. Son corps, déposé à la morgue de Nicosie, n'avait été réclamé par personne...

Une secrétaire entra dans le bureau et déposa un fax devant le chef de station. Celui-ci le parcourut rapidement, puis émit un sifflement de surprise, et le tendit à Malko.

— Cela vient de Tokyo ! Le passeport d'Ayako Shinetoba appartient à une Japonaise qui se trouvait en visite en Irak en 1988. Il lui a été « volé » à Bagdad. La véritable Ayako Shinetoba vit toujours à Tokyo où elle travaille pour une marque de produits de beauté. A l'époque, elle avait déclaré aux autorités irakiennes et japonaises la perte de son passeport. On a simplement changé la photo pour l'utiliser.

— Les Irakiens sont des spécialistes de ce genre de sport, enchaîna Malko. Leurs Services s'en servent ensuite pour infiltrer des gens dans différents pays. Donc, cette Japonaise de l'*Holiday Inn*, quel que soit son nom, travaillait pour le Moukhabarat irakien.

— Cela semble certain, confirma Wilson Parker. Reste à savoir à quel titre. J'attends d'une seconde à l'autre un fax de Tokyo où j'ai envoyé ses empreintes. Ici, il n'y a même pas un consulat japonais.

Ils se remirent à boire du café. Malko avait laissé Nahida Zaroual au *Hilton*, sous la garde des deux « baby-sitters » de la CIA. La traque commencée à Londres n'était pas évidente. Il se heurtait à des gens féroces, déterminés, et qui semblaient toujours avoir un coup d'avance. Pourtant, il progressait, même si c'était sur un lit de cadavres...

La secrétaire pénétra de nouveau dans le bureau du chef de station, portant un fax d'un mètre de long !

— La réponse de Tokyo, *sir*, annonça-t-elle avant de se retirer.

Wilson Parker étala le document sur son bureau et poussa très vite une exclamation de surprise.

— Les Japonais ont bien travaillé. Cette fille s'appelle en réalité Setsko Ayakawa. C'est une des dernières recrues de la Fraction Armée Rouge japonaise ! Le Sekigun-Ha !

Malko n'en croyait pas ses oreilles. Fantômes d'une cause révolue accrochés à des utopies révolutionnaires des années soixante-dix, les membres du Sekigun étaient depuis longtemps tombés dans les poubelles de l'Histoire, croyait-il.

— Vous vous rendez compte ! souligna l'Américain

d'un ton incrédule, cette petite serveuse, membre de cette organisation de fous furieux. C'est in-cro-ya-ble !

Malko était du même avis.

La Fraction Armée Rouge avait été créée à la fin des années soixante au Japon par une ravissante jeune femme aux longs cheveux lisses, Fusako Shinegobu, étudiante à l'université Majli de Tokyo. Pasionaria d'extrême-gauche, elle avait lancé un mouvement de subversion nihiliste mâtiné de catéchisme révolutionnaire. Une guerre aveugle à l'*establishment* japonais. Fusako Shinegobu n'hésitait pas, à l'époque, à danser dans des cabarets *topless* de Tokyo pour recueillir un peu d'argent et le distribuer aux pauvres...

Malheureusement, ses activités n'étaient pas restées aussi innocentes. Ayant convaincu une vingtaine de jeunes gens et de jeunes filles, elle s'était livrée à une série d'attaques de postes de police au Japon et en 1971, à l'attaque d'un appareil de la JAL [1] entre Tokyo et Puyong-Yang, en Corée du Nord. Ce fait d'armes avait fait entrer le Sekigun dans l'Histoire. Bien entendu, les autorités nord-coréennes avaient accueilli à bras ouverts ces « révolutionnaires ». Le grand leader Kim Il Sung avait même dit d'eux : « Vous êtes précieux comme des œufs d'or. »

Cette réthorique ne leur avait pas épargné les problèmes. Traquée par la police japonaise, Fusako Shinegobu avait été contrainte, avec une trentaine de ses camarades, de se réfugier au Moyen-Orient, rejoignant dans la vallée de la Bekaa les groupes palestiniens les plus extrémistes. Ceux-ci avaient été ravis de voir arriver du renfort, et les Japonais comblés de pouvoir exercer leur fougue révolutionnaire sur un nouveau terrain d'opération.

Leur première action d'éclat avait secoué l'opinion mondiale. Le 7 mai 1972, dans l'aéroport de Lod, à Tel Aviv, trois Japonais du Sekigun avaient ouvert leurs bagages, sorti des armes automatiques et mitraillé tous les passagers autour d'eux. Bilan : vingt-six morts et une centaine de blessés. Deux des membres du commando avaient été tués

1. Japan Airlines.

par la police israélienne, le troisième, Kozo Okamoto, vingt-deux ans, arrêté, avait déclaré que l'Armée Rouge japonaise était passée de la lutte des classes à la guerre contre le sionisme...

Deux ans plus tard, on retrouvait l'Armée Rouge japonaise lors de la prise d'otages à l'ambassade de France à La Haye. Son objectif était de faire libérer un de ses membres, Yoshiaki Yamada, arrêté à Orly alors qu'il se préparait à lancer des attentats en Europe. La prise d'otages était menée par une femme, Kazue Yoshimura. Le 16 septembre, l'équipe du Sekigun s'envolait pour la Syrie avec son camarade libéré et une rançon de trois cent mille dollars... De là, ils regagnaient leur base de la Bekaa où le Sekigun préparait de nouvelles opérations. L'attaque des ambassades américaine et suédoise à Kuala Lumpur, en 1975, et le détournement d'un appareil de la JAL à Dacca, en 1977.

Depuis, mis en sommeil par ses parrains, les Syriens, mais toujours installé au Liban, le Sekigun n'avait plus fait parler de lui. La plupart des services de renseignements le considéraient comme retiré des affaires, bien qu'il en reste encore un noyau d'une quinzaine de personnes, sous la houlette de l'inoxidable Shinegobu, qui accordait parfois des interviews à des journaux japonais, de son antre de la Bekaa.

Et puis, récemment, le Sekigun avait refait parler de lui. On avait appris que ses membres, à la demande des Syriens, avaient quitté le Liban, les Etats-Unis ayant exigé que la Syrie cesse de donner asile à des terroristes au Liban contrôlé par les troupes syriennes. Personne ne savait où les rescapés du Sekigun avaient échoué.

Et on s'en moquait, persuadé qu'ils avaient cessé toute activité.

Cependant, en 1994, une activiste du groupe, Yukiko Ebita, avait été arrêtée à Bucarest, avec un faux passeport péruvien ! Deux ans plus tard, en juin 1996, c'est Kazue Yoshimura, organisatrice de la prise d'otages de La Haye, qui était arrêtée à Lima, au Pérou. Fin mars, un autre membre du Sekigun, Yoshimi Tanaka, était arrêté à la frontière entre le Cambodge et le Vietnam, en possession d'un monceau de faux dollars, en compagnie de trois diplomates nord-coréens.

Les autres demeuraient planqués quelque part dans le monde. La serveuse du *Holiday Inn* était-elle un élément isolé, ou en contact avec le noyau dur de la bande, toujours introuvable ?

Malko et le chef de station de la CIA se regardèrent. L'Américain lança sombrement :

— Je n'aime pas cela du tout. Ces survivants d'un autre âge sont de « sales clients » des fanatiques que rien ne retient. Des fous furieux qui vomissent l'Occident et particulièrement les Etats-Unis et Israël. L'attentat de Lod est là pour en faire foi.

Les fantômes du Sekigun étaient devenus des mercenaires de la mort. Le chef de station de la CIA eut la même pensée que Malko.

— Ces fous furieux, depuis la disparition de l'URSS et le lâchage de la Syrie, ont besoin pour survivre de trouver d'autres « sponsors ».

— On ne les avait jamais liés à l'Irak, jusqu'ici ? interrogea Malko.

— Pas que je sache. Mais avant d'arrêter Kazue Yoshimura à Lima, en possession d'un faux passeport péruvien, on ignorait qu'elle était en rapport avec le Sentier Lumineux et le mouvement Tupac Amaru, responsable de la prise d'otages de l'ambassade du Japon à Lima, à la fin 1996.

— Cette Setsko Ayakawa n'était pas à la retraite à Chypre, observa Malko. Elle l'a pratiquement avoué à Nahida Zaroual, avant de se suicider Son geste même prouve qu'elle savait beaucoup de choses. N'oubliez pas que le colis de Bacillus Anthracis expédié dans le New Jersey venait de Chypre. A mon avis, cette fille qui avait un travail régulier ne devait servir que de « go-between », de messager, comme Zahra Zaroual. Cette dernière lui transmettait des informations ou des ordres qu'elle répercutait ensuite à d'autres gens.

— Mais de ceux-là, nous ignorons *tout*, fit Wilson Parker.

— Il y a peut-être une piste à explorer, suggéra Malko. Ces gens, habitués à la clandestinité, sont très prudents. Pour rencontrer Zahra, Setsako Ayakawa s'est rendue dans la zone turque. Peut-être donnait-elle ses autres rendez-vous là-bas aussi.

— Mais comment le prouver ?

— Il y a une méthode : reprendre le registre des passages du *check-point* turc pour les trois derniers mois. Trouver d'abord les passages de Setsako Ayakawa, ce qui ne pose pas de problème. Ensuite, relever les noms de tous les gens passés le même jour qu'elle. Faire ingurgiter toutes ces données à un programme informatique. Si elle avait toujours rendez-vous avec la même personne, cela va ressortir.

— C'est une idée formidable ! reconnut Wilson Parker, mais je crains qu'elle ne mène nulle part. Les Chypriotes m'ont affirmé qu'à part cette serveuse du *Holiday Inn*, il n'y avait pas de Japonais à Chypre.

— Pas de Japonais avec passeport japonais, mais la fille du Sekigun arrêtée à Lima avait un passeport péruvien. Cela peut être le cas ici.

— J'appelle tout de suite les Turcs, conclut Wilson Parker. Le seul risque c'est de trouver comme la première fois quelqu'un d'intraçable...

La pensée d'un commando du Sekigun lancé dans la nature avec des armes bactériologiques avait de quoi faire froid dans le dos. Des vecteurs fous, mus par une haine aveugle du monde capitaliste. Des électrons libres, n'ayant rien à perdre ni à ménager.

*

* *

Nahida Zaroual regardait la télévision dans la suite de Malko, au *Hilton*. Elle avait dû faire une déposition auprès de la police chypriote et le nouveau choc de l'agression dont elle avait été victime était venu s'ajouter à celui de la mort de sa sœur.

Malko la trouva prostrée dans un fauteuil, regardant CNN d'un air absent, un verre de scotch à la main. La bouteille de Defender avait considérablement baissé depuis le départ de Malko. Elle leva sur lui un regard morne.

— Je pense que je vais repartir pour Amman demain.

— On a identifié cette Japonaise, annonça Malko.

Il alluma une cigarette à Nahida avec son Zippo armorié et commença son récit, accablant un peu plus la jeune femme.

— Je n'arrive pas à croire que ma sœur ait été mêlée à cette histoire horrible, soupira-t-elle. Ces gens sont des fous...

— Des fous, non, corrigea Malko. Des fanatiques manipulés par une grande puissance, l'Irak. Ils s'imaginent exister encore en nuisant à leurs ennemis de toujours, les impérialistes. Alors, les Irakiens leur fournissent argent, armes, papiers, et, en échange, demandent des « services »... Setsko Ayakawa s'est suicidée simplement pour ne pas dénoncer ses complices. Tu imagines un groupe semblable lâché sur le monde ?

— Difficilement, reconnut Nahida Zaroual. Je ne sais plus où j'en suis. J'ai envie de me changer les idées, d'oublier ces derniers jours. Emmène-moi quelque part, ce soir.

— Avec joie !

Il s'approcha de la valise ouverte de Nahida et y prit une robe qu'il lui tendit.

— Tiens, c'est celle que tu portais à Londres, chez *Annabel's*.

Nahida acheva son Defender d'un coup, ne laissant que les glaçons, et prit la robe avec un sourire un peu forcé.

— Je vais tâcher de me faire belle.

*

* *

Nahida était, ce soir-là, plus que belle. Les bougies de la taverne *Kalymnos* éclairaient son visage de lueurs dansantes. Elle s'était maquillée avec soin, et la gravité dont son visage était empreint lui ajoutait un charme supplémentaire. Malko avait réussi à obtenir une bouteille de Taittinger Comtes de Champagne blanc de blancs 1989, qui allait parfaitement avec le poisson grillé. Une douce musique de fond créait une atmosphère apaisante, à peine troublée par les voix et les éclats de rire de la table voisine. Nahida jeta vers celle-ci un regard plein de tristesse.

— Je ne serai plus jamais gaie comme cela, dit-elle en jouant distraitement avec le Zippo armorié de Malko, ouvrant le capot pour faire jaillir la flamme puis le refermant d'un coup sec, avec son « clic » caractéristique.

Malko lui prit la main et la baisa.

— J'espère que si.

Ils finirent le Taittinger en bavardant de choses légères. Malko ne pouvait s'empêcher d'avoir envie de Nahida. La robe qu'elle avait mise à sa demande la moulait comme un gant, mettant en valeur ses seins lourds. Elle croisa son regard, esquissa un sourire, lui rendit son Zippo à ses armes, et proposa :

— Rentrons.

*
* *

A peine dans la suite, Malko prit Nahida dans ses bras. Elle se laissa faire et lui rendit même son baiser. Ils n'avaient pas refait l'amour, depuis leur première rencontre. Peu à peu, Nahida répondit au désir de Malko, colla son ventre au sien, et sa respiration s'accéléra. Ils titubaient au milieu de la chambre. Malko prit la jeune femme par la main et la mena jusqu'au lit où elle s'allongea, les yeux fermés.

Il reprit ses caresses, relevant peu à peu la longue robe, osant des gestes de plus en plus précis. Nahida soupirait, se tordait sous ses caresses. Il ne chercha même pas à déshabiller Nahida. La robe était assez fluide pour ne pas le gêner. Pourtant, Nahida ne se livrait pas. Devant cette réticence, il ralentit ses approches. La jeune femme ouvrit alors les yeux.

— Fais-moi l'amour, murmura-t-elle.

Quand il vint sur elle, ses cuisses s'écartèrent docilement. Il la pénétra sans difficulté et commença à labourer son ventre. Nahida avait noué ses mains dans son dos et donnait de petits coups de reins pour l'accompagner. Malko allait de plus en plus loin et sentait la sève monter de ses reins.

— Viens ! Viens ! demanda Nahida.

Il se laissa aller et se répandit en elle avec un grognement de plaisir. Nahida ouvrit les yeux et Malko affronta un regard infiniment triste.

— Pardonne-moi, dit-elle, je ne peux pas jouir. Je n'arrête pas de me dire que si je ne t'avais pas vu à Londres, ma sœur ne serait pas dans la terre pour toujours.

Il demeura abuté en elle, comme si la magie avait pu revenir. Il savait qu'ils ne feraient plus jamais l'amour. Un long moment plus tard, il se retira. Aussitôt, les cuisses de Nahida se refermèrent avec douceur, comme un coquillage se protège. Elle se tourna sur le côté et s'endormit.

*

* *

Le téléphone sonna alors que Nahida dormait encore, toute habillée. Malko se hâta de décrocher.

— Nous avons trouvé ! annonça triomphalement Wilson Parker. Mes gars ont bossé toute la nuit sur le listing des turcs.

— Vous avez trouvé quoi ?

— Chaque fois que Setsko Ayakawa s'est rendue en zone turque, un homme a fait de même. Il n'y est jamais allé sans qu'elle y soit.

— Qui est-ce ? Un Japonais ?

— Non, il détient un passeport libanais au nom de Abad Al Chir. Et, cette fois, il est domicilié à Chypre.

— Où ?

— A Dometios, un petit village à quelques kilomètres de Nicosie, pratiquement sur la « ligne verte ».

— J'arrive, dit Malko.

CHAPITRE XVIII

Fusako Shinegobu grimpa l'escalier menant au premier étage de la villa cubique blanche isolée qui se dressait au numéro 66 d'Odos Ebbarateidi, le chemin qui reliait le village de Dometios à Ortakiol. Elle gagna la terrasse couverte surplombant la route, et, ostensiblement, décrocha du linge qui séchait sur des cordes. En même temps, son regard balayait l'espace qui entourait la villa, à la recherche d'un éventuel indice inquiétant. Cela pouvait être infinitésimal, quelque chose de *banal*, mais toute nouveauté pouvait être synonyme de danger. En vingt-huit ans de cavale à travers le monde, si elle avait toujours échappé à ceux qui la traquaient, elle le devait à une vigilance de tous les instants.

A droite, elle ne vit rien de suspect. Odos Ebbarateidi était coupée par une chicane composée de vieux fûts d'huile peints en bleu et blanc, renforcée plus loin d'une barrière et d'un panneau bleu indiquant la « buffer zone », le *no man's land* qui séparait la zone turque de la zone grecque. Depuis 1974, personne n'allait plus au village de Ortakiol, en zone turque, autrement dit, sur une autre planète. Et pourtant, la plaine s'étendait à perte de vue, accueillante, jusqu'aux montagnes. A gauche de la route, un bâtiment blanc au toit de tôle ondulée peint en bleu abritait le petit détachement de l'ONU chargé d'éviter les incidents.

La Japonaise balaya ensuite l'espace en face d'elle — des champs et quelques arbres — pour terminer par la partie de la route menant à Dometios. Elle était déserte, comme toujours, puisque c'était un cul-de-sac. Les dernières maisons du bourg se trouvaient au moins à cinq cents mètres de celle où elle se cachait depuis plus d'un an.

A part les soldats de l'ONU et quelques gamins, personne ne venait jamais par-là.

Fusako Shinegobu, rassurée, redescendit, une brassée de linge à la main. Elle ne mettait *jamais* les pieds dehors, de jour. Pourtant, qui aurait reconnu l'étudiante sexy, bien faite, aux longs cheveux noirs, dans cette femme aux cheveux courts, prématurément grisonnants, aux yeux toujours dissimulés par des lunettes noires, invariablement vêtue d'une blouse ample et d'un pantalon ?...

Plusieurs fois par jour, elle s'imposait ces inspections. L'expérience lui avait appris qu'on ne prenait jamais assez de précautions. Grâce à celles-ci, aucun des villageois de Dometios ne se doutait que la bourgade abritait quelques-uns des terroristes les plus fanatiques du monde. Parce que, comme les soldats japonais de la Seconde Guerre mondiale, qui étaient demeurés retranchés dans les îles du Pacifique, des années après la fin du conflit, Fusako Shinegobu et les siens n'avaient jamais abandonné la lutte.

Isolée en bordure de la route sans issue, toute blanche, carrée avec des ouvertures en ogives, comprenant un seul étage et un garage donnant sur la route, la villa du 66 n'avait rien pour attirer l'attention. Un réservoir d'eau en zinc sur le toit, comme souvent à Chypre, et des champs d'oliviers autour, conquis sur le sol jaunâtre et aride. Seul luxe : le téléphone, dont les occupants ne se servaient guère.

Les habitants de Dometios les avaient vus arriver six ans plus tôt. Des Libanais de la Bekaa qui avaient décidé de rester à Chypre après la guerre civile. Deux couples qui ressemblaient à des paysans. Ils ne se mêlaient pas aux villageois, mais faisaient leurs courses à Dometios, toujours très polis, souriants mais distants. Une fois par semaine, ils partaient livrer leurs produits à une huilerie à côté de Nicosie. A quelque distance de là, ils possédaient également des rangées de ruches dont ils commercialisaient le miel en ville.

Bref, des gens sans histoires, qui s'étaient parfaitement intégrés dans cet environnement rural. Les paysans chypriotes du village, dont certains avaient été chassés de la zone turque, comprenaient ces réfugiés qui prétendaient avoir tout perdu au Liban. Bien sûr, ils n'avaient pas la même religion mais cela ne semblait pas les gêner. Parfois, expliquaient-ils, ils se rendaient en zone turque, afin de prier dans une des innombrables mosquées. Pour le Nouvel An orthodoxe, ils offraient toujours quelques pots de miel à leurs voisins.

Ceux-ci ne se doutaient pas qu'en plus de ses habitants officiels, la maison abritait depuis quelques mois le dernier noyau dur de l'Armée Rouge japonaise. Fusako Shinegobu, Mitsouku Kagashi, Tutsaku Yamano et un « rallié » péruvien, venu du groupe Tupac Amaru, Gustavo Lievas. Fusako Shinegobu faisait régner une discipline de fer. Sa photo et celles de ses complices continuaient à être affichées dans tous les commissariats du Japon, et Interpol diffusait régulièrement des avis de recherche. Heureusement, grâce à l'aide que leur avaient apportée les Nord-Coréens, puis les Syriens et les Irakiens, Shinegobu et son groupe avaient toujours été pourvus de faux papiers leur permettant de se déplacer à travers le monde.

Pour le reste, il ne fallait pas attirer l'attention.

La pièce principale de la petite maison, qui servait à la fois de living-room et de salle à manger, était encombrée de valises, de sacs et de paquets. Walid et Abad étaient en réalité palestiniens comme leurs femmes, et affiliés au groupe d'Abu Ibrahim. Ce dernier les avait chargés à l'époque d'établir une base logistique à Chypre, à toutes fins utiles.

Fusako Shinegobu se sentait dans un étrange état d'excitation. Pour la première fois depuis longtemps, elle allait frapper elle-même ses ennemis. Elle se tourna vers un garçon d'une quarantaine d'années, au type sud-américain prononcé, qui lisait dans un coin.

— Gustavo, tu prends le vol El Al 414 pour Tel Aviv à 21 h 30. Il ne faut pas que tu sois en retard. Ils prennent plus de deux heures pour les formalités. Tu dois partir à trois heures.

— Je prends le bus à Dometios à deux heures et demie, répliqua le Péruvien.

Il était l'amant de Shinegobu. Un intellectuel rallié au groupe Tupac Amaru. Un de ceux qui avaient planifié la prise d'otages de l'ambassade japonaise à Lima. Un vrai révolutionnaire. Shinegobu le regarda avec une sorte de tendresse. Il était indispensable. Depuis Lod, les Israéliens se méfiaient trop des Japonais pour prendre le moindre risque.

— Quand tu auras fini, continua la Japonaise, tu reprends l'avion pour Madrid. Et ensuite Bogota, où tu sais où me retrouver.

Elle-même avait décidé de frapper aux Etats-Unis. Elle allait transiter par Athènes, où les contrôles étaient inexistants. Ensuite, elle regagnerait l'Amérique latine. Tous quittaient définitivement Chypre, pays devenu trop dangereux depuis les derniers événements. L'enquête de la CIA se rapprochait dangereusement. Il fallait garder une longueur d'avance.

C'était leur dernière journée à Chypre. Le soir venu, ils seraient tous partis. Leurs amis du groupe Abu Ibrahim avaient déjà plié bagages, sauf le plus jeune, Abad qui partirait le dernier. Après leur départ, un incendie déclenché à retardement détruirait les parties « sensibles » de la villa, celles où avait eu lieu la préparation du mélange mortel de Bacillus Anthracis, à partir des éléments livrés par les Irakiens. Il y avait peu de choses : des cuves de fermentation, une centrifugeuse, un système rudimentaire de chauffage des cuves et un matériel pour la lyophilisation. Dans un local en sous-sol, on remplissait les récipients sous pression avec un gaz inerte et les spores mortelles, grâce à un appareillage très simple.

Bien sûr, ce n'était pas la bombe atomique... Mais les brutales épidémies de peste noire qui allaient se multiplier dans différents pays frapperaient de terreur des populations se pensant à l'abri de tout.

Gustavo achevait d'empiler dans son sac une demi-douzaine de containers contenant une solution d'aérosol bourrée de souches d'anthrax. Il suffisait de les vaporiser dans la rue, dans une salle de spectacle ou simplement depuis un endroit élevé pour que les gens respirent les spores mortelles et décèdent dans les quarante-huit heures... Certes, ce n'était pas un moyen de destruction de masse, mais cela sèmerait quand même la panique en Israël.

Si tout se passait bien, Gustavo aurait le temps d'infecter trois ou quatre sites différents et de repartir avant que les Israéliens se soient rendu compte de quoi que ce soit.

Pour les Etats-Unis et la Grande-Bretagne, Shinegobu avait procédé différemment en envoyant tout simplement le matériel — des containers et des bouteilles — à des adresses sûres. Poste restante ou réseau logistique.

De cette façon, elle et ses complices voyageaient les mains dans les poches. Avec simplement une liste d'objectifs préparés et repérés par le Moukhabarat irakien.

L'équipe qui avait frappé à Londres était déjà repartie à Bogota. Leurs papiers étaient assez bons pour déjouer la plupart des contrôles d'immigration. Et surtout, *personne* ne les soupçonnait. Pour tous les grands Services, à part peut-être les japonais, le Sekigun n'était plus qu'un vieux fantôme poussiéreux, un vestige des années de plomb. C'était mal connaître la mentalité japonaise. Les vrais samouraïs n'abandonnent jamais.

Au fond, la Japonaise se moquait bien de l'Irak et de Saddam Hussein. C'était sa vengeance personnelle qu'elle poursuivait, son combat fou contre l'impérialisme, représenté par l'Amérique et ses alliés. Si elle avait osé, elle aurait porté ce combat au Japon, mais les risques étaient trop élevés. Elle ne tenait pas à croupir dans une prison de Tokyo jusqu'à la fin de ses jours.

Elle ne partageait avec Saddam Hussein qu'un frénétique désir de vengeance. Le hasard faisait bien les choses : ils avaient les mêmes ennemis.

Fusako Shinegobu admirait néanmoins sincèrement Saddam Hussein. Surveillé par les Américains, sous embargo, ses armements inspectés depuis des années, le dictateur irakien avait quand même conservé le moyen de riposter. Une riposte, certes modeste, mais qui allait déstabiliser plusieurs pays et semer la terreur.

— Tutsaku, prépare la table, ordonna Fusako Shinegobu.

C'était le dernier repas qu'ils allaient prendre ensemble avant longtemps. Pour cette occasion, Fusako Shigenobu avait envoyé Abad à Nicosie où Setsuko Ayakawa devait lui remettre de quoi faire un vrai repas japonais. Fusako Shigenobu, qui, d'habitude, mangeait à peine, avait retrouvé l'appétit à la perspective de reprendre le combat.

Comment allaient réagir les opinions publiques des pays frappés par la peste noire de Bagdad ? Fusako Shigenobu attendait avec gourmandise les premiers résultats de ses frappes. Ne s'expliquant pas comment les Américains avaient pu dissimuler ses deux premières attaques.

Elle allait faire en sorte que cette chape de silence soit brisée. On frappa à la porte et une voix cria à travers le battant :

— *That's* Abad.

Tutsaku alla ouvrir. Fusako Shigenobu regarda les mains vides du jeune Palestinien.

— Où est la nourriture ?

— Setsuko n'est pas venue au rendez-vous, j'ai attendu une demi-heure.

Fusako Shinegobu sentit son estomac se charger de plomb. Setsako Ayakawa était quelqu'un de totalement fiable. Il fallait une raison grave pour qu'elle ait manqué ce dernier rendez-vous.

Il était trop tard pour se livrer à une enquête à Nicosie. Elle hésita à appeler le numéro de la serveuse du *Holiday Inn*. S'il était sur écoutes, c'était se trahir à coup sûr. Et si quelque chose était arrivé à Setsako, plus tôt ils fileraient, mieux ce serait...

— Bien, fit-elle, nous allons manger ce qu'il y a. Abad, reste sur la terrasse et observe ce qui se passe.

*

* *

Malko regardait pensivement l'adresse communiquée par le KYP turc. Le chef de station de la CIA avait entouré d'un cercle rouge le village où vivait Abad Al Chir, juste sur la « ligne verte ».

— Cette fois, dit-il, nous devrions avancer ! Zahra Zaroual est venue à plusieurs reprises rencontrer cet homme. Puisque nous savons désormais qu'elle était en prise directe avec Bagdad, ce Abad Al Chir représente le chaînon suivant. Celui qui transmettait les ordres à ceux qui commettent les attentats.

— Et le commando qui a assassiné les sept personnes à Amman, puis Zahra Zaroual ? objecta l'Américain. Ce ne seraient pas les mêmes personnes ?

— Je ne crois pas, réfléchit Malko. Abad Al Chir est à Chypre, eux se trouvent en Jordanie. Chypre est une île, on n'en sort pas facilement. Les deux groupes travaillent sûrement pour la même cause, mais à des tâches différentes.

— Zahra Zaroual a rencontré *deux* personnes, objecta l'Américain. L'homme que nous connaissons sous le nom de Mohammed Ali Boudiaf et Setsako Ayakawa. Pourquoi ?

— Je pense que Zahra assurait la liaison avec Setsako, qui, par la suite, transmettait à ce Abad Al Chir. Je ne connais pas le rôle de Mohammed Ali Boudiaf. Nous verrons...

— Je n'ai pas encore prévenu la police chypriote, dit Wilson Parker. Que faisons-nous ?

— Attendons un peu, suggéra Malko, à Chypre, les risques de fuite sont plus limités. Au moins jusqu'à ce soir. Je vais aller faire un tour dans ce village, Dometios. Si je n'apprends rien là-bas, on mettra les Chypriotes sur le coup en fin de journée.

— Pas d'imprudence, implora le chef de station de la CIA. Vous connaissez l'enjeu.

— Si on prévient les Chypriotes avant d'en savoir plus, objecta Malko, ils risquent d'être maladroits et de donner l'éveil. Je ne prendrai aucun risque. Juste une reconnaissance. S'il y a la moindre chose, je vous appelle de là-bas sur le portable et vous faites aussitôt intervenir les Chypriotes.

*

* *

Dometios ressemblait à tous les villages chypriotes, avec ses petites maisons blanches, son église orthodoxe, quelques boutiques et les champs d'oliviers tout autour. Malko s'arrêta au centre du village et demanda où se trouvait la rue Ebbarateidi. On lui désigna une route qui partait vers la plaine coupée en deux par la « ligne verte ».

— C'est celle-là ! Vous ne pouvez pas vous tromper, elle s'arrête à la ligne de démarcation...

Malko repartit, descendant la côte en pente douce, vérifiant du coin de l'œil les numéros. Après le 64, il n'y avait plus que des champs ! Il allait déboucher sur une fausse adresse ! Il continua et n'en crut pas ses yeux en voyant le numéro 66 inscrit sur une grosse bâtisse blanche. Il ralentit, aperçut une vieille voiture dans le garage puis continua jusqu'à la chicane de fûts bleu et blanc. Il stoppa comme s'il s'était trompé, puis amorça un demi-tour.

L'endroit n'allait pas être facile à surveiller. Il avait été bien choisi.

Avant de repartir, il sortit de voiture pour aller demander à un soldat de l'ONU s'il était possible de passer. Bien entendu, la réponse fut négative. Il remonta en voiture et posa son pistolet, armé, une balle dans le canon, sur le plancher. En dépit de ce qu'il avait dit au chef de station, il mourait d'envie d'aller frapper à la porte de la maison blanche.

Il remonta lentement vers Dometios. A cinquante mètres de la maison blanche, il vit la porte s'ouvrir sur un homme portant un sac à dos et une valise de toile. Ce dernier fit quelques pas sur la route, aperçut la voiture et aussitôt lui fit signe de s'arrêter, pouce levé.

Comme n'importe quel auto-stoppeur.

Malko freina, la chance était avec lui. A travers le pare-brise, il vit que ce n'était pas un Arabe. Le teint mat, de longs cheveux noirs, un peu de barbe. Lorsque Malko baissa sa glace, l'autre lui demanda en anglais, avec un fort accent espagnol :

— Vous n'allez pas à Nicosie ?

— Si, dit Malko.

— Vous pourriez me déposer ? J'ai peur de rater mon bus. Celui du village est souvent en retard. Et je dois prendre l'avion à Larnaca.

— Bien sûr ! fit Malko, ravi.

— Je peux mettre mon barda dans le coffre ? demanda l'homme.

Malko descendit et alla ouvrir le coffre, suivi par l'auto-stoppeur...

Ce dernier jeta son sac puis sa valise à l'intérieur. Au moment où Malko allait refermer le coffre, il baissa les yeux et vit l'inconnu braquer sur lui un pistolet. Le coffre ouvert les rendait invisibles, du village.

— Faites ce que je vous dis, ou je vous tire une balle dans le ventre, ordonna l'inconnu.

Sa voix avait changé et il ne souriait plus du tout...

Le pouls de Malko avait très vite grimpé. Son exploration réussissait au-delà de toute espérance. Heureusement que la CIA connaissait cette adresse. Si Wilson Parker ne le voyait pas revenir, il donnerait l'alerte.

Il croisa le regard de son adversaire. Froid, décidé ; ce n'était pas un amateur.

— Je ne comprends pas, fit-il. Que voulez-vous ? Mon argent ?

L'auto-stoppeur ne répondit même pas. Le faisant pivoter, il le palpa rapidement puis le poussa devant lui.

— Entrez dans cette maison !

L'un derrière l'autre, ils traversèrent la route. On devait les guetter de l'intérieur, car la porte s'ouvrit avant même qu'ils l'atteignent. Malko aperçut une pièce très sombre ; puis une femme au visage dur, et aux cheveux gris, les yeux dissimulés derrière des lunettes noires, qui braquait un pistolet-mitrailleur Skorpio sur son ventre.

— Allongez-vous par terre, sur le ventre ! ordonna-t-elle en anglais.

Comme il ne bougeait pas assez vite, un homme surgi de la pénombre lui fit un croc-en-jambe et il s'étala. Aussitôt, les deux hommes se ruèrent sur lui, lui attachant les mains dans le dos avec du fil de fer souple.

— Tu l'as fouillé, Gustavo ? demanda la femme au Skorpio.

— Oui, il n'a rien.

— Fouille la voiture et reviens ici.

Le dénommé Gustavo ressortit. Malko essayait de rester calme. L'auto-stoppeur revint, brandissant le Beretta 92 prêté par Wilson Parker.

— Il avait ça dans la voiture, annonça-t-il.

La femme au Skorpio eut un sourire vipérin.

— Bravo ! Prends sa voiture et fais ce que tu dois faire. Tu la laisseras dans le parking de l'aéroport. Ne conduis pas trop vite.

Il ressortit et la porte claqua sur lui. La femme au Skorpio vint se planter devant Malko.

— Qui êtes-vous ? demanda-t-elle en anglais.

— Et vous ? demanda Malko.

Avec son accent et ses lunettes noires, il était difficile de la situer.

— Je m'appelle Fusako Shinegobu et je vais vous tuer, dit-elle d'une voix calme.

CHAPITRE XIX

Malko fixa avec stupéfaction la femme qui venait de le condamner à mort. Depuis le suicide de Setsko Ayakawa, il savait le Sekigun impliqué dans l'opération terroriste irakienne. Cependant, il ne s'attendait pas à se trouver nez à nez avec un mythe : l'insaisissable Fusako Shinegobu, que certains croyaient morte. Celle que *personne* n'avait vue en chair et en os depuis vingt-huit ans, ces interviews dans la Bekaa étant données par écrit.

Il enveloppa la Japonaise d'un long regard inquisiteur. Il aurait croisé dans la rue cette femme maigre aux cheveux gris, au visage émacié, il ne l'aurait même pas remarquée. De la flamboyante pasionaria des années soixante, il ne restait que la taille élancée, les lunettes noires cachant l'éclat des yeux.

Le couple japonais, lui aussi dans la quarantaine avancée, lui était inconnu. Comme l'auto-stoppeur qui répondait au nom de Gustavo et n'était sûrement pas japonais.

Fusako Shinegobu contemplait Malko, les traits figés, le Skorpio à bout de bras.

— Qui êtes-vous ? demanda-t-elle.

— Mon nom a peu d'importance, dit Malko. Je ne pensais pas vous trouver ici. J'aurais dû y penser, à cause de Setsko Ayakawa.

— Qu'est-ce que vous lui avez fait ? aboya Shinegobu.

— Rien, elle s'est suicidée en avalant du curare. Parce

que nous étions remontés jusqu'à elle. Vos amis irakiens se sont montrés trop féroces et assez maladroits.

— Ce ne sont pas mes amis, trancha la Japonaise d'un ton sec. Des alliés, c'est tout. De toute façon, cela a peu d'importance. Votre vie va se terminer ici. Avant de partir, je vais vous tirer une balle dans la tête. Personne ne peut se mettre en travers de notre chemin.

Elle se retourna et donna quelques ordres d'une voix sèche, en japonais.

Le Japonais et sa femme se précipitèrent sur Malko et le ligotèrent assis par terre au pied de la lourde table de cuisine.

Fusako Shinegobu contemplait la scène, impassible.

— Nous quittons cette maison, annonça-t-elle. Si vous êtes ici, je me doute bien que les Américains nous ont découverts. Mais dans très peu de temps, nous serons loin.

— Vous n'irez pas loin, rétorqua Malko.

C'est tout ce qu'il pouvait dire, et il ne se faisait aucune illusion sur le sort qui l'attendait. Il avait déjà échappé une fois par miracle à la mort. Décidément, il ne fallait pas trop tirer sur la chance.

Fusako Shinegobu cessa de s'occuper de lui pour donner des ordres au couple japonais qui se préparait au départ. Si la CIA n'intervenait pas dans le quart d'heure suivant, il était perdu. Or, le chef de station de la CIA attendait qu'il revienne de Dometios pour prévenir les Chypriotes.

Le coup de sonnette fit sursauter les trois Japonais. D'un geste impérieux, Fusako Shinegobu imposa le silence. Puis elle marcha sur Malko et lui murmura à l'oreille :

— Si ce sont vos amis, vous serez mort avant que la porte s'ouvre.

Elle arma le Skorpio, posa le canon derrière l'oreille droite de Malko et lança à voix haute, en anglais :

— Tutsaku, va ouvrir.

*

* *

Malko avait l'impression que son cœur s'était déjà arrêté de battre. Il banda tous ses muscles, comme si cela pouvait servir à quelque chose... La porte s'ouvrit, il aperçut un homme debout dans l'embrasure, à contre-jour.

Avec une mimique de surprise, Fusako Shinegobu baissa le canon du Skorpio et s'avança vers le nouveau venu, s'exclamant en anglais :

— Mohammed ! Que se passe-t-il ?

Malko reconnut aussitôt le nouveau venu. C'était l'homme que Zahra Zaroual avait rencontré dans les ruines de Famagouste. Ce n'est pas lui qui lui viendrait en aide...

— Quelque chose de grave, annonça le Palestinien en anglais. Les Américains ont découvert Setsko Ayakawa. Elle a dû se suicider.

Fusako Shinegobu ne se démonta pas. Désignant Malko du canon du Skorpio, elle répliqua calmement :

— Je sais. Celui-ci est venu nous espionner, mais c'est trop tard.

Mohammed ne fit aucun commentaire, mais se retourna vers la porte.

— Il faut que je fasse entrer les frères.

Sans attendre la réponse de la Japonaise, il fit signe à trois hommes qui se glissèrent à l'intérieur. Deux étaient des inconnus pour Malko, des Arabes jeunes, moustachus, inexpressifs. Le troisième, plus petit, portait des lunettes noires sur un visage défiguré. Lorsqu'il les ôta, Malko aperçut l'orbite ronde comme celle d'un oiseau, enfoncée dans l'arcade sourcilière.

C'était Basman Abu Cherif, l'homme à qui, trois jours plus tôt, Zahra Zaroual avait téléphoné et qui l'avait très probablement assassinée.

Que faisait-il à Chypre ? Malko n'était décidément pas au bout de ses surprises. Basman Abu Cherif s'approcha de la Japonaise et ils s'étreignirent.

— Où est Abad ? demanda-t-il.

— En haut.

Il se tourna vers un de ses hommes et lui lança un ordre en arabe. Aussitôt, l'autre se précipita vers l'escalier. Basman Abu Cherif sembla alors découvrir les bagages prêts et Malko.

— Vous allez partir, remarqua-t-il. Que faites-vous de lui ?

— Il doit mourir, répliqua la Japonaise.

— Comment ?

— Je vais lui tirer une balle dans la tête.

Il y eut un bruit de pas dans l'escalier et le complice de Basman Abu Cherif réapparut, en compagnie d'un autre Arabe. Le chef du commando observa d'une voix douce :

— Tu prends un risque en lui tirant une balle dans la tête. On peut entendre de l'extérieur. Il vaut mieux le faire avec ça.

Tout en parlant, il sortit d'un étui dissimulé sous sa veste un poignard à la courte lame triangulaire. Puis, il se rapprocha de Malko, lui saisit les cheveux et lui rejeta la tête en arrière pour l'égorger.

Malko, le cerveau vide, essaya de maîtriser les battements de son cœur, de se répéter que ce serait très vite fini, qu'il ne ressentirait qu'une brûlure.

Au moment où il prenait son souffle pour une ultime respiration, il vit Basman Abu Cherif pivoter rapidement et enfoncer son poignard dans le ventre de Fusako Shinegobu.

*

* *

La Japonaise exhala un cri rauque et ses doigts laissèrent échapper le Skorpio. Malko, incrédule, vit le Palestinien retirer son poignard et frapper à nouveau, deux fois de suite, avec une force incroyable, comme s'il voulait la clouer au mur.

Les deux mains crispées sur son ventre, Fusako Shinegobu glissa au sol. Le regard déjà vitreux, elle perdait son sang en abondance. Les complices de Basman Abu Cherif s'étaient rués sur le couple japonais. La lutte, inégale, fut courte. Une suite de cris étouffés, d'exclamations désespérées. Les deux Japonais furent égorgés, d'une oreille à l'autre, et criblés de coups de poignard. En quelques minutes, tout fut terminé.

Basman Abu Cherif lança un ordre bref et ses hommes vérifièrent que tous les occupants de la villa étaient bien morts. Malko, impuissant, attendait. Ces quelques minutes supplémentaires de vie avaient un goût amer. A ses pieds, Fusako Shinegobu le fixait de ses yeux morts, le visage calme. Ses lunettes noires étaient tombées à côté d'elle. Il ne comprenait pas la raison de ce massacre, de toute évidence prémédité. Le chef du commando irakien lança un nouvel ordre, en arabe.

Ses hommes, aidés de Abad, se mirent à fouiller les bagages avec soin, en retirant un certain nombre de paquets qu'ils regroupèrent dans un grand sac. Ensuite, les membres du commando se dispersèrent dans la maison, laissant Malko à la garde de leur chef. Ils réapparurent une dizaine de minutes plus tard. Basman Abu Cherif lança un ordre bref et ses hommes sortirent les premiers, emportant un certain nombre de choses. Lorsqu'il fut seul, Basman Abu Cherif s'approcha de Malko et celui-ci se dit que son dernier sursis venait d'expirer.

*

* *

Lorsque la Buick noire de Wilson Parker s'engagea dans la rue en pente douce qui venait du village de Dometios à la « ligne verte », la première chose qu'aperçut l'Américain fut un lourd panache de fumée noire s'élevant d'une maison, sur la droite.

Pris d'un horrible pressentiment, le chef de station de la CIA explosa.

— Jésus-Christ ! C'est *notre* maison.

Il dut stopper cinq cents mètres plus loin. Deux voitures de pompiers barraient la chaussée. Il sauta à terre, rejoint par les policiers chypriotes qui l'accompagnaient.

Horrifié, Wilson Parker s'immobilisa, contemplant le spectacle. La maison du 66 Odos Ebbarateidi brûlait comme une torche. De hautes flammes s'échappaient des ouvertures, mêlées à une grasse fumée noire, et la chaleur du brasier se faisait sentir jusque-là. Un des policiers accompagnant l'Américain se fit expliquer la situation par un pompier.

— Il y a eu une explosion, il y a environ une demi-heure, expliqua-t-il. Les villageois ont prévenu les pompiers. Quand ceux-ci sont arrivés, ils n'ont pas pu approcher, les flammes étaient trop fortes. Il a fallu demander du renfort à Egkomi.

— Il y a des gens à l'intérieur ?

— Nous n'en savons rien, mais les flammes ont l'air de faiblir, nous allons pouvoir intervenir.

Rongeant son frein, l'estomac noué, Wilson Parker dut patienter. Enfin, les premiers pompiers, en combinaison ignifugée, purent pénétrer dans les ruines de la maison. L'un d'eux en ressortit et vint vers eux.

— Nous avons déjà trouvé trois cadavres, annonça-t-il. Méconnaissables. Nous continuons les recherches.

Ils repartirent. Dix minutes plus tard, l'un d'eux appela l'Américain à grands gestes. Wilson Parker accourut. Deux pompiers, tout au fond du jardin, étaient accroupis à côté d'une forme humaine. L'Américain crut que son cœur allait s'arrêter. Soudain, un des pompiers se releva.

— Celui-là est vivant, annonça-t-il.

Wilson Parker arriva à temps pour voir Malko, dont on venait de défaire les liens, s'extraire d'une sorte de tranchée. Couvert de terre, hirsute, mais apparemment sans la moindre blessure.

— Ils ont mis le feu à la maison mais ils m'ont fait sortir d'abord, dit-il.

— Qui, « ils » ?

— Basman Abu Cherif et ses hommes. Il faut avertir immédiatement la police. Ils vont essayer de quitter l'île.

— Qui sont les cadavres dans la maison ?

— Les derniers membres de l'Armée Rouge japonaise. Fusako Shinegobu et ses complices. Les Irakiens les ont tués sous mes yeux.

Assommé, Wilson Parker ne comprenait visiblement plus. Malko continua :

— L'un d'eux est parti avant. Ce n'est pas un Japonais. Il va à Tel Aviv commettre des attentats. Il faut absolument le rattraper. Nous reviendrons ici ensuite.

Ils regagnèrent la voiture de l'Américain, Malko frottant ses poignets endoloris. Pourquoi les Irakiens l'avaient-ils épargné ? C'est Basman Abu Cherif lui-même qui, après l'avoir détaché de la table, l'avait conduit sans un mot au fond du jardin. Quelques instants plus tard, une série d'explosions sourdes démantelait la maison.

— Une voiture de police nous escorte jusqu'à l'aéroport de Larnaca. Vous pourrez reconnaître cet homme ?

— Sans aucun doute, fit Malko.

*
* *

L'aéroport de Larnaca grouillait d'animation, plusieurs vols étaient en partance simultanément. Malko fonça vers le comptoir d'embarquement d'El Al, où des passagers faisaient la queue pour embarquer sur le vol CY414. Les officiers de sécurité israéliens l'interpellèrent immédiatement, mais se calmèrent en apercevant les policiers derrière lui.

— Où sont les autres passagers ? demanda Malko, qui n'apercevait pas l'ami de Fusako Shinegobu parmi ceux qui faisaient encore la queue.

— Dans la salle d'embarquement, répondit un Israélien.

Malko réalisa soudain qu'il n'avait pas d'arme. Il se retourna vers Wilson Parker.

— Vous avez une arme ?

Un des « baby-sitters » du chef de station lui tendit aussitôt un Beretta 92 identique à celui qu'on lui avait déjà prêté.

L'automatique glissé dans sa ceinture, une balle dans le canon, Malko fonça vers la salle d'embarquement, suivi des Israéliens, des policiers et des agents de la CIA.

Une cinquantaine de passagers patientaient. Malko se dit qu'il aurait dû se présenter tout seul, mais c'était trop tard.

Intrigués par ce déploiement de forces, les passagers observaient les policiers en train de bloquer les issues. Malko s'avança, cherchant Gustavo. Ils se virent en même temps. L'ami de Fusako Shinegobu comprit aussitôt. Sans même tenter de s'enfuir, il plongea la main dans son sac de voyage, la ressortit en brandissant une bombe insecticide. Il ne termina jamais son geste. Sans hésiter, Jako avait ouvert le feu. Il vida le chargeur du Beretta 92, criblant l'homme de projectiles, déclenchant les hurlements de la foule affolée.

Gustavo s'effondra et resta immobile, sur le dos, la bombe intacte au bout des doigts. Le chef des policiers chypriotes, furibond, interpella Malko :

— Pourquoi avez-vous tué cet homme, il n'était pas armé ! C'est un meurtre !

— Si je ne l'avais pas tué, répliqua froidement Malko, en ramassant la bombe, *lui* aurait tué au moins une dizaine de personnes ! Avec ceci, qui est rempli d'un spray mortel...

Interloqué, le policier abaissa son arme. Malko tendit à Wilson Parker le container.

— Il faut le faire analyser. Mais il y a peu de doute.

On apporta une toile qu'on jeta sur le cadavre. Malko récupéra son passeport sur le mort. Un document de voyage péruvien. Il le feuilleta : il y avait pas mal de visas... Les passagers furent transférés dans une autre salle. Un responsable des Services chypriotes arriva à son tour. On s'expliqua. Dans la poche du mort, on trouva la clef de la voiture de Malko.

— On a retrouvé la trace de Basman Abu Cherif et de ses hommes ? interrogea Malko.

— Pas encore, déplora Wilson Parker. Les Chypriotes surveillent l'aéroport les ports et le *check-point* du *Ledra Palace.* Mais ils vont sûrement se planquer. Comme Mohammed Boudiaf.

*
* *

Basman Abu Cherif s'engagea à pied sans se presser sur la jetée du port de Larnaca d'où partait le ferry pour Jounieh, le quartier nord de Beyrouth. Une nuit de voyage. Depuis la réouverture de l'aéroport de Beyrouth, seuls les plus défavorisés l'empruntaient, les autres préférant l'avion.

Il y avait un seul avantage au ferry : pratiquement pas de contrôle et pas de portail magnétique.

Une heure plus tôt, Basman Abu Cherif s'était séparé de ses compagnons qui, eux, restaient à Chypre. Il avait confié à Mohammed Boudiaf, son bras droit, la précieuse cargaison trouvée dans la villa, afin qu'il la détruise. Lui-même allait regagner Beyrouth, puis la Bekaa. L'âme en paix. Il avait accompli les ordres à la lettre. Fusako Shigenobu avait eu la même expression que Zahra, lorsqu'il l'avait poignardée. Un mélange de stupéfaction et de reproche.

Elle aussi était une convaincue. Une pure.

Le Palestinien ralentit. Il venait d'apercevoir deux voitures de la police chypriote garées en face de la passerelle du ferry de Jounieh. Des policiers contrôlaient les identités des passagers embarquant. Basman Abu Cherif pouvait encore tranquillement faire demi-tour, ils ne l'avaient pas reconnu, mais il continua.

Lorsqu'il ne fut plus qu'à une dizaine de mètres, un policier le dévisagea et dit quelques mots à un de ses collègues. Tous deux sortirent leurs armes, et avancèrent en direction du Palestinien.

— *Stop !* cria le premier. *Hands up !*

Basman Abu Cherif ne s'arrêta pas. Il continua d'avancer lentement vers les deux policiers, puis sortit la main de sa poche, serrant une grenade.

— Stop ! hurla encore le policier.

Comme Basman Abu Cherif n'obtempérait pas, ils ouvrirent le feu ensemble. Le Palestinien sembla stoppé par une main invisible. Son corps tressauta sous les impacts. Il tomba d'abord à genoux, puis bascula sur le côté et ses doigts laissèrent échapper la grenade, qui roula à terre. Les policiers bondirent s'abriter derrière leurs véhicules. Quelques secondes plus tard, ils risquèrent un œil.

La grenade était là où les doigts de Basman Abu Cherif l'avaient laissé échapper. Elle n'était pas dégoupillée.

*

* *

Le bar du *Hilton* de Nicosie bruissait de conversation. C'était samedi et le Tout-Nicosie était là. Wilson Parker leva son verre de Defender vers Malko.

— Encore bravo ! Mais il va falloir réviser nos procédures. Penser qu'une équipe de terroristes a opéré sous notre nez et celui des autorité chypriotes pendant des années...

— Ce n'était qu'une base logistique, souligna Malko, afin de panser la blessure d'amour-propre du chef de station de la CIA. Une extension du groupe Abu Ibrahim. Qu'a-t-on trouvé dans les ruines de la maison de Dometios ?

— Pas grand-chose, hélas. Les trois corps ne sont pas identifiables. Sans votre témoignage, nous en serions réduits aux hypothèses. Pas la moindre trace d'armes bactériologiques.

— On n'a rien trouvé non plus sur Basman Abu Cherif ?

— Rien. Sauf trois passeports à trois noms différents dont un document diplomatique irakien. C'est étrange ce qui s'est passé : il s'est littéralement suicidé, d'après les policiers.

— Je ne m'explique pas non plus pourquoi il m'a épargné, remarqua Malko. Ni pourquoi il a liquidé Shigenobu et ses amis. Comment pouvait-il savoir que nous étions sur leurs traces ?

— Il reste encore des terroristes de cette bande dans la nature, remarqua l'Américain. Ceux qui ont frappé à Londres et à New York.

— La nouvelle de la mort de Shigenobu va les décourager, j'espère, dit Malko. Il n'y avait rien qui puisse mener à eux, dans la maison de Dometios ?

— Rien, tout a brûlé. Mais nous savons *au moins*, désormais, qu'il faut rechercher des Japonais.

— Il y en a cent vingt millions, remarqua Malko. Et ils voyagent beaucoup.

Il se fit resservir une vodka. Juste avant de retrouver Wilson Parker, il avait appellé Nahida Zaroual. Pour lui apprendre la mort de l'assassin présumé de sa sœur. Il était encore obligé de passer une nuit à Chypre avant de s'envoler le lendemain pour l'Autriche.

Alexandra avait organisé pour le lendemain soir un grand dîner afin de fêter dignement son retour. Il rebasculait dans son autre univers. Un peu comme s'il franchissait un miroir invisible. Déjà, les péripéties sanglantes des dernières semaines se dissolvaient dans sa tête, comme un mauvais rêve.

Il était en train de redevenir Son Altesse Sérénissime le prince Malko Linge, Chevalier de Droit de l'Ordre Noir, Chevalier de Malte, Membre de l'Ordre de la Toison d'Or, Chevalier du Saint-Sépulcre, Landgrave de Kletgan, Margrave de Basse-Lusace, plus quelques autres, moins prestigieux.

CHAPITRE XX

Malko se leva tout doucement pour ne pas déranger Alexandra qui dormait encore, pour gagner le guéridon où se trouvait une bouteille d'eau. La veille au soir, il avait un peu abusé de la vodka et son gosier était desséché... Au moment de prendre la bouteille, son regard tomba sur un court fax qu'on lui avait apporté pendant le dîner. Cela venait de Langley et commençait par : *We got him* [1] *!*

La souricière établie par le FBI autour de la poste de Hoboken, dans le New Jersey, avait payé. Un certain Yu Kikumura, identifié par la police japonaise comme membre du Sekigun, était venu se jeter dedans ! On dépit de son mutisme farouche, le FBI était persuadé qu'il était l'auteur de l'attentat du cinéma de Times Square...

Après s'être désaltéré, Malko regagna le lit, admirant sa fiancée endormie.

Alexandra avait poussé la coquetterie jusqu'à se coucher dans la tenue où elle avait fait l'amour avec Malko, la veille au soir, après un dîner de seize personnes aux chandelles, dans la grande salle à manger du château de Liezen. Dîner concocté par Alexandra avec une intention bien précise : s'offrir toute la soirée à Malko tout en restant inaccessible, afin de fouetter son désir. Il n'avait pu que l'effleurer, devinant sous sa robe les serpents des jarretelles, plongeant son

1. On l'a eu !

regard dans le décolleté carré ou croisant ses yeux pleins de promesses.

Sa « fiancée » savait à merveille recréer un climat de tension amoureuse, après leurs séparations. Aucun des deux ne posait de questions à l'autre, lors de ces retrouvailles. Tant que le plaisir de se retrouver aurait la même intensité, ce serait merveilleux...

Malko, la veille, n'avait pas attendu de gagner leur lit à baldaquin, spécialement créé pour lui par l'architecte d'intérieur Claude Dalle. La table à peine débarrassée, il avait renversé Alexandra sur la nappe, au milieu des chandeliers, et découvert enfin la somptueuse guêpière noire où s'accrochaient ses bas gris. Cela n'avait pas été long. Elle était liquide et brûlante. Il l'avait prise de toutes les façons dans cette salle à manger, théâtre de ses frustrations de la soirée, parachevant son bonheur en violant ses reins. Leurs cris avaient dû ameuter la vieille Ilse, occupée par la vaisselle, mais il n'en avait cure.

Ensuite, ils avaient regagné la chambre du premier, où Alexandra avait ranimé les ardeurs de Malko grâce à sa technique digne d'une hétaïre professionnelle.

Alexandra dormait encore sur le côté, lui tournant le dos. La vue de sa croupe somptueuse émergeant de la guêpière acheva de réveiller Malko mieux qu'une douche froide... En un clin d'œil, il fut roide comme un piquet, et l'investit, encore somnolente, allant et venant avec lenteur dans son ventre encore dolent. C'est alors que le téléphone sonna. Il ne répondit pas, mais la sonnerie intérieure prit le relais. Elko Krisantem lui passait une communication.

— *Ihre Hoheit*, dit le Turc, un monsieur insiste pour vous parler. Il dit que c'est très important.

— Je le connais ?

— Il dit que vous avez des relations communes. Il insiste.

— Comment s'appelle-t-il ?

— Un nom arabe, je n'arrive pas à le prononcer.

Malko s'arracha à son fantasme et dit, de guerre lasse :

— Passez-le-moi.

Il y eut quelques grésillements puis une voix onctueuse à l'accent indéfinissable, annonça :

— Prince Malko Linge ? Je vous prie d'excuser le dérangement. Je m'appelle Najib Al Kamal Al Takriti. Je suis de passage en Autriche et j'aurais beaucoup aimé vous rencontrer quelques minutes. Afin de vous transmettre un message très important.

— De la part de qui ?

Son interlocuteur eut un petit rire étouffé.

— Je préfère ne pas prononcer de nom au téléphone. Mais c'est quelqu'un de *très* important. Si cela ne vous importune pas, je pourrai me rendre jusqu'à votre château, disons, dans l'après-midi.

Si l'inconnu ne s'était pas appelé « Takriti », Malko l'aurait sûrement éconduit. Mais Takrit était la ville d'Irak d'où était originaire Saddam Hussein...

— Bien, soupira-t-il, passez vers trois heures.

Najib Al Kamal Al Takriti se confondit en remerciements. Lorsqu'il eut raccroché, Malko dut affronter le regard courroucé d'Alexandra.

— Cela ne te suffit pas de voir tes « *spooks* »[1] dans tes pays pourris ? Il faut que tu les invites ! Je voulais aller à Vienne cet après-midi faire du shopping, *pour toi*. Tu n'as plus une seule cravate convenable.

— Nous irons demain, promit Malko en composant le numéro direct de Christopher Angleton, le chef de station de la CIA à Amman.

— Vous connaissez un certain Najib Al Kamal Al Takriti ? demanda-t-il dès qu'il l'eut en ligne.

L'Américain s'étrangla.

— Si je le connais ! C'est un proche de Saddam Hussein. Un homme d'affaires richissime qui a toute la confiance du Raïs. Ils sont originaires de la même ville, Takrit. Saddam l'utilise pour les missions délicates. C'est lui qui a convaincu les frères Hussein et Saddam Kemal de revenir en Irak en leur jurant qu'il ne leur arriverait rien...

1. Affreux.

Un ange passa, un brassard de deuil sur les ailes. Najib Al Kamal Al Takriti était un bon candidat pour l'Oscar de la trahison...

— Qu'est-ce qu'il vous veut ? interrogea l'Américain.

— Me transmettre un message.

— C'est peut-être une invitation pour Bagdad... fit ironiquement l'Américain. A votre place, je me méfierais.

— Vous n'avez rien à craindre, assura Malko, mais je voulais savoir à qui j'avais affaire.

Il n'avait plus envie de reprendre son étreinte avec Alexandra. Pourquoi diable l'envoyé spécial de Saddam Hussein tenait-il tant à le voir ?

*

* *

De la fenêtre de la bibliothèque, Malko vit la Mercédes 600 noire s'arrêter en face du perron. Aux reflets verdâtres de ses vitres, on devinait que le véhicule était blindé. Najib Al Kamal Al Takriti devait avoir quelques malfaisants à ses trousses. Un chauffeur à la carrure de docker ouvrit la portière arrière à un homme de petite taille, aux cheveux gris, engoncé dans un pardessus sombre à col de velours. Un gros nez, une moustache « conforme », une certaine allure. Le chauffeur lui tendit une boîte enveloppée de papier et il se dirigea vers le perron.

Malko l'accueillit dans la bibliothèque. Le regard des yeux noirs de l'Irakien respirait l'intelligence. Il parlait anglais d'une voix onctueuse, et s'assit sur le bord du canapé. Tendant la boîte qu'il portait à Malko, il expliqua :

— Ceci est un modeste don de celui qui m'envoie, afin de dissiper les malentendus entre nous.

Malko prit la boîte, défit le papier et l'ouvrit : elle contenait des dattes fourrées à la pistache, d'un vert magnifique.

— Quel malentendu ? demanda-t-il.

Najib Al Kamal Al Takriti eut un geste évasif.

— Certaines personnes ont outrepassé leurs instructions. Je suis heureux que vous soyez sain et sauf.

Agacé par cette onctuosité, Malko remit les choses en place.

— Vous voulez dire que les hommes du Moukhabarat irakien ont décidé de m'assassiner de leur propre chef, à Amman ?

L'Irakien ne broncha pas.

— Ceux dont vous parlez n'appartiennent pas à un service officiel. Ils sont parfois difficiles à contrôler. Enfin, il y a eu beaucoup de malentendus entre les Etats-Unis et mon pays. J'espère qu'ils sont désormais dissipés. Le président Saddam est un amoureux sincère de la paix.

Pour un homme qui, en dix ans, avait déclaré la guerre à l'Iran, massacré au gaz sarin sa propre population kurde et envahi le Koweit, il s'agissait d'un cas intéressant de schizophrénie... Malko allait répliquer lorsqu'Alexandra apparut sur le seuil de la bibliothèque.

— Je vais à Vienne, annonça-t-elle. A tout à l'heure.

Elle aperçut les dattes et fit un pas dans la pièce, en souriant.

— Je peux en prendre une ?

Najib Al Kamal Al Takriti était déjà debout, quasiment plié en deux.

— J'espère que vous les aimerez, fit-il humblement. Elles sont préparées spécialement pour les amis de notre Raïs.

Il y a des gens à qui cela devait donner envie de les recracher, mais Alexandra se contenta de dire, après avoir goûté :

— Délicieux...

Dès qu'elle fut partie, l'Irakien eut un regard énamouré.

— Vous avez une femme absolument ravissante ! Quelle classe !

— Merci, dit Malko en lui versant un peu de Defender « Very Classic Pale ». Maintenant, pouvez-vous me dire l'objet de votre visite, car je ne dispose pas de beaucoup de temps ?

L'Irakien frotta l'une contre l'autre ses mains sèches,

puis regarda les boiseries comme si elles étaient bourrées de micros. Penché vers Malko, à voix basse, il se lança.

— Je vais être franc avec vous, prince Malko Linge. Nous ne sommes pas dans le même camp, mais, parfois, il faut savoir se parler. Vous vous êtes sûrement demandé pourquoi ceux qui ont éliminé, à Chypre, cette bande de Japonais fous, vous avaient épargné ?

— C'est vrai, reconnut Malko, pourquoi ?

— C'était un ordre du Raïs, enchaîna l'Irakien d'un ton plutôt emphatique. D'abord, parce que vous êtes un adversaire respectable...

Malko faillit pouffer de rire. Quand on savait comment les Irakiens traitaient leurs adversaires...

— Et ensuite ? demanda-t-il.

— Le Raïs tenait à ce que vous puissiez témoigner de la mise à l'écart de ces gens, qui se préparaient à commettre des attentats effroyables auxquels notre pays est absolument opposé.

Là, Malko faillit avaler sa vodka de travers. Il posa son verre et plongea son regard doré dans celui de l'Irakien.

— Monsieur Al Kamal Al Takriti, dit-il, vous n'ignorez pas que je sais *comment* l'Irak est rentrée en possession de ces souches de *Bacillus Anthracis.* Ce n'est pas par hasard.

L'Irakien eut un hochement de tête approbateur.

— Bien sûr, reconnut-il, conciliant, l'Irak, comme beaucoup d'autres pays, les Etats-Unis, la Grande-Bretagne, la Russie, a préparé la guerre bactériologique. Mais sans intention de la faire.

— Alors, comment ces souches sont-elles tombées entre les mains des Japonais ?

— Nous leur avions offert l'hospitalité, avoua à mi-voix l'Irakien. Certains officiers, chez nous, ont alors comploté des opérations de terrorisme, sans en parler au Raïs. Et ils ont fourni ces armes terribles aux Japonais. Lorsque le Raïs l'a appris, ils ont été sévèrement punis.

— C'est-à-dire ?

— Fusillés. Et nous avons donné l'ordre aux Japonais de ne rien faire. Malheureusement, ils ne nous ont pas obéi.

Aussi, nous avons été contraints de les éliminer physiquement. Pour les empêcher de nuire. Vous en avez été le témoin...

Il se tut, trempa ses lèvres dans son verre de Defender. Son message délivré, il était visiblement soulagé.

Malko réfléchissait : c'était une belle opération de désinformation. Avec une part de vérité : les Irakiens avaient bien liquidé les Japonais. Mais c'étaient eux qui avaient procuré les souches mortelles aux rescapés de la Sekigun. Inutile d'insister, c'était une conclusion logique...

Najib Al Kamal Al Takriti le fixait avec un bon sourire, les mains croisées sur son ventre. Innocent comme l'enfant qui vient de naître. Malko dut faire un effort pour se rappeler que cet homme avait envoyé à la mort les frères Kemal, avec toute leur famille. L'âme damnée de Saddam Hussein. Malko se força à lui sourire.

— Je transmettrai ces informations à qui de droit, affirma-t-il. Pourtant, j'ai une autre explication. Vous souvenez-vous de l'opération « Intiquam » ?

L'Irakien secoua la tête.

— Intiquam ? Non, pourquoi ?

— Vous savez que ce mot signifie « vengeance » dans votre langue. En 1991, votre ami le président Saddam Hussein avait projeté une opération de terrorisme en Europe, à la suite de la guerre du Golfe. Il s'appuyait alors sur d'anciens membres des Services de l'Est. Décidément, il est incorrigible...

L'Irakien ne se troubla pas.

— Je n'ai jamais entendu parler de cette opération, prétendit-il. Beaucoup de gens se réclament de Saddam Hussein.

— Moi, j'en ai entendu parler, répliqua vivement Malko, parce que j'ai contribué à la faire échouer. Et je peux vous affirmer que les ordres venaient bien de Saddam Hussein...

Najib Al Kamal Al Takriti préféra ne pas répondre. Le silence se prolongea quelques instants. Ils n'avaient plus rien à se dire.

Malko hésitait pourtant à congédier son visiteur. Quelque

chose l'intriguait. Cet homme, proche de Saddam Hussein, n'était pas *seulement* venu à Liezen lui raconter un conte de fées. Comme si les Japonais avaient pu, à l'insu de Saddam Hussein, s'emparer d'une arme bactériologique ! Certes, Malko avait été témoin de leur élimination par des tueurs à la solde de Bagdad, mais la raison de ce nettoyage était encore mystérieuse.

Et, de toute façon, Saddam Hussein savait que Malko avait déjà donné son témoignage à la CIA. Alors, pourquoi venir jusqu'à Liezen ? Najib Al Kamal Al Takriti était un personnage trop important, trop proche de Saddam Hussein, pour qu'il s'agisse d'une initiative subalterne.

— Je vais vous faire reconduire, dit Malko ; je vous promets de transmettre ce que vous m'avez dit.

L'Irakien se leva avec un sourire modeste et Malko appuya sur la sonnette pour appeler Elko Krisantem. Ce dernier apparut, Malko allait lui demander de raccompagner l'Irakien lorsqu'il intercepta un regard de son visiteur. Une sorte de triomphe contenu. Inexplicable, car l'Irakien n'était pas dupe de la crédulité de Malko. Celui-ci n'aurait probablement pas réagi si Najib Al Kamal Al Takriti n'avait pas effleuré du regard la boîte de dattes.

En un éclair, le cerveau de Malko fut en ébullition. D'abord, il eut peur pour Alexandra, mais un instant seulement. Quand on offre une boîte de dattes, on s'expose à ce que les gens nous en offre une tout de suite. Si piège il y avait, il était sûrement plus subtil. Il regarda la boîte. Sous la première rangée de dattes, il y en avait une seconde, découverte par un vide, à la place de celle dégustée par Alexandra. Un sourire chaleureux apparut sur son visage. Il se pencha, prit la boîte de dattes et dit d'une voix suave :

— Avant de me quitter, vous gouterez bien une de ces délicieuses friandises, monsieur Al Kamal.

L'Irakien eut un sourire ravi.

— Je ne voudrais pas vous en priver, mais ce sera avec plaisir.

Au moment où il allongeait le bras, Malko le prit de vitesse. Plongeant la main dans la boîte, il choisit habilement une datte de la seconde couche, et la tendit à son visiteur. Délicatement.

L'Irakien se figea. Malko surprit l'éclair de panique dans ses prunelles sombres. En une fraction de seconde, il fut sûr de son fait.

— Vous n'avez plus envie de datte ? demanda-t-il ironiquement.

Najib Al Kamal Al Takriti, cloué sur place, bafouilla quelques mots indistincts. Malko se tourna vers Elko Krisantem et dit d'une voix égale :

— Elko, pouvez-vous immobiliser notre ami, afin que je puisse lui offrir cette datte dont il ne veut pas...

Elko Krisantem, après un quart de siècle de barbouzerie, comprenait vite. En un clin d'œil, il rabattit les bras de l'Irakien derrière son dos, le tenant solidement. S'approchant de Najib Al Kamal Al Takriti, la datte à la main, Malko pinça brusquement son gros nez et dit :

— Je veux seulement en avoir le cœur net. Si vous avalez cette datte sans problème, je vous ferai mes plus plates excuses.

L'Irakien, les yeux hors de la tête, gardait la bouche obstinément fermée. Pourtant, il allait bien devoir l'ouvrir pour respirer, car Malko continuait à lui pincer le nez.

Soudain, les poumons prêts à éclater, il se débattit violemment, lançant des coups de pied, se tordant sous la poigne d'Elko Krisantem. Il ouvrit la bouche et hurla :

— *No ! Please !*

Il fixait Malko avec un mélange de terreur et de fureur. Celui-ci se planta en face de lui.

— Monsieur Al Kamal, dit-il, contrairement à vous et à vos amis, je ne suis pas un assassin. Je pourrais facilement vous faire avaler une de ces dattes, et je vais le faire si vous ne répondez pas à mes questions. Sinon, j'appellerai la police, pour lui expliquer ce qui se passe et lui confier la boîte de dattes à analyser. Il me semble que vous aurez quelques problèmes. Malgré la protection de Saddam Hussein.

— Je n'ai rien à cacher, protesta l'Irakien.

Il reprenait du poil de la bête.

— Parfait, conclut Malko, vous allez donc goûter cette délicieuse datte.

— *No !*

Le front de Najib Al Kamal Al Takriti s'était couvert de transpiration. Sa peur n'était pas feinte...

L'épreuve de force dura quelques secondes, puis il s'effondra, affolé, suppliant.

— Il ne faudra jamais dire que je vous ai parlé ! supplia-t-il.

— Je vous le jure.

A menteur, menteur et demi.

L'Irakien essuya son front et balbutia :

— Vous avez raison. Il y avait bien une opération Intiquam II, qui devait être exécutée par les rescapés du Sekigun que nous aidons depuis des années, à la demande des Nord-Coréens. Seulement...

Il s'interrompit, la tête baissée.

— Seulement, quoi ?

— L'opération Intiquam II ne devait être déclenchée qu'après des bombardements américains sur l'Irak. C'est la seule arme qui nous restait. Les Japonais avaient reçu l'ordre formel de ne pas bouger sans instructions précises. Ils n'ont pas obéi à ces ordres et ont commencé à frapper à Londres. Le Raïs était furieux. Il aurait attendu pour réagir si votre enquête ne vous avait pas mis sur la piste irakienne. Il fallait donc à la fois supprimer tout lien avec nous et éliminer les Japonais discrètement.

— C'est eux qui ont tué Zahra Zaroual ?

— Je ne connais pas les détails opérationnels, prétendit l'Irakien.

Son mensonge était tellement énorme que Malko eut envie de lui faire avaler toute la boîte de dattes.

— C'était astucieux, puisque logiquement, je n'aurais attaqué la seconde couche que dans un certain temps. Lorsque vous auriez été loin...

L'Irakien baissa la tête.

— Que contiennent ces dattes ?

— Je ne sais pas, bredouilla Najib Al Kamal Al Takriti, quelque chose qui rend malade, je crois... On me les a données. Le fils du président, Udei.

Malko était édifié. Il fit signe à Elko Krisantem de lâcher l'Irakien.

— Je garde les dattes, dit-il sèchement. Mais je n'en ferai pas état *officiellement*. Cela demeure un petit secret entre nous. Au revoir, monsieur Al Kamal. Je ne vous raccompagne pas.

Il regarda l'Irakien monter dans sa Mercédes 600, sans se retourner. Secrètement flatté d'avoir été désigné personnellement par Saddam Hussein, il se demanda ce que les dattes contenaient : curare, thallium ou cyanure ?

Le labo de la Technical Division de la CIA le lui apprendrait rapidement. C'était quand même fou, cette rage de vengeance du dictateur de Bagdad. Il se sentit soudain très fatigué. Trois semaines de tension nerveuse intense et cette dernière tentative pour l'assassiner, chez lui, dans son château de Liezen !

Son métier de « barbouze hors-cadre » était ingrat. Le dossier de la peste noire de Bagdad dormirait pour des années dans les archives de la CIA sans que le public sache à quoi il avait échappé.

Achevé d'imprimer sur les presses de

BUSSIÈRE
GROUPE CPI

à Saint-Amand-Montrond (Cher)
en octobre 2001

MALKO PRODUCTIONS - 14, rue Léonce Reynaud - 75116 Paris
Tél. : 01-40-70-95-57

— N° d'imp. 16270. —
Dépôt légal : avril 2000.

Imprimé en France